손정모 장편소설

남도의 선율

송순(宋純)은
남도 가사 문학의 주창자(主唱者)이며
한시와 시조의 달인으로
한시와 시조로 정련된 정서를
우리나라의 독창적인 문학의 체계인
가사로 승화시켜 보급했다.

도서출판
청어

남도의 선율

손정모 장편소설

발 행 처 · 도서출판 **청어**
발 행 인 · 이영철
영   업 · 이동호
홍   보 · 천성래
기   획 · 남기환
편   집 · 방세화
디 자 인 · 이수빈 | 김영은
제작이사 · 공병한
인   쇄 · 두리터

등   록 · 1999년 5월 3일
(제321-3210000251001999000063호)

1판 1쇄 발행 · 2020년 2월 20일

주   소 · 서울특별시 서초구 남부순환로 364길 8-15 동일빌딩 2층
대표전화 · 02-586-0477
팩시밀리 · 0303-0942-0478

홈페이지 · www.chungeobook.com
E-mail · ppi20@hanmail.net
I S B N · 979-11-5860-735-7(03810)

이 도서의 국립중앙도서관 출판시도서목록(CIP)은 서지정보유통지원시스템 홈페이지
(http://seoji.nl.go.kr)와 국가자료공동목록시스템(http://www.nl.go.kr/kolisnet)에서 이용
하실 수 있습니다.(CIP제어번호: CIP2020003509)

손정모 장편소설

남도의 선율

저자의 말

한글(訓民正音)은 1443년 음력 12월 30일에 세종이 창제했다. 세계 기록유산인 조선왕조실록에 구체적으로 밝혀져 있다. 세계의 언어들 중에서 실존 인물의 창제자가 밝혀진 언어로서는 유일하다. 인도의 고대 언어인 범어(梵語)도 창제자가 명시되어 있기는 하다. 하지만 창제자가 실존 인물이라는 근거가 없다.

초성과 중성과 종성의 결합으로 글자를 구축한다는 과학적 원리도 탁월하다. 게다가 세계의 언어들 중에서 가장 음향(音響)을 유사하게 묘사하는 언어이다. 한글을 제외한 어떤 언어도 자연의 음향을 실제처럼 나타내기는 어렵다. 이런 탁월한 언어가 사용되어 독창적인 문학 체계가 구축되었다. 가사(歌辭)라고 불리는 우리나라 특유의 문학이 만들어졌다.

전라도 담양 출신의 문신(文臣)인 송순에 의해서 남부 지방에서 형성되었다. 송순은 한글이 창제된 50년 이후인 1493년에 출생했다. 11월 14일 오전에 전라도 담양부(潭陽府) 기곡리 상덕마을에서 태어났다.

옛날 선비들의 등용문은 과거(科擧)였다. 과거 시험의 교과는 유교 경전이었다. 결국 한문 체계의 언어에 통달해야만 등과(登科)할 수 있었다. 조선왕조실록에서 송순이 언급된 영역은 엄청나게 방대하다. 우리나라의 독창적인 문학 체계인 가사를 정립하여 세상에 보급했다. 우리나라 최초의 가사는 정극인의 '상춘곡'으로 알려져 있다. 송순이 한 역할은 가사를 문학적으로 안정화시켜 널리 보급했다는 점이다.

오늘날과 달리 예전에 벼슬아치가 되기는 험난했다. 등과하여 대간(臺諫)이 되면 의무적으로 다른 선비들을 논핵해야만 했다. 이 업무를 소홀히 하면 곧바로 처벌받기 십상이었다. 대간들은 논핵된 선비들과 이후에 감정의 앙금이 생기게 된다. 그 결과로 타인으로부터 언제든지 탄핵의 대상이 된다. 삼사(三司)라 불리는 사헌부, 사간원, 홍문관의 관리들로부터 항시 주목받게 된다. 송순도 이들로부터 탄핵되어 두어 차례나 귀양 생활을 하게 된다.

멀쩡하게 관직 생활을 하다가 배소(配所)로 내쫓기는 것은 참혹한 일이다. 예전의 선비들은 대다수가 유배를 당하곤 했다. 논핵하는 과정에서 생긴 관리들 간의 대립이 유배의 불씨가 되었다. 재능이 탁월한 송순도 두어 차례의 귀양 생활을 했다.

조선 왕조에서 수립한 대간의 체제는 나라의 발전을 위한 거였다. 하지만 누구든 탄핵을 받으면 감정이 뒤틀리기 마련이다. 벼슬살이와 유배 생활의 괴리가 송순에게 번민을 안겨 주었을 것이다.

남도 가사 문학의 주창자(主唱者)인 송순은 한시와 시조의 달인이었다. 한시와 시조로 정련된 정서를 한글의 시가인 가사로 승화시켜 보급했다. 시가를 자신만 지어서 만족하는 상태에서 벗어났다. 담양에 면앙정(俛仰亭)이란 정자를 세워 벗과 후진을 불러들였다. 이들과의 정감의 교류를 통하여 자연스럽게 가사를 문학적인 차원에서 보급했다. 참담한 귀양 생활의 슬픔마저도 고운 정서로 승화시켜 가사로 노래했다.

선율을 표출하는 수단으로서 가야금도 직접 익혔다. 시가를 가야금의 선율과 함께 표출하는 방식인 병창도 자유롭게 펼쳤다. 송순은 우리나라의 독창적인 문학의 체계인 가사를 발전시켜 보급했다. 27살에 관직에 나가서 77살에 조정에서 물러났다. 50년간을 나라를 위해 성실하게 일했다. 독창적인 가사 문학을 정립한 송순은 관리로서도 성실한 인물이었다.

송순은 가히 조선 왕조에서도 내세울 만한 인물이라고 여겨진다. 그리하여 조선왕조실록과 담양군 관련 사료를 바탕으로 송순의 생애를 조명했다. 상당한 준비 기간이 소요되었지만 누군가는 해야 할 작업이라 여겨졌다. 역사의 흐름을 추적하여 송순의 업적을 조명하게 되어 보람을 느낀다.

青齋 孫廷模

차례

유년의 온기

쏟아진 폭설로 천지가 백색의 운해(雲海)처럼 드리워진 1493년의 겨울철이다. 11월 14일 아침의 햇살이 산안개처럼 슬며시 퍼질 무렵이다. 전라도 담양부(潭陽府) 기곡리 상덕마을의 19살의 유생(儒生)인 송태(宋泰)의 집 안방에서다. 갓 출생한 아기의 울음소리가 산야의 적막을 내몰며 산울림처럼 퍼진다. 안방에는 송태의 팔촌 형수와 송태의 어머니가 산모를 돌보고 있다. 송태의 어머니와 팔촌 형수가 방문을 열며 송태를 부른다. 들뜬 기류에 휩쓸리듯 단숨에 송태가 산실로 내닫는다.

팔촌 형수는 장성에 사는 37살의 송흠(宋欽)의 아내이다. 송태의 아내에게 산기(産氣)가 내비치자 송태의 어머니가 그녀를 불렀다. 송태의 팔촌 형수가 송태를 향해 경이로운 정감을 내뿜듯 말한다.

"아기가 시아주비를 닮아서 눈부시게 고운 옥동자예요. 사내 아기라 울음소리도 얼마나 우렁찬지 마음이 흔들릴 정도예요."

송태가 고맙다는 표정으로 갈대처럼 경건하게 허리를 숙여 응답한다.

"형수님께서 돌봐 주셔서 정말 감사하외다."

송태의 눈에 비친 아기의 용모도 눈부실 정도로 훤하다. 송태가 중얼대듯 마음속으로 속삭인다.

'천지신명님, 정말 감사합니다. 이처럼 소중한 아기를 보내 주셔서 말입니다. 정성을 다해 잘 키우겠습니다.'

송태가 기쁨을 드러내듯 새끼줄에 고추를 끼운 금줄을 사립문에 내두른다. 세상에 통지하듯 사내 아기가 출생되었음을 알리는 표시물이다. 외부인들의 사사로운 출입을 자제해 달라는 안내물이기도 하다. 가마솥에는 아기를 목욕시킬 끓인 물이 가득 채워져 있다. 살갗이 얼어붙을 듯 매서운 추위임에도 송순(宋純)의 출생으로 훈훈한 분위기다. 사립문에 금줄을 두르고서도 송태는 취한 듯 경이로움에 잠겨 있다.

세월의 흐름은 계곡의 급류처럼 빠른 터다. 송순이 출생한 뒤로 어느새 세월이 6년이나 흘렀다. 춘풍(春風)의 기류가 전라도의 산야로 물결처럼 휩쓸리는 1499년이다. 3월 초순이라 곳곳에서 감미로운 꽃향기가 실연기처럼 밀려든다. 아침을 먹고 난 뒤에 햇살이 안개처럼 깔리기 시작할 무렵이다. 전라도 담양부(潭陽府) 기곡리 상덕마을의 공터가 마을의 중심에 위치해 있다. 공터는 논 3마지기를 나란히 펼친 크기다. 공터는 마을 사람들이 공동으로 사용하는 땅이다.

수확기에는 마을 잔치를 벌이듯 보리와 벼를 타작하는 장소로 쓰인다. 알곡을 멍석에 말리는 장소로도 이용되곤 한다. 느닷없이 공터로 해일이 밀려들듯 마차 한 대가 들어선다. 마부가 백색의 준마를 몰아 마차를 공터에 정지시킨다. 기다렸다는 듯 부자(父子)로 보이는 마을 사람 둘이 마차로 내닫는다. 소년과 갓을 단정하게 쓴 청년이 마차로 다가선다. 청년은 25살의 진사(進士)인 유생으로 송태(宋泰)라는 사람이다. 소년은 눈이 별처럼 초롱초롱하게 빛나는 7살의 아동인 송순(宋純)이다. 소년의 눈에는 세상이 소년을 유혹하는 듯 한없이 황홀하게 비친다.

40대 초반의 마부가 배려의 마음을 드러내듯 정성껏 송태에게 말한다.

"송 진사님, 오늘부터 도령님을 장성의 내계리로 보낼 작정이외까? 도령님의 체격으로는 매일 오가는 것은 어려우리라고 여겨지외다. 차라리 처음 얼마 동안은 장성에 도령님을 맡기시는 게 어떻겠사옵니까?"

소년이 만족감을 드러내는 듯 아버지에게 살며시 미소를 짓는다. 송태도 소년을 향해 빙그레 미소를 짓고는 마부를 향해 말한다.

"김 처사님, 여기서 장성까지는 100리 길이죠? 마차로는 대략 얼마나 걸리겠는지 궁금하외다."

마부가 가는 데에만 한 시진(時辰)가량이 걸리리라 송태에게 들려준다. 기억을 더듬듯 하루가 12시진으로 이루어졌음을 송태가 떠올린다. 왕복하는 데에는 2시진이 걸리리라 들려준다. 엄청난 시간이 든다는 데에 송태의 눈빛이 순간적으로 깃털처럼 흔들린다. 그러더니 송태가 마음을 굳힌 듯 명료한 목소리로 마부에게 말한다.

"일단 장성까지 가 본 뒤에 말씀 드리겠소이다. 지금 바로 출발할 수 있소이까?"

마부가 흔쾌히 대답하더니 마차 문을 닫고는 마부석에 올라앉는다. 수레바퀴가 미끄러지듯 구르는 느낌이 들면서 마차가 움직이기 시작한다.

마차의 창문을 열고 송태와 소년이 세상을 살피듯 나란히 앉는다. 송태가 소년을 향해 입을 연다.

"얘야, 오늘은 아주 중요한 날이란다. 사람이 세상에 태어나서는 꼭 해야만 하는 일이 있다. 학문을 익히고 가정을 꾸려서 삶의 자취를 남기는 일이야. 너는 오늘부터 장성의 삼종 백부님한테서 글을 배워야 해. 글을 배운다는 게 결코 쉬운 일은 아니야. 글자만 익힌다고 해서 끝나는 일도 아니야."

소년이 다소 걱정스럽다는 듯 낮은 목소리로 송태에게 말한다.

"아버지, 제 친구들도 다 공부를 하겠다고 뿔뿔이 흩어졌음을 알아요. 친구들은 다 마을 부근이던데 저만 멀리까지 가는 모양이네요."

송태가 소년을 격려하듯 소년의 손을 소중히 쥐며 말을 잇는다. 장성으로 가는 길이 두렵지는 않은지 슬쩍 물어 본다. 소년은 마차의 창밖을 내다보며 무한한 감흥에 젖어드는 모양이다. 연신 하늘을 올려다보며 꿈에 취한 듯 중얼댄다.

"마차를 달려도 하늘은 계속 펼쳐지네요. 하늘의 크기가 큰지 바다가 큰지 모르겠네요. 하늘은 봤지만 바다는 여태껏 못 봤어요. 하지만 바다가 엄청나게 크다는 얘기는 많이 들었어요."

송태가 소년이 귀엽게 여겨진다는 듯 미소를 깨물며 소년을 바라본다. 그러면서 늪에 함몰되듯 마음속으로 깊은 생각에 잠긴다.

'내가 처음 글을 배울 때에는 세상이 모두 두려웠잖아? 송순은 근심이나 두려움을 느끼지 않은 표정이라 신비롭게 여겨지군. 세상을 아직 잘 몰라서 그럴지도 모르겠구나.'

소년이 문득 궁금증에 휘감기는 듯 송태에게 질문한다.

"아버지, 오늘 가는 길에는 바다는 없죠? 바다는 어디에 가야 볼 수 있나요?"

송태는 아들의 말에 싱긋 미소를 짓고는 친절히 응답한다. 장성 가는 길에는 바다가 없다고 들려준다. 하지만 그의 가슴에는 광막한 바다처럼 펼쳐진 소년의 미래가 연상된다. 감탄하듯 고개를 끄떡이며 소년의 시선을 따라 창밖을 내다본다. 개나리와 목련과 진달래와 산수유 꽃들이 지천으로 피어 바람결에 나부댄다. 하늘거리는 꽃잎들마다 장래의 행복을 축원하듯 담뿍 미소를 머금고 있다.

'아들이 바다가 어디냐고 묻다니? 아직 바다를 보여 주지 못한 내 책임이 크구나. 하지만 언젠가는 시간을 내어 듬뿍 구경시켜 주겠어. 애야, 담양에서 서쪽으로 곧장 150리만 달리면 바다가 펼쳐져.'

소년은 봄의 정취에 취한 듯 자연에 매료된 표정이다. 마차 내부에는 바퀴의 진동을 완화하기 위해 방석이 깔려 있다. 처음 타는 마차인데도 소년은 전혀 힘겨운 표정을 보이지 않는다. 화창한 날씨에 걸맞게 비단결처럼 고운 미풍이 시종 얼굴을 간질인다. 간질이는 강도가 높아지면 금세 웃음이 까르르 터질 지경이다. 소년이 문득 송태를 향해 물속에서 치솟는 기포처럼 은밀히 말한다.

"삼종 백부님께서는 왜 관직을 떠나 귀향하셨어요? 그 분에 대해 알고 싶으니 설명해 주시겠어요?"

송태가 낙하하는 물체를 가로채듯 곧바로 응답한다.

"그렇잖아도 너한테 자세히 설명하려던 참이었어. 우리 문중에 그런 훌륭한 분이 계시다는 사실이 영광스럽기 그지없어."

마치 누에가 실을 토하듯 송태의 입에서 얘기가 줄줄 흘러나온다. 소년이 귀를 기울여 꿈에 빠져들듯 집중하여 송태의 얘기를 듣는다.

송흠(宋欽)은 송태보다 16살 연상인 팔촌 형이다. 22살에 사마시에 급제하여 비상하기 직전의 매처럼 예비 관원이 되었다. 1492년의 34살에는 재능을 펼치듯 문과에 급제했다. 출발점을 기록하듯 승문원의 부정자(종9품)의 벼슬부터 시작했다. 승문원의 정자(정9품), 홍문관의 저작(정8품)과 박사(정7품)의 벼슬을 거쳤다. 그러다가 1497년 8월 22일에 사간원의 정원에서 퇴직했다. 용소의 급류처럼 휘몰리는 정세의 변화가 송흠에겐 두려워졌다. 어머니의 병구완을 핑계로 퇴직했다.

벼슬살이를 한 지 6년 만에 꽃송이가 떨어지듯 퇴직했다. 계곡으로 휘몰리는 급류처럼 미묘한 정국의 흐름이 송흠을 불편하게 만들었다. 퇴직한 지 2년이 지난 시점이라 송흠의 나이는 41살이다. 한 달 전에 송흠이 담양의 송태를 찾아왔다. 16살 연상인 송흠에게 솔바람처럼 청아한 모습의 송순이 눈에 띄었다. 석간수처럼 맑은 눈빛에 서린 소년의 총명한 느낌이 송흠을 자극했다. 그때 송흠이 송태에게 나지막하게 어떤 제안을 했다.

송태의 말이 여기에 이르렀을 때다. 소년이 눈빛을 섬광처럼 반짝이며 송태에게 말한다.

"혹시 그때 삼종 백부님께서 저를 지도해 주시겠다는 말씀을 하셨나요? 무척 궁금해지는 내용이에요."

송태가 껄껄 웃음을 터뜨리더니 물꼬를 틔우듯 시원하게 응답한다.

"너는 눈치가 빨라서 나중에 굶어 죽는 일은 없겠구나. 맞았어. 삼종 백부님께서 너를 지도해 주시겠다고 하셨어. 당시에는 날씨가 추웠기에 따뜻해지기를 기다렸어. 그래서 너를 오늘 장성까지 데려다 주려는 거야."

송태가 말하고 나서는 마음을 파악하려는 듯 소년의 눈치를 살핀다. 소년이 불만스러운 듯 시무룩한 표정을 짓더니 속내를 털어놓는다. 당장 오늘부터 한동안 삼종 백부 집에 머물러야 하는지를 묻는다. 송태가 나지막한 목소리로 아마도 그럴 가능성이 크다고 들려준다. 소년이 잠시 울먹이는 표정으로 중얼대듯 말한다.

"미리 얘기해 주었으면 어머니랑 오래 이야기를 나누었을 거잖아요? 저도 입신양명이 왜 필요한지는 알고 있어요. 그러기 위해서는 반드시 서책을 읽어야 한다는 것도 말이에요. 하지만 당장 어머니 곁에서 떨어져 있으려니까 갑자기 서글퍼져요."

송태가 하늘의 구름을 살피려는 듯 창밖을 흘깃 내다본다. 공교롭게도 이때 마차가 멈춘다. 그러더니 마부가 마차의 문을 열고는 송태를 향해 말한다.

"마차가 들어갈 수 있는 곳은 장성부 황룡현 영천리 나루터까지이외다. 황룡강의 강폭이 50장이기에 다리가 가설되어 있지 않소이다. 그래서 거기서는 배를 타고 건너가야만 하외다. 제가 끝까지 모시지 못하여 대단히 미안하외다. 사시(巳時) 중반 무렵이면 영천리 나루터에 도착될 예정이외다."

송태가 다소 당황한 듯 주위를 둘러보다가 마부를 향해 말한다.

"나루터까지 얼마나 남았소이까? 나는 의례 장성의 내계리까지 마차가 가리라 믿고 있었소이다. 지형을 잘 몰랐기 때문에 이런 일이 생기리라고는 예측하지 못했소이다."

마부가 송태의 불편한 마음을 달래려는 듯 신속히 응답한다.

"지금 이후로 1/4시진만 달리면 되리라 여겨지외다. 하루가 자시(子時)부터 해시(亥時)까지 총 12시진으로 이루어져 있지 않소이까? 이제 조금만 더 가면 나루터가 나올 거외다."

마부가 말을 마치고는 마차의 문을 닫고 마부석으로 옮겨 간다. 잠시 화석이 된 듯 멈추었던 마차가 다시 움직이기 시작한다.

마차가 다시 움직이기 시작할 때다. 소년이 갑자기 생각난 듯 송태에게 입을 열어 말한다.

"나루터에는 뱃사공이 항시 기다리고 있나요? 아니면 뱃사공이 나타날 때까지 무조건 우리가 기다려야 할까요?"

송태가 소년의 말을 듣고는 슬며시 표정이 달라진다. 그러더니 먹구름이 걷히듯 이내 평온한 표정을 짓고는 응답한다.

"미처 생각해 보지는 못했는데 뱃사공은 항시 길손들을 기다릴 거야. 뱃사공은 당연히 나루터에서 길손들을 기다려야만 해. 사람들을 실어 날라야 뱃사공도 뱃삯을 받아 생계를 이어갈 거잖아?"

소년이 행운을 만난 듯 담뿍 미소를 지으며 송태에게 말한다.

"꿩 대신 닭이라고 바다 대신에 강을 보게 되군요. 강폭이 50장이면 꽤 넓은 강이겠군요."

송태가 연신 대견스럽다는 듯 소년을 바라보며 미소를 짓는다.

송태가 물속으로 잠겨들듯 깊은 상념의 물결에 휩쓸려든다. 먼 길 떠나는 터라 기가 죽어 시무룩해 있으리라 여겼다. 그랬는데 18년의 세월을 초월하여 자신과 거의 대등하게 이야기하지 않은가? 세상을 바라보고 분석하는 자세가 물속처럼 안정되어 있다고 여겨진다.

'마차가 곧장 내계리까지 들어가면 좋을 텐데 영 아쉽구나. 마차의 짐을 나루터로 옮기고 거룻배를 타고 강을 건너야 하다니! 강을 건넌 뒤가 또 문제로구나. 강을 건넌 뒤에도 35리를 더 가야 하지 않는가? 마차를 또 불러야 할 상황이지 않은가? 마차를 쉽게 구할 수 있을지 걱정스럽군.'

물고기를 낚듯 송태가 생각에 잠겨 이런저런 일을 떠올린다.

'지금까지 팔촌 형님이 담양을 찾아 준 일은 대단한 관심이었구나. 그랬는데도 나는 이번에 처음으로 형님을 만나러 가다니? 그것도 무기한으로 자식을 맡기러 가는 꼴이 아닌가? 물론 송순의 숙식비는 내

가 마련해 가는 중이지만.'

마차가 멈추어 선다. 마부가 친절한 마음을 드러내듯 송태에게 다정하게 말한다.

"영천리 나루터에 도착했소이다. 저기 거룻배가 출발할 준비를 하고 있소이다. 거룻배까지 마차의 짐은 제가 옮겨 드리겠소이다. 아드님만 잘 데리고 승선하시기 바라외다."

송태가 의식을 거행하듯 경건하게 마부와 함께 짐을 거룻배로 옮긴다. 배에 올라타기 전에 송태가 마부에게 마차 삯으로 엽전을 건넨다. 마부를 향해 송태가 꽃봉오리가 열리듯 활짝 웃으며 말한다.

"먼 길에 수고 많으셨소이다. 짐까지 배에 날라 주셔서 정말 고맙소이다. 나중에 마을에서 만납시다."

마부가 일을 끝낸 사람처럼 여유스러운 표정으로 웃으며 말한다.

"멀리까지 오셨는데 오늘은 팔촌 형님 댁에서 묵는 게 좋잖겠소이까? 모처럼 형제끼리의 만남이잖소이까? 하여간 잘 알아서 하시기 바라외다."

송태가 마부에게 고맙다는 듯 손을 흔들어 전송한다. 금세 마차가 기포가 스러지듯 시야에서 사라진다.

거룻배가 정해진 일정처럼 나루를 떠나려 한다. 8명의 길손이 탄 상태다. 사공이 공을 굴리듯 노련하게 배를 황룡강 서안(西岸)으로 몰고 간다. 50장 강폭의 황룡강의 위용은 대단하게 여겨진다. 송태가 50대 초반의 뱃사공을 향해 말한다.

"혹시 강 건너편에 마차가 있겠소이까? 내계리까지 멀리 가야 할 상황이라서 묻소이다."

뱃사공이 경미한 일이라는 듯 쉽게 응답한다.

"영천리 나루터는 장성에서도 대단히 큰 규모이외다. 나루터 주변에는 마차들이 깔려 있으니 걱정하지 않아도 되외다."

뱃사공의 응답을 듣자 짐을 부린 듯 송태의 마음이 가벼워진다. 눈을 크게 뜨고 강 건너편을 보니 마차들이 눈에 띈다. 이윽고 배가 강을 건널 무렵에 뱃사공이 송태를 향해 말한다.

"영천리 인근의 사람들한테는 연중 두 차례씩 운임을 곡식으로 받소이다. 선비께서는 타지(他地) 사람 같소이다. 내계리 누구를 방문하외까? 뱃삯은 내계리의 마을 사람한테서 받겠소이다. 규약이 원래부터 그렇게 정해졌기 때문이외다."

송태가 뱃사공에게 협조하려는 듯 신속히 응답한다.

"내계리의 송흠 선생 댁을 방문하려고 하외다."

뱃사공이 근심이라고는 없다는 듯 환히 웃으며 말한다.

"알겠소이다. 꽤 명망이 높은 선비님 댁을 방문하시군요. 선비님께서는 전혀 운임을 걱정하지 않아도 되외다."

길손들이 하강하는 새 떼처럼 배에서 내릴 무렵이다. 나루터에서 기다리던 마부들이 길손들을 향해 달려와 말한다.

"마차를 타실 분들은 행선지를 알려 주시오. 쾌적하게 목적지까지 모셔 드리겠소이다."

송태가 마차를 정하여 마부와 함께 짐을 옮긴다. 이윽고 마차가 35리 여정의 도로를 바람을 가르듯 내달리기 시작한다. 마차에는 송태와 소년이 나란히 앉아 창밖을 내다본다. 소년이 송태를 바라보며 중요한 사실을 알아차린 듯 입을 연다.

"금세 마차를 타게 되어 다행이에요. 도로가 자갈밭 길이 아니라서 참으로 편안하네요."

송태도 미처 깨닫지 못한 부분이다. 도로는 황톳길이어서 마차바퀴가 얼음장에 미끄러지듯 경쾌하게 구르는 느낌이 든다.

소년이 신기한 듯 송태에게 말한다.

"방금 지나온 황룡강은 영산강과 혹시 합류되는지요? 강폭이 넓고 수량이 많아서 궁금하게 여겨져요."

송태가 매한테 들킨 개구리처럼 움찔 놀라면서 잠시 생각에 잠긴다.

'집에서 대할 때는 완전히 아기였는데 언제 어른스러워졌을까? 지형 구조를 정확히는 모르겠지만 감이 잡히는 대로 설명해 주어야지. 다음부터는 지도를 구하여 지형 연구를 좀 해야 되겠어.'

먼지를 털어내듯 생각을 정리하자마자 송태가 소년의 물음에 응답한다.

"내가 직접 확인한 것은 아니지만 아는 대로 들려줄게. 황룡강은 광주에서 영산강과 합류하여 나주를 거쳐 목포로 흘러가. 목포에서 빠져 나가면서 영산강은 서해에 합류하는 거야. 조선의 바다가 동해와 서해와 남해로 이루어져 있다는 것은 알지?"

소년이 송태의 얘기를 듣고는 나지막한 목소리로 중얼대듯 말한다.

"지방의 벼슬아치들은 지형을 정확히 알아야 되겠군요. 그래야 가

묾이나 홍수에 대한 대책을 세울 거잖아요?"

송태가 소년을 바라보다가 늪에 빠져들듯 상념에 휩쓸린다.

'확실히 이 녀석은 타고난 식견을 가졌어. 나중에 관리가 되면 지방 관이라도 잘 해낼 것 같구나. 송순의 미래에 대해서는 크게 걱정하지 않아도 되겠어.'

송태가 상념에 휘감겨 있을 때에 마차가 멈춰 선다. 마부가 새로운 세계를 열듯 마차의 문을 열며 말한다.

"선비님, 여기가 장성부 삼계현 내계리이외다."

송태가 고맙다는 인사를 출렁대는 바람결처럼 날리며 엽전을 마부에게 건넨다. 마부가 감사하다는 대답을 하더니 이내 마부석에 올라 탄다. 마차는 스러지는 사막의 신기루처럼 금세 시야에서 자취를 감춘다. 송태가 눈에 띄는 마을 사람에게 송흠의 집이 어디냐고 묻는다. 30대의 사내가 손가락으로 화살을 겨누듯 집의 위치를 알려 준다. 송태와 소년이 가까스로 짐을 챙겨 들고 송흠의 집으로 찾아든다.

송흠의 집은 마을의 남쪽에 호수처럼 고요히 위치해 있다. 이윽고 송태와 소년이 송흠의 집 마당으로 흘러드는 안개처럼 들어선다. 낮이면 시골 마을의 집 대문은 다 열려 있다. 멀리 여행을 떠난 사람들의 집만 대문이 닫혀 있을 따름이다.

인기척에 방문을 열고 41살의 송흠과 그의 아내가 마당으로 내려 선다. 방문객이 송태와 소년임을 알아보고는 징 소리처럼 커다란 목소리로 말한다.

"어이쿠, 귀한 손님들이 오셨구먼. 부인, 내 아우가 찾아 왔소이다. 꼬마 도령은 조카인데 알아보겠소이까?"

송흠의 아내가 풍경처럼 청아한 목소리로 송태 부자에게 인사를 한다.

"시아주비께서 오셨군요. 조카도 출생할 때에 보고는 오랜만이에요."

송태가 송흠의 아내를 향해 허리를 굽히는 갈대처럼 깍듯이 인사한다.

"형수님, 제 자식을 데리고 오늘 처음으로 장성을 찾아 왔소이다. 그간 잘 지내셨소이까?"

진사인 송흠의 외아들은 둥지 속의 새처럼 성균관에서 머문다고 한다. 그리하여 집에는 송흠의 64살의 노모와 부부가 거주하고 있다. 송흠의 아내가 정성을 기울이듯 점심을 차리러 부엌으로 들어간다.

이윽고 점심 식사 때가 되었을 때다. 밥상이 사랑채의 사랑방으로 밀물처럼 밀려든다. 밥상에는 밥과 정성이 담긴 맛깔스런 반찬들이 깔려 있다. 주전자에는 탁주도 논에 실린 물처럼 그득히 담겨 있다. 밥상 둘레로 송흠의 노모를 비롯하여 일행이 빙 둘러앉는다. 산나물국에서 안개처럼 휘몰리는 향긋한 냄새가 방안을 감미롭게 적신다. 송흠이 송태의 술잔에 탁주를 따르면서 말한다.

"내가 주인이니 자네의 술잔에 술을 먼저 따르겠네. 담양에서 정말 멀리까지 오느라고 애 많이 썼겠구나."

송흠이 써레질을 하듯 송태의 술잔에 술을 가지런히 따른다. 송태도 송흠의 술잔에 곧장 술을 따른다. 일행이 숟가락을 들어 일제히 식사를 시작한다. 송태가 송흠을 향해 말한다.

"한 달 전의 형님의 제안에 따라 송순을 데려 왔어요. 기초를 잘 닦아 주시면 두고두고 은혜를 잊지 않겠습니다."

송흠이 기다렸다는 듯 곧바로 응답한다.

"원래 내가 자네한테 조카를 보내 달라고 제안한 거잖아? 한 달 전에 처음 대했을 때의 조카의 눈빛이 인상적이었어. 눈빛만으로도 미래의 동량이 될 인재라는 느낌이 완전히 들었어."

송순이 이때 안개가 내리깔리듯 차분한 목소리로 일행을 향해 말한다.

"저는 담양에 사는 송순이에요. 백부님께서 저를 지도해 주시기로 하셨다니 정말 감사합니다. 최선을 다해 열심히 배울게요."

송흠의 노모가 흡족한 듯 미소를 지으며 말한다.

"말하는 것만 봐도 확실히 인재라 여겨지구나. 당연히 열심히 공부해야지. 그래서 훗날에 당당한 위상을 드러내는 인물이 되어야지. 암, 그렇고말고."

빛살처럼 화기로운 분위기에 휩쓸려 송흠의 아내가 입을 연다.

"송순의 출생을 거들었던 날이 어제 같은데 벌써 7년째를 맞았군요. 출생 당시에도 고운 아기였는데 이젠 더욱 영준한 미소년이 되었네요. 송순아, 이렇게 찾아 주어서 너무나 반가워. 기간이 얼마가 되든지 여기서 머물 동안은 편안하게 지내도록 해. 내가 너를 잘 돌봐 줄게."

송태가 고마움이 실린 눈빛으로 사촌 형수를 향해 목례를 한다. 팔촌 형수도 방긋 미소를 지어 송태의 목례에 응답한다. 실내에는 꽃향기처럼 향긋한 기운이 감돌아 저마다 평온한 마음이다.

밤이 되자 사랑방에서 송흠과 송태 부자가 나란히 잠이 든다. 안채에는 송흠의 노모와 아내가 잠을 잔다. 송순은 밤중에 휩쓸리는 깃털처럼 살며시 일어나 마당을 서성이며 생각한다.

'이제 날이 밝으면 아버지는 담양으로 돌아가시겠지. 나만 여기서 남아서 공부하게 되겠구나. 때가 되면 이처럼 움직여야만 일이 이루어지는 모양이야. 아버지가 나를 여기까지 데려 왔는데 열심히 학문을 익혀야지.'

안개가 흘러들듯 다시 방으로 들어선 송순이 잠자리에 든다.

어느새 창문을 통해 아침 햇살이 약수의 물줄기처럼 희미하게 흘러든다. 사람들이 일어나는지 웅성대는 소리들이 들린다. 송태도 눈을 번쩍 뜨더니 일어나면서 송순에게 말한다.

"잘 잤니? 시간이 순식간에 흘러가구나. 마당으로 내려가 세수를 하자꾸나."

송순이 아버지를 따라 새가 하늘에서 내려앉듯 마당으로 내려선다. 마당에는 송흠 내외가 일어나 이야기를 나누다가 송태 부자에게 인사한다. 장독간 옆의 마당에 웅덩이처럼 자리 잡은 우물이 있다. 두레박으로 물을 퍼서 송태가 먼저 세수를 한다. 그런 뒤에 송순도 새로운 물로 세수한다. 송흠의 어머니도 연기처럼 가볍게 마당으로 내려서며 송태 부자에게 인사한다.

"다들 어젯밤에 잠은 잘 잤니? 여독이 풀리기나 했는지 모르겠구나."

미풍을 맞아 즐거운 듯 송태가 쾌활한 표정으로 응답한다.

"백모님께서도 잘 주무셨어요? 방이 참 따뜻해서 잠을 잘 잤습니다."

송순도 송흠의 어머니에게 은방울이 울리듯 또랑또랑한 목소리로 말한다.

"할머니, 잘 주무셨어요? 울타리의 새 소리가 참 곱게 들려요."

송흠의 어머니도 귀엽다는 듯 미소를 머금으며 응답한다.

"어이쿠, 꼬마 도령님도 제 때에 일어났구나. 방이 춥지는 않았니?"

송흠 가족과 송태 부자가 연회에서 만난 듯 즐겁게 이야기한다.

아침 식사를 한 뒤다. 송순을 남기고 송태가 마차를 불러 타고는 송흠의 집을 떠난다. 송순이 미끄러지는 구름송이처럼 떠나는 마차를 향해 손을 흔들어 준다. 마차가 스러질 때까지 송순이 동구 밖을 기억에 새기듯 내다본다. 마차가 사라진 뒤에야 허허로운 심정으로 송순이 송흠의 집으로 들어선다. 새로운 세상을 대하듯 엄숙한 마음으로 마당에서 하늘을 올려다본다.

'검객(劍客)이 명사를 찾아 수련하듯 오늘부터 심혈을 기울여 노력해야겠어. 기왕이면 삼종 백부님한테 인정받는 제자가 되고 싶어.'

송태는 숭고한 의식을 기다리듯 송순에게 일체의 글자를 가르치지 않았다. 송태도 헤엄쳐 강을 건너듯 급제하려고 애쓰느라 바쁘기도 했다. 송순에게 유년기 최대한의 자유로움을 안겨 주려는 배려이기도 했다. 아버지인 송태의 배려를 세세하게 알 턱이 없었던 송순이다. 송순의 가슴을 적셔 주는 따뜻한 바람결 같은 송태의 배려였다. 송순이 마당에서 한동안 마음을 가다듬은 뒤다.

새로운 길을 개척하듯 송순이 천지사방을 향해 허리를 굽혀 절한다. 송순의 이런 모습을 뒤란에서 우연히 보게 된 송흠이다. 송흠이 얼음물을 뒤집어쓰듯 소스라치게 놀란 느낌에 휘감겨 생각에 잠긴다.

'제자로서는 아주 훌륭한 조건을 갖췄어. 저런 경건한 태도와 집념이 실린 태도야말로 세상을 바꾸기 마련이야. 필생의 노력을 다해 지도해서 인재다운 인재를 만들겠어.'

송순이 자연에 대한 경배를 마치고는 송흠을 찾으려고 한다. 송순이 하늘로 날아오르려는 듯 팔을 독수리 날개처럼 활짝 펼친다.

송흠이 뒤란에서 송순의 동작을 지켜보다가 실안개가 퍼지듯 미소를 짓는다. 그러면서 송흠이 머릿속으로 휩쓸려드는 상념의 물결에 잠긴다.

'참다운 스승의 면모는 순수해야 함을 저 애가 내게 가르치는가? 하늘이 저 애를 통해 아침에 나를 가르치는 느낌이 들어. 그래, 나도 최선을 다해서 생애 첫 제자를 길러 보겠어. 내 모든 영혼의 움직임까지도 저 애한테 전수하도록 하겠어. 그리하여 나중에 저 애가 세상에서 빛난 존재가 되도록 만들겠어.'

송순이 송흠을 발견하고는 자석에 이끌리는 쇳가루처럼 다가서며 말한다.

"백부님, 가르치시는 대로 열심히 배우겠어요. 오늘은 무엇을 배우게 될지 가슴이 설렙니다."

송흠이 송순의 말에 치솟는 기포처럼 너털웃음을 마음껏 터뜨린다.

아하하핫! 아하하하핫!

한동안 웃던 송흠이 송순에게 비밀을 털어놓듯 차분히 말한다.

"얘야, 유생이 된다는 것은 결코 쉬운 일이 아니야. 첫 번째가 남들의 마음을 읽을 수가 있어야 해. 사람의 마음을 읽는다는 뜻이 무엇인지 이해할 수 있니?"

송순이 움찔 놀란 듯 생각하는 자세를 취하다가 천천히 말한다.

"너무 어려운 일이라 생각돼요. 제 마음이 어떤지도 모를 때가 많아요. 하물며 남의 마음이 어떤지 어떻게 알겠어요? 남의 마음을 알려면 차라리 무당이 되는 게 빠르지 않을까요?"

송순의 말에 까무러칠 듯 놀라 눈물마저 글썽이며 송흠이 말한다.

"아하하핫! 정말 제대로 된 인물을 만난 느낌이야. 너라면 이미 사람들의 마음을 읽고도 남음이 있겠어. '무당'이란 말 한 마디로 내 마음을 읽었다고 대답했잖아? 어후, 이러다가 내 실력이 달려서 너를 못 가르칠까 두려워지구나."

송흠이 한낮의 햇살처럼 편안한 표정으로 아내를 향해 말한다.

"부인, 내 잠시 송순과 함께 나들이를 하고 돌아오겠소이다. 점심은 집에 와서 할 테니까 그렇게 알고 계시오. 송순과의 나들이부터가 학문 수련 과정의 시작임을 아시리라 믿소이다."

달빛이 바람결에 나부끼는 듯 화사한 미소를 머금으며 그녀가 응답한다.

"충분히 이녁의 말뜻을 알고 있어요. 첫 날부터 너무 부담이 가지 않게 해 주시리라 믿어요."

들판을 스쳐 가는 바람결처럼 숙질이 나란히 인근의 산야로 걸어간다. 동구 밖을 벗어나자 송흠이 송순에게 말한다.

"여기서 북동쪽으로 6.4리를 걸어가면 평림호라는 호수가 나와. 호수의 둘레는 15리에 달하는 바다처럼 넓은 호수야. 며칠간 우리는 호수를 드나들며 가슴에 호연지기를 담아야 해. 호연지기(浩然之氣)란 하늘과 땅 사이를 채운 커다란 원기를 말하거든. 이런 기운이 가슴으로부터 언제든 분출될 때 학습이 극대화되는 거야. 며칠이 지나서 글을 읽으면 저절로 머릿속으로 밀려들게 되어 있어. 공부란 것도 이처럼 순리대로 해야만 무리가 생기지 않는 거야."

숙질은 반 시진 동안을 걸어서 6.4리 떨어진 호수에 도착했다. 둘레가 15리에 달하는 바다처럼 넓은 평림호가 미소를 지으며 남실댄다. 얼이 빠진 듯 송순이 호수를 바라보다가 턱을 괴고 주저앉는다. 깊은 생각에 잠겨드는 모습을 바라보며 송흠도 곁의 너럭바위에 올라앉는다.

호수에는 거룻배 3척이 물에 떠서 물고기를 잡고 있다. 파란 하늘에 스며들듯 수면에서 남실대는 거룻배가 그림처럼 곱게 밀려든다. 송순도 너럭바위로 자리를 옮겨 앉아서 호수의 수면을 굽어본다. 이때 송순의 머릿속으로 섬광처럼 많은 느낌들이 휩쓸려 든다. 송순이 꿈꾸듯 호수를 바라보며 마음속으로 중얼댄다.

'오늘 호수를 보게 되어서 너무나 기뻐. 바다가 호수보다 훨씬 크다는 것은 알지만 호수는 호수로서 멋져. 사람의 마음이 호수 같으면 적이 생길 리가 없으리라 여겨져.'

왜 사람들의 마음이 휘몰리는 바람결처럼 호수로 빨려드는지 생각에 잠긴다. 왜 싫다든지 노엽다든지 하는 감정은 안개처럼 스러지는지 모르겠다고 여긴다. 먼 수면으로 갈수록 물빛이 실안개처럼 엷어져 신비로워지는지 감격스러울 따름이다. 호반에는 백로와 왜가리가 이따금씩 산책하듯 기웃거리곤 한다. 백로의 흰빛 날개와 왜가리의 잿빛 날개가 두루 조화롭게 비친다. 넓은 호반인데도 고개를 돌려 봐도 인가는 거의 보이지 않는다.

송흠이 소중한 진리를 일깨우듯 송순을 바라보며 말한다.

"만물 생장의 근본적인 기운을 원기(元氣)라 일컫거든. 호연지기는 세상에 퍼져 있는 커다란 원기를 말하는 거야. 원기가 곁에 있어도 느낄 줄 모르면 알지 못하는 거야. 원기를 느낄 수 있으려면 마음의 눈을 열어야 돼."

송순이 질문하듯 말한다.

"눈은 얼굴에 달려 있잖아요? 마음을 들여다보는 눈도 있어요? 그런 눈을 가진 사람들이라면 사람을 치료하기는 쉽겠어요. 환자에게 물을 필요도 없이 얼마나 아픈지 보일 테니까 말입니다."

송흠이 송순의 말에 불에 덴 듯 놀라며 생각에 잠긴다.

"이 녀석의 돌려주는 말에는 엄청난 뜻이 담겨 있구나. 오히려 내가 이 녀석을 스승으로 떠받들어야 될 것 같구나. 정말 대단한 녀석이야."

사시 말기라 햇살이 만물을 불사를 듯 눈부시게 호반으로 달려든다. 목련과 산수유의 꽃들이 피어 바람결에 공작의 깃털처럼 화려하게 남실댄다. 호반의 곳곳마다 개나리와 산수유의 군영들이 구름 더

미처럼 펼쳐져 있다. 미풍이 일 때마다 꽃송이들이 햇살에 취한 듯 버둥댄다. 호수 깊숙이 팔암산과 수련산의 기봉들이 떠서 바람결에 흔들린다. 팔암산은 130여 장의 높이이며, 수련산은 180여 장 높이의 산이다. 호수에 나부끼는 깃털처럼 산악이 물결치니 보는 자체만으로도 장관이다.

숙질이 함께 호수의 절경에 취해 넋을 잃을 정도다. 멧비둘기가 호반에 무리를 지어 앉았다가 수줍은 듯 날아오르곤 한다.

호반 서쪽의 일부에 하얀 모래가 은가루처럼 펼쳐져 있다. 모래 위에 송흠이 손가락으로 커다랗게 한자(漢字)를 줄줄 쓴다. 신선이 선동에게 말하듯 송흠이 송순을 향해 말한다.

"내가 모래에 손가락으로 쓴 것처럼 너도 손가락으로 써 봐. 완전히 모양이 비슷해질 때까지 반복해서 써 봐. 이 글들은 '논어'라는 책의 제1편 학이(學而)의 첫 구절이야. 오늘 하루의 공부는 이게 전부 다이니 정신을 집중시켜야 돼. 위의 3줄은 한자이고 아래 3줄은 언문이야. 언문은 세종 임금이 만드신 우리 글자야."

學而時習之 不亦說呼(학이시습지 불역열호)
有朋自遠方來 不亦樂呼(유붕자원방래 불역락호)
人不知而不慍 不亦君子呼(인부지이불온 불역군자호)

배우고 때로 익히면 기쁘지 아니한가?
친한 벗이 먼 곳으로부터 찾아오니 즐겁지 아니한가?

남이 알아주지 않아도 화내지 않으면 군자가 되지 않겠는가?

송흠이 장검을 휘두르듯 백사장에 손가락으로 글자를 써서 송순을 지도한다. 손가락으로 글을 쓰는 게 신기한지 송순이 연신 즐거워한다. 한자와 언문을 동시에 학습하는 첫 날이라 송순도 정신을 집중한다. 거미줄을 치는 거미처럼 송순이 대여섯 차례 연습하자 외워서 쓴다. 송순이 글을 쓰는 모습을 지켜보면서 송흠이 연신 감탄한다. 그러면서 술에 취한 듯 연신 허공을 향해 중얼댄다.

'꼬맹이의 필체도 제법 곱고 반듯한 편이고 발음도 정확한 편이야. 역시 내가 사람을 제대로 봤어.'

장성에서의 수련

꿈꾸듯 남실대는 평림호의 호반에서 며칠간을 송흠한테서 논어를 지도받은 뒤다. 해가 호심에 잠기는 오시가 되면 휩쓸리는 안개처럼 숙질은 귀가한다. 그리고는 집에서 식사를 하고 차를 마시며 휴식을 취한다. 휴식이 끝나면 사랑방으로 숙질이 들어간다. 사랑방은 도인이 후계자를 가꾸듯 송흠이 송순을 지도하는 곳이다. 송순은 송흠에게서 지도받는 것을 옥황의 시중을 들듯 영광스럽게 여긴다. 발음이 또랑 또랑하고 동작의 격조가 다듬어져 유생의 모습을 서서히 드러낸다.

절벽의 폭포수처럼 빠른 세월이라 어느새 1502년의 7월 중순이다. 송순의 나이가 10살이며 송흠은 44살이 되는 해다. 28살의 송태는 작년에 문과에 급제하여 정9품인 교서관의 정자로 일한다. 둥지를 두고 떠난 새처럼 송태만 서울에 가서 생활하는 중이다. 송순의 교육 관계로 전 가족이 서울로 가기 힘들었기 때문이다. 송흠은 정성을 쏟듯 나날이 송순을 가르친다.

　송순이 7살에 장성에 온 이후에는 열흘에 한 번씩만 귀향했다. 그때마다 이튿날이면 귀소(歸巢)하는 새들처럼 곧바로 장성으로 돌아가 학문을 익혔다. 숙식비에 해당하는 곡물은 매달 장성으로 떠밀리는 물결처럼 수송되었다. 과거의 시험 과목인 사서오경을 4년째 송흠에게서 배우는 중이다. 송흠은 실력이 산악의 주봉(主峰)처럼 빼어났기에 지도력 또한 비상했다. 송순의 재능도 탁월하여 송순의 학습은 타오르는 불길처럼 일취월장으로 발전했다.

　아침에 집을 나선 송순이 점심나절에는 떠밀리는 안개처럼 장성향교에 도착했다. 향교에 도착하자마자 종6품인 교수를 통하여 친구인 최영달(崔永達)을 만난다. 영달은 송순과 동갑이며 장성부 내계리에 사는 유생이다. 열흘마다 한 번씩만 내계리로 나와서 가족을 만나곤 한다. 3년 전에 인연의 틀에 갇히듯 송순이 장성에서 알게 되었다. 군계일학이란 용어처럼 눈에 띄는 용모를 지닌 영달이다. 가슴으로 섬광이 파고들듯 강력한 인상을 주었기에 송순이 친구로 사귀었다.

　동재 앞의 접견실에서 개천이 합류하듯 영달과 송순이 만난다. 영달은 향교에 4년째 다니는 유생이다. 지식을 성곽의 돌처럼 견고히 쌓을 때까지는 향교에서 교육받겠다는 취지다. 학문으로 불길처럼 치닫는 영달의 열정을 송순이 존중한다. 학문에 몰두하려고 한 달씩이나 귀가하지 않은 영달이다. 내계리 마을에서는 만날 수가 없었기에 송순이 향교를 찾았다. 향교의 접견실에서는 단순한 대화가 아닌 토론을 하려고 한다. 영달이 눈에 띄자 귀빈을 만난 듯 송순이 말한다.

"잘 지냈니? 만나고 싶었는데 한 달씩이나 귀가하지 않았다면서? 그래서 오늘은 너를 만나러 내가 왔어."

영달도 그리움이 표출되듯 송순을 매우 반기는 표정으로 말한다.

"나도 네가 무척 보고 싶었어. 그간 삼종 백부님한테서 많이 배웠지? 배운 정도가 얼마의 깊이인지 참으로 궁금해."

둘이서 동굴을 탐색하듯 중용에 대해 의견을 나누기 시작한다. '인도(人道)'라는 제목의 중용 제23장을 내뻗는 물줄기처럼 낭랑하게 송순이 낭송한다.

其次致曲, 曲能有誠, 誠則形, 形則著, 著則明,

(기차치곡, 곡능유성, 성즉형, 형즉저, 저즉명,)

明則動, 動則變, 變則化, 唯天下至誠, 爲能化.

(명즉동, 동즉변, 변즉화, 유천하지성, 위능화.)

그 다음 과정은 한쪽으로 치우친 것을 가다듬는 것이니,

한쪽으로 치우진 것이 능히 성실하게 되면

성실한 것이 은은하게 드러나고,

은은하게 드러나면 명확히 외부로 드러나고,

명확히 외부로 드러나면 밝게 되고,

밝게 되면 상대를 감동시키고,

상대가 감동하면 상대가 나를 따르게 되고,

상대가 나를 따르면 상대가 자연스럽게 바뀐다.

오직 세상에서 지극히 성실해야만

상대를 변화시킬 수 있다.

송순의 낭송이 끝나자마자 놀랍다는 듯 영달이 박수를 치며 말한다.

"우와, 그 구문들을 정확히 암기했구나. 암기하기가 결코 쉽지 않거든. 그랬는데도 죄다 암기했다는 사실이 정말 놀라워."

송순이 비탈에서 미끄러지려는 얼음을 붙잡듯 가볍게 미소를 지으며 응답한다.

"사람 쑥스럽게 왜 그래? 어쨌든 유생들은 구문을 암기하는 게 유리하잖아? 암기하지 못하면 과장(科場)에서 답을 쓰기도 무척 어려워지잖아?"

만개한 목련처럼 환한 표정을 짓더니 영달이 말한다.

"動則變(동즉변), 變則化(변즉화)란 어구에 대해 의심스러운 점을 말할게. '變(변)'이란 말과 '化(화)'란 말이 다 바뀐다는 뜻이잖아? 그런데도 '變則化(변즉화)'란 어구를 쓴 의미가 뭔지 생각해 봤니?"

영달의 말에 송순도 강적을 만난 듯 내심으로 놀란다. 그 부분은 자신도 의심스러워 삼종 백부한테 질문했었기 때문이다. 그랬는데 향교에서도 제대로 유생들을 가르쳤다는 생각이 든다. 생각이 여기에 미치자 송순이 편하게 대답한다.

"'變(변)'이란 상대의 흉내를 내기 시작하는 거라고 배웠어. '化(화)'란 품격이나 습성까지도 바뀌는 거라고 배웠어. 네가 생각하는 것은 나와 어떻게 다른지 알고 싶구나."

영달도 깜짝 놀란 듯 표정이 달라지더니 곧바로 응답한다.

"향교에서는 '변'을 바꾸려고 시도하는 것을 뜻한다고 했어. '화'는 숱한 '변'의 결과를 거쳐서 바뀜이 확정된 것이라고 했어."

향교의 견해와 송흠의 관점이 달라 보이지만 남상(濫觴)처럼 같음을 느낀다.

상대를 감화시킬 수 있는 근원은 본인의 성실성이라는 내용이 핵심이다. 중용의 문구들에 관하여 반 시진가량의 토론이 물 흐르듯 진행되었다. 송순이 교수를 찾아 고맙다는 인사를 하고는 영달과도 작별한다. 물살을 헤치듯 바퀴 소리가 귓전으로 밀려들더니 마차가 눈에 띈다. 송순이 기다렸다는 듯 향교의 출입문 부근에서 팔을 들어 외친다.

"잠깐만요. 지금 장성 내계리로 갈 수 있어요?"

말이 떨어지기도 전에 떠밀리는 안개처럼 마차가 송순에게로 다가온다. 그러더니 마부가 송순을 태워 내계리로 향해 달리기 시작한다. 창밖을 내다보며 송순이 용오름에 휘감기듯 상념의 소용돌이에 휩쓸려든다.

'10살인 올해까지만 삼종 백부님한테서 지도받기로 하겠어. 내년부터는 담양의 내 집으로 가서 공부해야겠어. 어차피 공부는 혼자서 해 나가는 일이잖아? 언제까지나 남의 도움을 받을 수는 없는 일이야. 친구들이 향교에 다닐 때에 나는 삼종 백부님한테서 지도받았어. 향교의 친구들보다는 보다 알찬 지도를 받은 셈이지.'

지금까지의 자취를 계단을 훑어 내리듯 머릿속으로 떠올려 본다.

송흠은 수시로 송순에게 학문의 배경에 관해 설명해 주었다. 장성에 와서 처음 집중적으로 공부한 것은 주자의 소학(小學)이다. 문자를 익히고 마음을 거울처럼 닦는 책으로서는 훌륭하다고 여겨진다. 내편 4권과 외편 2권의 총 6권으로 이루어진 책이다.

상념을 빗질하듯 송흠으로부터 설명을 들은 내용을 떠올려 본다. 내편의 입교(立敎)에서는 아동에 대한 교육의 목표와 과정이 제시되어 있다. 명륜(明倫)에서는 인륜의 중요성과 오륜이 거울로 비추듯 명시되어 있다. 경신(敬身)에서는 사람의 몸가짐과 마음자세를 비롯한 언행의 수련이 제시되어 있다. 계고(稽古)에서는 성현들의 사적이 지혜의 상징처럼 제시되어 있다. 내편은 불길을 다스리듯 인간의 내면을 정화하고 수련하는 경전이다.

외편의 가언(嘉言)에서는 한나라에서부터 송나라 때까지의 성현들의 교훈이 기록되어 있다. 선행(善行)에서는 세인들로부터 태양처럼 추앙받은 성인들의 언행이 실려 있다. 외편에서는 유생들이 본받을 성인들의 언행이 명경(明鏡)처럼 명확히 제시되어 있다.

소학을 공부하고는 과거의 핵심 부분을 탐색하듯 사서삼경을 공부했다. 소학은 사서삼경을 공부하기 이전의 중요한 기초 교과라 여겨진다. 과거(科擧)의 심장 같은 교과인 사서삼경의 수련에는 시간이 많이 소요된다. 그랬기에 10살의 나이인 올해까지도 장성에서 수련할 작정이다. 사서삼경의 분량은 퇴적층의 두께처럼 방대하여 도전하기가 버거운 편이다. 계류의 소용돌이에서 헤어나듯 안간힘을 쓰고 달려들어야 하는 교과임에 틀림없다.

달리는 마차에서 송순이 창밖을 내다본다. 한여름이어서 한낮의 열기가 전신을 불사를 듯 뜨겁기 그지없다. 들녘 개천의 방천마다 커다란 미루나무가 치솟아 연신 춤추듯 하늘거린다. 그나마 개천을 따라 바람이나마 부니 겨우 가슴이 틜 지경이다. 평야 지대의 논에는 벼가 바다를 이루듯 광막하게 들어차 남실댄다. 뜨겁고 무더운 날씨이지만 말은 굴을 통과하듯 꾸준히 달린다. 말이 없어서 직접 먼 길을 걷는다고 가상하자 머릿속이 더워진다.

문득 소학 내편 제3 경신편(第三 敬身篇)의 13번째의 문구가 물결처럼 흘러든다.

禮記曰(예기왈)

君子之容 舒遲 見所尊者 齊遫

(군자지용 서지 견소존자 제속)

足容重 手容恭 目容端

(족용중 수용공 목용단)

口容止 聲容靜 頭容直

(구용지 성용정 두용직)

氣容肅 立容德 色容莊

(기용숙 입용덕 색용장)

예기에서 들려주는 말

군자의 용모는 점잖고 조용하지만, 존경하는 사람을 대하면 숙연해져야 한다.
발은 무겁게 유지하고, 손은 공손하게 취하며, 눈은 단정하게 유지한다.
입은 움직이지 않으며, 목소리는 고요하게 하고, 머리는 단정하게 세운다.
숨은 엄숙히 쉬고, 반듯이 서도록 하며, 낯빛은 씩씩하게 유지한다.

송흠은 송순에게 흐르는 강물처럼 부단히 들려주었다. 세상의 이치를 연구하는 학문이 철학(哲學)이라고 했다. 머리에 들어찬 두뇌처럼 주자(朱子) 때부터 유교에 철학이 담겼다고 말했다. 유교의 철학은 사람의 수행을 강조하듯 도학(道學)이란 용어로 불렸다. 고려 말기에 성리학이 한반도에 들어서면서 성황을 이루었다고 한다. 도학의 유래를 설명할 때의 송흠은 선경의 선인처럼 단아한 선비였다. 미로의 탈출구를 제시하듯 송흠의 설명은 강력한 흡인력을 지녔다.

건물의 골격처럼 경전에 철학이 담기면서부터 유학은 세상의 학문이 되었다. 대어를 낚듯 실시되는 등과(登科) 시험에서 경전은 필수 교과가 되었다. 경전에는 세상과 우주를 통찰하는 듯 중후한 내용이 담겼다. 등과(登科) 수단뿐만 아니라 수행의 근원으로서 경전이 중대한 위치를 점유했다. 나이에 무관하게 점잖게 행동하지 않을 수 없는 분위기다.

이윽고 마차가 해변의 밀물처럼 장성의 내계리로 들어선다. 송흠의 집 앞에서 마차가 멈추고 마차에서 송순이 내린다. 마차를 바람결에 날리듯 보내고 송순이 송흠의 집으로 들어설 때다. 송흠이 마당으로 내려서면서 송순에게 말한다.

"친구를 잘 만나고 왔니? 무척 반가웠을 텐데도 일찍 돌아왔구나."

송순이 만나기를 기다렸다는 듯 반가운 표정으로 곧바로 응답한다.

"친구의 실력도 대단히 강해졌음을 알고 왔어요. 저도 사서삼경을 부쩍 열심히 공부해야 되겠다고 느꼈어요."

송흠이 무척 대견하다는 듯 송순을 찬찬히 바라보다가 말한다.

"아직 점심 식사는 못했지? 원래가 그런 거야. 향교에서는 오래 머물 수가 없거든. 오래 머물다가는 친구한테도 피해를 줄 수가 있기 때문이야."

송흠이 선심을 베풀듯 송순에게 제안한다. 식사를 하고는 마을 북쪽의 평림호에서 물고기를 잡자고 말한다. 투망질로 물고기를 폐선(廢船) 속의 보물처럼 건져 올리겠다고 들려준다. 더운 날씨임에도 물고기를 건져 올리겠다니? 송순의 호기심이 많이 일어나는 것은 사실이다.

송순이 하루를 준비하듯 송흠과 함께 점심 식사를 마친 뒤다. 송흠이 휴대품들을 준비하라고 송순에게 말한다. 나무 물통에 그물을 비장품처럼 챙겨 넣어 송순이 든다. 별로 무겁지 않아서 충분히 송순이 들고 갈 만하다. 호수는 집에서 북동쪽으로 6.4리만큼 떨어져 있다. 송흠도 물통에 낫을 넣어 송순과 집을 나선다. 반 시진 만에 둘이 바다처럼 파랗게 가라앉은 평림호에 도착한다. 호수 남쪽의 호반에는 키 큰 노송들이 군진(軍陣)처럼 펼쳐져 있다.

노송과 수면 사이에는 백사장이 광막한 벌판처럼 깔려 있다. 다른 곳은 황토 지역인데 거기에만 백사장이 구름발처럼 깔려 있다. 송흠이 나무 물통에서 개구리처럼 움츠려 있던 그물을 꺼낸다. 송흠이 손에 든 그물은 전형적인 투망용의 작은 그물이다. 던져진 그물이 허공을 뒤덮듯 수평으로 펼쳐졌다가 원형을 이루며 떨어진다. 떨어진 그물이 수면에서 원형으로 곤두박질하며 퇴로를 봉쇄하듯 물고기들을 포위한다. 그물 고리를 당기면 그물이 죄어지면서 물고기들이 몰려들듯 갇힌다.

그물은 자갈밭의 자갈처럼 물고기가 빽빽이 모인 곳에 던지는 용도다. 두어 차례만 던져도 매운탕을 끓일 정도로 물고기가 잡힌다. 나무 물통 속에는 냄비와 부싯돌이 비장의 도구들처럼 들어 있다. 물고기를 잡아서 매운탕을 끓일 장비들이다. 노송 아래에는 해묵은 마른 나뭇가지들이 나뭇짐처럼 층층이 깔려 있다. 물고기만 잡히면 언제든 매운탕을 끓일 준비는 완료된 셈이다.

송흠이 소중한 진리를 전하듯 송순을 바라보며 말한다.

"내가 하는 동작을 잘 봐! 비상시에는 물고기를 잡아서 살아갈 수 있다는 훈련도 될 거야. 하지만 그물을 던지는 동작이 만만치 않을 거야. 남들이 할 때엔 쉬워 보이지. 하지만 직접 해 보면 잘 안 될 때가 많아."

말을 마치자마자 송흠이 수면을 뒤덮듯 그물을 수평으로 날린다. 그물이 물수리처럼 날렵하게 수면 위로 날아가더니 원형으로 활짝 펼쳐진다. 이 동작을 보자마자 송순은 동작의 핵심이 이것임을 알아차린다. 수면 상공에서 멍석처럼 활짝 펼쳐지면 그물은 자연스레 떨어지기 마련이다. 그물이 떨어져 내리면서 물고기 떼를 둘러싸 포획하는 원리라 여겨진다. 송순은 깨닫는 과정에서 놀라 실신할 듯 마음속 깊이 감탄한다. 그에겐 처음에 누가 이런 생각을 했는지가 대단히 놀랍게 여겨진다.

송흠이 두 차례에 걸쳐서 비법을 전수하듯 그물을 던지는 법을 시연한다. 송순이 눈여겨보고는 그물을 던지는 연습을 한다. 그물을 수평으로 던진다고 던지니 몽둥이처럼 길쭉하게 내뻗다가는 낙하한다. 몇 차례를 시도해 봤지만 쉽게 개선되지 않는다. 송흠은 세속에 초연한 듯 뒷짐을 지고는 호반을 거닌다. 송순이 그물을 잘 던지건 못 던지건 아랑곳하지 않겠다는 듯하다. 송순이 마음을 경건히 하여 송흠의 속내를 헤아리듯 생각에 잠긴다.

'내가 잡은 물고기로만 매운탕을 끓이겠다는 뜻일지도 모르겠네? 그렇게 되면 매운탕을 못 먹게 될지도 모르잖은가? 내 나이가 그래도 10살인데 제대로 해 봐야지. 그물이 내 손에 있기에 삼종 백부님한테 의지하고 싶지 않아. 삼종 백부님이 바라는 것도 내가 스스로 해결하는 거라고 생각해. 일단은 그물을 활짝 펴지도록 던지는 방식을 연구해야겠어.'

송순이 파도를 잠재우려는 듯 슱하게 수면으로 그물을 날릴 때다. 눈에 띄게 정갈한 옷차림의 소년이 돌연 백사장에 나타난다. 그러더니 마치 친구를 만나러 오는 듯 송순을 향하여 다가선다. 나타난 소년은 송순의 동갑 정도로 보인다. 나타난 소년을 보더니 송순이 잠시 동작을 멈춘다. 송순도 친구를 맞듯 소년을 향해 다가간다. 어깨 폭만큼의 거리를 두고 마주 섰을 때다. 송순이 소년을 향해 말한다.

"호수엔 너 혼자 왔니?"

소년이 미소를 지으면서 물 흐르듯 당당한 목소리로 응답한다.

"네가 숱하게 노력하는 장면을 봤어. 잠시 그물을 내게 건네주겠니? 내가 한 번 던져 볼게."

송순이 마치 따지기라도 하려는 듯 숙연한 표정으로 소년에게 말한다.

"우린 누구인지 인사조차도 하지 않았잖아? 일단 자신이 누구인지를 밝히고서 이야기를 나누면 좋겠어. 나는 내계리에 머무는 10살의 송순이야. 너는?"

소년도 응전하려는 매처럼 만만찮은 당찬 모습으로 곧바로 응답한다.

"아하, 미안해. 나는 광주에서 장성의 친척집에 놀러 온 정만종(鄭萬鍾)이야. 나이는 너랑 동갑이야. 이제는 그물을 잠시 건네줄 수 있겠니?"

송순이 기대감을 기포처럼 품은 듯 만종에게 그물을 조심스레 건네준다. 만종이 그물을 넘겨받더니 어른처럼 숙련된 자세를 취하며 그물을 날린다. 휙 소리를 내며 그물이 호수의 상공에서 수평으로 펼쳐지는 찰나다.

"우와, 정말 대단하구나! 참으로 대단해."

송순이 산울림 같은 탄성을 내지르며 박수갈채를 날려 보낸다.

만종이 부끄러운 듯 쑥스러운 표정을 지으며 송순에게 말한다.

"뭐 이까짓 일로 박수까지 치고 그러니? 어쨌든 격려해 주어서 고마워."

송순이 잠시 잊었다는 듯 만종을 데리고 송흠한테로 간다. 송흠한테 다가가 송순이 만종을 송흠에게 소개한다. 송흠이 흐뭇한 표정으로 만종을 향해 말한다.

"공교롭게도 너는 송순과 동갑이구나. 너는 현재 누구 집에 머물고 있니?"

만종이 산골의 물소리처럼 낭랑한 목소리로 대답한다.

"내계리 마을 중앙의 정 형(亨)자 준(俊)자 어른이 제 백부님이세요. 사촌 형님한테 놀러 왔더니 형님은 일이 있어서 한양으로 갔다더군요."

송흠이 몹시 기쁜 듯 만종을 향해 웃으며 말한다.

"어허허헛! 알고 보니 정 진사님의 당질이로구먼. 정 진사님은 나와 대단히 친한 분이란다. 그래, 얼마나 여기서 머물다가 돌아갈 거니?"

만종이 짙은 산안개가 정체(停滯)하듯 열흘 정도는 머물겠다고 들려준다. 그러면서 머무는 동안에 송순에게도 놀러 오고 싶다고 말한다. 송흠도 흔쾌히 그렇게 하라고 만종에게 허락한다.

송흠이 즐거움을 나눠 주듯 송순과 만종을 향해 말한다.

"매운탕을 끓이려고 냄비와 양념들을 준비해 왔거든. 너희들이 그물을 던져 잡는 물고기로 매운탕을 끓여 줄게. 어떻게 물고기를 잡을 자신이 있니?"

송순과 만종이 일제히 자신이 있다고 응답한다. 그러고는 오랜 사귄 친구처럼 둘이 붙어 서서 그물을 던진다. 소년들이 그물을 던지다 말고 둘이 마주 서서 의견을 나눈다. 만종이 지혜로운 참모처럼 자신의 의견을 송순에게 들려준다.

"그물은 물고기가 몰리는 곳에 던져야 효력이 커. 골짜기 같으면 물고기가 떼를 이루는 장소가 쉽게 눈에 띄어. 하지만 호수에서는 몰려다니는 물고기 떼를 발견하기가 쉽지 않아. 물도 많고 물고기도 많겠지만 쉽게 잡기는 힘들 거야."

송순이 만종을 향해 꿈에서 지혜를 얻듯 신중히 말한다.

"여기는 호수야. 호수에서는 호수에 맞게 물고기를 잡으면 되잖아? 흩어진 물고기들을 불러 모으려면 미끼를 주면 되잖아? 얕은 호수 밑바닥의 개흙을 파면 지렁이들이 나올 거야. 숱한 지렁이들을 물에 던지면 그걸 먹으려고 물고기들이 틀림없이 몰려들 거야. 그때 그물을 던지면 되잖아?"

만종이 긴요한 해답을 구하듯 신중하게 말한다. 곧바로 해결의 방식을 발견한 듯 당당하게 말한다.

"뜻밖에도 너는 통찰력이 크게 발달한 사람 같아. 너의 제안대로 우리 함께 해 보자고."

둘은 곧장 호반에 가까운 개흙을 뒤지면서 지렁이를 찾는다. 둘이 얼마 애쓰지 않아서 지렁이들을 다수 찾아낸다. 송흠은 딴전을 보듯 은밀히 둘의 모습을 바라보곤 미소를 짓는다. 송흠이 머릿속으로 휘몰리는 기류에 취한 듯 생각에 잠긴다.

'둘의 문제 해결 능력이 탁월한 점도 아주 좋아. 교우 관계도 좋아서 나중에 당당한 목소리를 낼 수 있겠구나!'

물결에 흔들리는 수초처럼 잠잠한 기세이더니 소년들이 지렁이들을 수면으로 내던진다.

첨벙! 첨벙!

호수의 수면으로 지렁이들이 빗줄기처럼 연속적으로 떨어져 내린다. 그러더니 경이로움에 젖은 소년들의 목소리가 빛살처럼 밀려든다.

"이야아, 마침내 물고기 떼들이 몰려오네."

"저 봐! 저기서도 엄청난 물고기들이 몰려오잖아?"

이윽고 만종이 수면을 향해 그물을 날린다. 투명한 방석이 펼쳐지듯 그물이 허공에서 수평으로 쫙 퍼진다. 이윽고 소년들의 아우성이 또 요란스럽게 터진다.

"우와아! 많이도 잡혔어! 앞으로 두어 번만 던져도 충분하겠어."

송흠은 여전히 먼발치에서 딴전을 피우듯 은밀히 소년들을 관찰한다. 소년들이 자력으로 해결하려는 모습을 지켜보며 마음속으로 격려를 보내는 송흠이다.

소년들이 환호성을 터뜨리며 연신 나무 물통에 물고기들을 잡아서 넣는다. 이윽고 송순이 송흠을 향해 호반의 기류처럼 다가온다. 송흠도 소년들을 향해 즐거운 마음으로 걸어간다. 송흠이 물통 속을 들여다보곤 소스라치듯 깜짝 놀란다. 매운탕을 끓이기에는 너무나 많은 양임을 알아차린다. 송흠이 소년들을 향해 말한다.

"통 속의 1/4만 사용하고 나머지는 살려 주도록 해. 1/4 분량이면 충분하니 나머지는 물속으로 되돌려 줘."

만종과 송순이 붕어와 피라미들을 냄비에 들어갈 양만큼만 깨끗이 씻는다. 나머지는 원점으로 되돌리듯 물속으로 살려 보낸다. 송흠이 돌조각 4개를 구하여 냄비를 올린다. 준비해 간 고추장과 채소를 냄비에 채워 넣는다. 냄비 뚜껑을 닫고 불을 피워 매운탕을 끓인다. 노송 밑에 연막처럼 수북이 깔렸던 마른 나뭇가지들이 연료로 사용된다. 매운탕이 구수한 냄새를 피우면서 온천수처럼 부글부글 끓는다. 꿈결처럼 감미로운 향기가 일행에게로 휘몰려든다.

일행이 신선들처럼 호반의 노송 아래에서 매운탕을 먹기 시작한다. 수저를 여유 있게 가져갔던 게 도움이 된 모양이다. 만종이 송흠을 향해 입을 연다.

"어르신께서 끓인 매운탕이 일품이옵니다. 예전에도 더러 끓여 보셨사온지요?"

송흠이 소나기가 쏟아지듯 시원스레 너털웃음을 쏟아내며 말한다.

"아하하핫! 사내들이라도 때때로 매운탕은 끓이는 법일세. 부녀자들이 산천까지 따라다닐 수는 없잖은가 말일세."

송순이 어른에 대한 숭모의 마음을 드러내듯 송흠을 향해 말한다.

"어른이 되려면 익혀야 할 게 한두 가지가 아니겠군요. 매운탕의 양념장만 해도 익혀야 할 대상이잖아요?"

송흠이 안개처럼 확산되는 장난기 실린 표정으로 송순을 바라보며 말한다.

"익혀야 할 게 많아서 어른이 되기가 싫니?"

일행이 매운탕을 먹고 수분이 증발하듯 설거지까지 말끔히 마친 뒤다. 노송의 그늘이 시원한 곳에서 셋이 둘러앉아 이야기를 나누기 시작한다. 이들이 머무는 위치는 바다처럼 넓은 평림호의 남쪽 호반이다. 남쪽 호반은 동서 방향으로 나란히 1.5리가량 직선으로 내뻗어 있다. 백사장은 이 부분에 발달되어 있다.

선경 같은 절경에 몰입되듯 자연의 풍광에 취해 있을 때다. 호반의 남쪽으로 1.6리 거리에는 130장 높이의 팔암산이 치솟아 있었다. 숲에서 바스락거리는 소리가 들리더니 송아지만 한 고라니가 얼굴을 들이민다. 석간수처럼 청순한 고라니가 얼굴을 들어 일행을 바라보며 다가온다. 일행과 다섯 걸음쯤의 거리만큼 떨어져서 매혹시키려는 듯 사람들을 바라본다.

송흠이 고라니를 보며 중얼거리듯 말한다.

"설거지까지 마쳐서 너한테 줄 게 없는데 미안해서 어쩌나?"

만종은 고라니를 향해 다가오라는 듯 두 손을 내밀며 말한다.

"우리와 놀고 싶니? 이리 와 봐."

송순은 가슴이 정화되는 듯 고라니의 눈을 들여다보면서 생각에 잠긴다.

'어쩜 너의 눈은 그처럼 맑니? 정말 정화된 눈이 어떤 것인지를 보여 주어서 고마워.'

고라니를 대하는 사람들의 반응이 바람에 휩쓸린 물결처럼 저마다 다르다. 고라니가 짧은 꼬리를 두어 번 흔들더니 산속으로 자취를 감춘다. 고라니가 스러지는 안개처럼 사라지자 일행의 반응도 다양하다.

바가지의 물을 내리쏟듯 송흠이 자신의 견해를 털어놓는다.

"길을 잠시 잃었던 모양이야. 호수에 물을 먹으러 가려다가 우리 때문에 되돌아간 모양이야. 괜히 미안해지네."

만종도 그의 생각을 바람결에 나부끼는 깃털처럼 편안하게 들려준다.

"고라니가 산신령을 대신하여 우리한테 무슨 말을 하러 오지 않았을까요? 입으로 말하는 대신에 눈빛으로 잔뜩 말한 것 같거든요. 고라니의 말을 알아듣지 못해서 미안한 느낌이 들어요."

송순도 꿈에서 깨어나듯 정신을 차려 자신의 느낌을 말한다.

"청순한 경지의 눈빛이 어떤 것인지를 보여 준 것 같아요. 하도 강렬한 눈빛이라 아직까지도 가슴이 먹먹할 지경이에요."

송흠도 생각이 많아진 듯 고라니와의 조우에 관하여 돌이켜 본다. 동일한 대상이 출현했지만 바라보는 사람들의 생각이 저마다 다르다.

송흠이 일행을 둘러보며 햇살처럼 평온한 표정으로 말한다.

"너희들 다 논어 제12편의 말씀들을 기억할 수 있지? 기억나지 않는다면 내가 다시 한 번 떠오르게 해 줄게. 고라니의 모습을 보니 공자의 말씀이 떠오르기에 하는 말이야."

송순도 아는 내용을 송흠이 다시 한 번 강조하여 들려준다. 송흠도 마음을 닦듯 논어 제12편의 글을 재차 떠올려 본다.

子曰(자왈)

克己復禮爲仁,
(극기복례위인),
一日克己復禮,
(일일극기복례),

天下歸仁焉.

(천하귀인언).

공자가 다음과 같이 말했다.

자신에게 이기고 예를 회복함이 인(仁)이기에,

날마다 자신을 이겨 내고 예를 갖추면,

천하가 죄다 인으로 돌아갈 것이니라.

낮의 근원인 태양처럼 유교의 핵심이 인(仁)임은 유생(儒生)들이 다 안다. 송순에게는 경전 중에서 인(仁)을 가장 잘 드러낸 문구라 여겨진다. 송순은 송흠의 말에 깊은 공감을 느낀다. 청순한 고라니의 눈빛이 인(仁)의 상징처럼 느껴졌다는 얘기다. 송흠과 송순의 생각이 묘하게도 일치되었다는 사실에 송순이 감동을 느낀다.

만종은 만종대로 고라니의 눈빛에 깊은 감동을 느낀 듯하다. 일생 잊지 못할 장면을 대한 듯 만종은 경이로움에 젖어든다. 마치 오라고 말하면 쾌히 승낙할 듯한 고라니의 눈빛이었다니? 언제 이와 유사한 감동에 젖어들지 기약할 수 없다고 여겨진다. 만종의 눈빛마저도 발그레하게 상기된 듯 물결처럼 흔들린다.

만종도 감동으로 가슴이 벅찬 듯 송흠에게 말한다.

"어르신께서 지적한 '인'은 고라니의 눈빛과 너무나 적절한 비유라고 생각돼요. 어르신의 말씀 때문에 공자의 '인'을 잊지 못할 것 같아요. 어쩌면 그처럼 고운 눈빛의 고라니가 나타났는지 생각할수록 신기하게 느껴집니다.”

일행은 고라니의 눈빛에 다들 매혹된 표정들이다. 고라니는 시야에서 사라졌지만 고라니의 인상은 일행의 가슴에 각인처럼 박혔다.

호수에서 일행이 바퀴살처럼 둘러앉아서 한참 대화를 나눈 뒤다. 만종은 다른 곳에 둘러볼 데가 있다면서 먼저 일어선다. 떠나면서 만종이 송순을 향해 덧붙인다.

“내가 열흘가량은 내계리에서 머물 예정이거든. 오늘 저녁때에 너한테 놀러 갈게.”

말을 남기고는 팔을 휘저어 인사를 하고는 길을 떠난다. 기포가 치솟듯 어떤 생각이 일시에 송순에게 떠오르는 모양이다. 송순이 송흠에게 비밀을 털어놓듯 엄숙하게 말한다.

“매운탕을 끓일 물고기를 잡은 것은 만종의 덕이었어요. 저는 아직도 그물을 제대로 던질 수가 없어요. 지금부터라도 제가 투망질 연습을 좀 하면 안 되겠어요? 그 동안에 백부님께선 여기서 좀 쉬면 되잖아요?”

마음에 든다는 듯 흐뭇한 표정으로 송흠이 즉시 고개를 끄떡인다.

송순이 수행하는 승려처럼 그물을 들고 호반의 바위에 올라선다. 발아래로는 파랗게 내뻗은 수면이 바다처럼 펼쳐져 있다. 그물을 들어 내던지기 전에 송순이 천지신명을 향해 마음속으로 속삭인다.

‘투망질이 어렵다는 것은 잘 알아요. 하지만 어렵다고 해서 쉽게 포기하지는 않겠습니다. 부디 굽어 살펴봐 주세요.’

마음의 각오를 다진 뒤다. 송순이 칼을 갈듯 경건한 자세로 그물을 손에 든다. 허리를 돌리면서 그물을 수평으로 왈칵 내던진다. 의욕과는 달리 그물은 쉽게 수평으로 펼쳐지지 않는다. 송순은 밤하늘의 북극성처럼 안정한 자세를 취하고는 그물을 던진다. 파공성을 일으키며 깃털이 날리듯 공중으로 휘몰렸다가 그물이 수면에 잠긴다.

　　송흠이 그물을 던지는 요령을 알려 줄까 망설이다가 참기로 한다. 모든 것은 보물을 얻듯 도를 터득하는 과정이라 여기는 탓이다.

　　'그래, 스스로 터득해야만 유사시에 실력을 발휘할 수가 있는 거야. 다만 너무 서둘지만 말고 줄기차게 하다 보면 알게 돼. 이 모든 흐름이 인생인 거야.'

　　송흠이 너럭바위에 드러누워 노송의 솔방울을 올려다볼 때다. 호반으로부터 힘찬 울림이 빛살처럼 날아든다.

　　"이야앗! 마침내 이루었어. 별 것도 아니구먼."

　　송순의 목소리임을 알아차리자 송흠이 놀랍다는 듯 미소를 지으며 중얼댄다.

　　'뭐냐? 벌써 투망질을 터득한 거냐? 속도가 너무 빠른 것도 단점인데? 일단 가서 확인은 해 봐야지.'

　　송흠이 너럭바위에서 일어나 호반을 향해 천천히 걷는다. 재차 성공을 재현하려는 듯 송순이 거듭 그물을 던진다. 송순에게로 다가가면서도 송흠은 여전히 흡족하다는 듯 미소를 짓는다.

　　마침내 송흠이 호반에 이르렀을 때다. 송순이 순풍에 나부끼는 깃털처럼 부드럽게 송흠을 향해 말한다.

"백부님, 마침 잘 오셨어요. 제 투망질이 수준에 올랐는지 좀 봐 주실래요?"

미처 송흠의 응답을 듣기도 전에 송순이 그물을 휙 던진다. 거대한 독수리가 수면을 덮치듯 그물이 수평으로 활짝 펼쳐져 날아간다. 송흠도 그 장면을 대하자 저절로 탄성을 터뜨릴 지경이다.

"이야! 정말 대단한 성취로구나! 그처럼 빨리 익힐 줄은 몰랐어."

던진 장면도 훌륭했지만 후속 동작도 매우 빼어났다. 수면 상공에 펼쳐졌던 그물이 사르르 떨어져 가라앉을 때다. 쥠 줄을 잡아당기니 물고기들이 그물을 채우듯 가득 잡혀 올라온다. 이때 송순의 말이 송흠의 귓전으로 밀물처럼 밀려든다.

"매운탕을 끓일 게 아니기에 물고기는 살려 보낼게요."

말을 마치자마자 죄인들을 방면하듯 물고기들을 죄다 물속으로 살려 보낸다.

송흠과 송순이 호수로부터 집으로 돌아왔을 때다. 송흠의 아내와 노모가 전쟁터에서 귀환하는 자식들을 맞듯 숙질(叔姪)을 반긴다. 송흠과 송순이 마당의 평상에서 식사를 마치고는 사랑채로 들어선다. 송순이 사랑방의 책상 앞에 불당의 승려처럼 단정하게 앉았을 때다. 송순이 송흠을 향해 말한다.

"백부님, 지난 4년간 사서삼경은 죄다 공부한 상태예요. 하지만 경서의 내용을 제대로 암기하지 못했어요. 저절로 입에서 술술 나오도록 암기하는 절차가 남은 상태예요. 올해까지는 암기의 수련 과정을 마치고 내년에는 제가 귀가해도 되겠죠?"

송흠이 흡족하다는 듯 흐뭇한 미소를 지으며 응답한다.

"물론이지. 자네는 아주 빼어난 조카이면서 소중한 제자일세. 자네의 실력은 어느 누구와 겨루어도 손색이 없을 정도야. 아직 문구의 암기가 덜 된 점은 부지런히 보완해야 하네. 과거란 제한된 시간에 정답을 써서 제출해야 하거든. 그러니 문구의 암기가 안 되면 등과가 힘들어지는 게 사실이야. 지금이 여름이니까 가을과 겨울까지만 노력하면 경지에 도달할 거네."

저녁 어스름이 마당에 주렴처럼 펼쳐질 무렵이다. 자기 집을 찾듯 만종이 송흠의 집 마당으로 들어선다. 송순이 마당으로 내려서서 오랜 지기처럼 반갑게 만종을 맞는다. 만종을 송흠의 아내와 송흠의 노모에게 소개한다. 그런 뒤에 사랑방으로 데려간다. 송순과 만종을 위해 송흠이 사랑방에서 빠져 나와 안채로 올라간다.

송순이 물그림자가 밀려들듯 빙그레 웃으면서 만종을 향해 말한다.

"나도 투망질을 아까 숙달시켰어. 백부님으로부터도 인정받은 상태야."

만종이 놀란 표정을 지으며 감탄한 듯 말한다.

"오호, 그 정도야? 대단하구먼. 우린 친한 친구가 되리라 믿어."

담양의 산하

세월이 계곡의 급류처럼 흘러 1503년의 8월 중순이다. 11살의 송순이 담양으로 돌아온 지도 6개월째다. 지금까지는 장성 내계리의 백부 집에서 공부해 왔다. 과거의 교과인 사서삼경의 수련을 칼을 갈듯 성공적으로 마친 터였다. 올해부터는 인간과 자연과 어우러져 경전의 깊이를 심화하기로 했다. 사람들과의 교류와 산천의 유람을 생명수 같은 수련의 근본으로 삼았다.

광주의 정만종(鄭萬鍾)과 장성의 최영달(崔永達)과는 부단히 만나기로 한다. 불씨를 가꾸듯 수시로 만나서 학문에 대해 토론하여 발전을 꾀한다. 가을의 산야를 둘러보면서 계류(溪流)에 몸을 적시듯 학문을 심화시키기로 한다. 담양의 산야에는 곳곳마다 대숲(竹林)이 울창하게 우거져 있다. 담양의 어디로 가든 무성한 대숲이 마음을 햇살처럼 편안하게 다독인다. 밤낮으로 물결처럼 일렁대는 댓잎들의 속삭임이 산야에 운치를 듬뿍 안긴다.

이틀 전에 상덕마을에 강물처럼 풍성한 마을 잔치가 열렸다. 그때에 경기도 파주에서 아버지와 함께 내려 왔다는 소년이 있었다. 송순과 동갑인 소년의 이름은 성수침(成守琛)이었다. 함께 내려왔다는 그의 아버지는 치솟는 불길처럼 급한 볼일로 이튿날 되돌아갔다. 수침은 친척인 43살의 성종한(成宗閑)이란 농부의 집에 머물렀다. 송순은 이틀 전에 수침과 만나 알고 지내게 되었다. 송순의 눈에 수침은 성현의 자제 같은 귀공자로 비쳤다. 서로가 지기처럼 마음을 활짝 열고 어울리게 되었다.

아침 식사를 하고는 자연을 탐미하듯 주변의 명승지를 찾아 나선다. 집을 나설 때에 송태가 송순에게 여비를 건네면서 말한다.

"명승지를 둘러보고 정취를 느끼는 일은 시문(詩文)을 작성할 때에 필요해. 시경의 시편을 떠올리며 즐겁게 유람하기를 바란다."

송순이 부모에게 인사를 하고는 수침과 함께 집을 나선다. 산야에는 팔색조의 깃털처럼 수려한 단풍이 들기 시작한다. 들판 곳곳마다 황국(黃菊)이 피어 바람결에 물결처럼 나부낀다. 그럴 때마다 꽃향기가 은은하게 주변으로 안개처럼 퍼져 나간다.

송순이 집을 나서면서 기밀을 털어놓듯 송태에게 말했다. 명승지가 마음에 들면 며칠이 걸릴지도 모르리라 들려주었다. 송태도 송순에게 며칠이 걸리건 충분히 유람을 즐기고 오라고 허락했다. 송순이 집을 나서면서 다짐을 받듯 수침에게 말한다.

"담양에서는 내가 이 부근의 명승을 너한테 구경시켜 주겠어. 다음에 내가 파주에 가면 나를 구경시켜 줄 거지?"

수침이 당연하다는 듯 미소를 머금으며 응답한다.

"당연하지 않겠니? 네가 경기도 파주에 오면 내가 당연히 너를 구경시켜 주어야지. 그런데 오늘은 어떤 장소로 갈 거니?"

송순이 호기롭게 날개 펴는 독수리처럼 어깨를 쫙 펴면서 말한다.

"담양에도 유명한 명승지들이 사방에 깔려 있어. 오늘은 영산강의 발원지인 담양호의 일대를 둘러볼 작정이야. 특히 담양호의 동쪽 산야 일대의 명승을 두루두루 보여 주겠어."

주막에서 점심 식사를 마친 뒤다. 송순과 수침은 숨어드는 자객처럼 담양호 동쪽의 산야로 나란히 오른다. 소년들이라 바위를 올라타는 다람쥐들처럼 동작은 경쾌하기 그지없다. 장성호에서 5리 동쪽의 지점에는 웅장한 금성산성(金城山城)이 얼굴을 들이민다. 둘레가 16리에 달하는 산성은 담양호의 동쪽 5리 거리에 위치한다. 산성은 삼한 시대에 세월을 가로막듯 축조되었으리라 알려져 있다. 높은 산임에도 석성(石城)이 흐트러짐이 없는 철성(鐵城)처럼 당당한 모습을 드러낸다.

둘은 산성의 충용문(忠勇門)에서 동문(東門)까지 휩쓸리는 산안개처럼 이동하기로 한다. 한 시진에 걸쳐서 둘이서 동문까지 걸어간다. 석성이 게의 갑각처럼 견고하여 허물어진 데가 안 보인다. 소년들이 성곽 곁의 오솔길을 따라 걸으며 대화를 나눈다. 바람결에 풍경이 울리는 듯 맑은 목소리로 송순이 입을 연다.

"운대봉과 동문 사이의 계곡을 거쳐서 동쪽으로 빠져 나가기로 해. 그러면 금성산성을 벗어나게 돼."

수침이 놀랍다는 듯 눈을 동그랗게 뜨고 말한다.

"너는 예전에도 여기에 와 봤니? 어쩌면 지형을 손바닥 들여다보듯 파악하고 있니? 정말 놀랐어."

송순이 흘러가는 안개처럼 담담한 표정으로 설명한다. 자신도 담양호 일대에는 처음으로 왔다고 들려준다. 지도를 구입하여 위치를 가늠하듯 지형을 파악했다고 일러 준다. 수침은 여전히 놀란 표정으로 송순을 바라보며 말한다.

"우와, 설사 그렇다 치더라도 정말 대단해. 지도만으로 실제 지형을 정확히 찾아 가다니?"

둘이서 한 시진을 걸어서 운대봉과 동문 사이의 계곡에 접어든다. 계곡은 동서 방향으로 기다랗게 형성되어 있다. 동쪽을 그리워하듯 골짜기의 물은 동쪽으로 흘러내려 간다. 골짜기가 동쪽으로 산사태가 일어난 듯 내뻗어 있는 탓이리라. 계곡의 남동쪽으로는 185장 높이의 광덕산이 치솟아 있다. 계곡의 북서쪽으로는 190장 높이의 강천산이 철벽처럼 솟구쳐 있다. 금성산성을 빠져 나와 동쪽 계곡으로 5리를 걸어갔을 때다. 남동쪽 방향으로 절벽처럼 치솟은 광덕산에서다.

40여 장 높이에서 구름처럼 날아 내리는 2갈래의 폭포가 보인다. 폭포수의 낙하 소리에 귀가 먹먹할 지경이다. 골짜기에는 수천 마리의 나비 떼가 비상하듯 물보라가 사방으로 흩날린다. 산악이 통째로 무너지는 듯 쏟아지는 소리도 엄청나게 크게 들린다. 귀가 멍멍하여 금세 머리가 어지러울 지경이다. 송순과 수침이 넋이 나간 듯 폭포의 상공을 올려다본다. 40여 장 높이의 병풍이 펼쳐진 듯한 웅장함이 계곡을 뒤덮는다.

전신이 마비된 듯 둘이 폭포를 올려다보며 석상처럼 말이 없다. 폭포의 폭은 4자가량이고 폭포 사이의 거리는 2장가량이 된다. 수침이 송순을 향해 묻는다.

"지도에 폭포의 이름이 무엇인지 명시되어 있었니?"

송순이 낯선 지형을 만난 매처럼 머리를 갸웃대며 지도를 살펴본다. 아무리 살펴봐도 폭포의 이름은커녕 폭포의 존재마저도 빠져 있다. 가뭄을 만난 듯 유량이 작을 경우에 그려졌으리라 여긴다. 그리하여 송순이 대답한다.

"지도에는 폭포가 표시되지 않았어. 지도를 그릴 당시에는 폭포가 없었을지도 모르는 일이지."

수침이 뭔가 말하려다가 크게 놀란 듯 폭포의 상공을 올려다본다. 중얼대듯 수침이 말한다.

"참 이상한 일도 있네? 매가 폭포 속으로 날아 들어갔어. 폭포수에 닿으면 추락해야 할 텐데 흔적이 없어."

송순도 폭포의 상공을 올려다볼 때다. 마침 2마리의 매가 폭포수를 향해 돌진하는 장면이 눈에 띈다. 정말 믿기 어려울 듯 희한한 현상이 벌어진다. 매가 흔적도 없이 폭포수 속으로 사라져 버린다. 송순도 어이가 없다는 듯 놀라서 말한다.

"그것 참 희한한 일이네? 어떻게 매가 폭포를 뚫고 들어가 버리지?"

송순이 수침을 향해 제안한다. 위험해 보이지만 산으로 올라가 폭포수 옆으로 가 보자고 말한다. 수침도 송순의 생각을 들여다본 듯 말한다.

"혹시 폭포수 뒤에 동굴이 있을지도 모른다고 생각하는 거지? 내 생각으로도 그럴 것 같다는 느낌이 들어. 조심스럽게 폭포수 곁의 가파른 언덕으로 올라가 보자고."

둘이 가파른 경사면을 타고 폭포의 상부로 올라가 보기로 한다. 흰나비 떼처럼 흩날린 물보라로 인해 가파른 언덕이 온통 미끈거린다. 폭포수 가장자리의 나뭇가지를 붙잡으며 조심스럽게 경사면을 오른다. 하늘에 닿듯 수직으로 드리워진 경사면이라서 위태롭기 그지없는 상황이다. 경사면에서 추락하면 곧바로 사망할 듯 위태로운 상황이다.

폭포로 향했을 때 우측의 경사면은 송순이 비탈면에 매달리듯 올라간다. 폭포의 좌측으로는 수침이 벼랑의 들개처럼 안간힘을 쓰고 기어오르는 중이다. 폭포수 곁의 숱한 나뭇가지들을 바짝 붙잡으며 경사면을 오르는 중이다. 20장가량 높이의 폭포수 경사면까지 올라갔을 때다. 폭포수 뒤쪽에 신화처럼 신비롭게 형성된 커다란 동굴이 눈에 띈다. 폭포수 쏟아지는 소리로 인하여 둘이 대화할 수 없는 처지다. 벙어리처럼 몸짓을 하며 둘이 동굴로 들어가기로 약속한다.

동굴은 폭포수 뒤쪽에 해골의 눈구멍처럼 오목한 형태로 형성되어 있다. 쉽게 발견되지 못할 특이한 지형이라 여겨진다. 둘은 호기심에 이끌려 폭포수 뒤의 오목한 동굴 입구에 들어선다. 동굴의 넓이는 2장가량이고 높이는 3장가량에 달한다. 둘은 예상치 못한 정경에 넋이 빠진 듯 서로를 바라본다.

송순이 괴물의 입 같은 동굴 속으로 들어가려고 움직일 때다.

찍! 찌이익!

수백 마리의 박쥐 무리가 일시에 치솟는 기포들처럼 쏟아져 나온다. 먹구름처럼 시커먼 기류에 둘이 자칫 정신을 잃을 지경이다. 그러다가 정신을 차려 동굴 안을 바라보다가 둘이 깜짝 놀란다. 의외로 동굴 내부에서 불빛이 보였기 때문이다.

짐승에게 기습당한 듯 놀란 표정으로 둘이 서로를 바라본다. 동굴 내부에서 어떻게 해야 할지 망설일 때다. 한 마리의 매가 둘을 부리로 쫄 듯 돌진해 온다. 둘이 본능적으로 고함을 지르며 팔로 매를 후려치려고 휘갈긴다. 매는 둘을 향해 다가오다가 슬쩍 피해 바깥으로 날아가 버린다. 둘이 매로 인하여 내쫓기듯 쩔쩔 맬 때다. 내부로부터 돌연 얼음 덩어리처럼 스산한 목소리가 들려온다.

"거기 누구냐? 이리로 들어와 봐!"

사람은 보이지 않고 목소리만 들린다. 목소리로 짐작컨대 늙수그레한 노인의 목소리라고 여겨진다. 송순이 기가 꺾인 듯 나지막한 목소리로 수침에게 말한다.

"일단 오라고 하니까 들어가 보자."

수침이 넋이 달아난 듯 멍한 표정으로 동굴 내부로 들어간다. 네댓 걸음을 걸어가 보았지만 사람은 보이지 않는다. 다만 동굴의 측면 돌구멍에 호롱불이 하나 눈에 띈다. 불은 보이지만 여전히 사람은 눈에 띄지 않는다. 겁에 질린 듯 수침이 나지막한 목소리로 말한다.

"혹시 여기가 귀신이 사는 굴이 아닐까? 귀신 굴에 들어선 사람은 이틀 만에 죽는다고 했어."

수침이 귀신 굴을 들먹이자 송순도 오줌을 지릴 듯 창백해진다.

이때 느닷없이 우레처럼 커다란 고함소리가 들린다.

"뭣 하고 있어? 어서 들어오라니까?"

공포에 질린 듯 울상을 지으며 둘이 사방을 휘둘러본다. 바로 이때다. 은염(銀髥)의 노인이 2층에서 섬광처럼 쾌속으로 뛰어내리면서 둘의 손목을 움켜쥔다. 움켜쥐는 힘이 얼마나 강하던지 둘이 아파서 냅다 고함을 질러댄다.

"아이구, 아파라."

"아얏! 아야야!"

머리털과 수염이 백설처럼 허연 60세가량의 노인이 소년들을 노려본다. 그러더니 고공의 독수리처럼 매서운 눈빛으로 쏘아보며 말한다.

"누가 시켜서 이곳으로 왔니? 사실대로 말하지 않으면 폭포 속으로 던져 버리겠어. 내 말 알아듣겠니?"

노인의 체격은 곰처럼 우람했으며 연신 형형한 눈빛으로 소년들을 노려본다. 송순이 억울하다는 듯 악을 쓰듯 말한다.

"할아버지, 일단 손을 놓고 말하세요. 팔이 아파 죽겠어요."

노인이 소년들의 팔을 놓고는 장난기가 물결처럼 남실대는 표정으로 말한다.

"잠시 심심하여 장난을 쳤으니 이해해 주기 바란다. 나를 따라 저리로 가자."

노인이 어디에 머물렀던지를 송순이 섬광처럼 흘깃 살핀다. 노인이 머물렀던 곳은 동굴 2층의 밀실처럼 오목한 공간이다. 거기는 동굴 2층의 별실 같은 공간이다. 거기서도 5명가량은 거주할 만한 크기의 공간이다. 2층으로 연결된 가느다란 계단이 시선을 끈다. 외나무다리 같은 계단만 통제하면 2층으로의 진입이 불가능할 지경이다. 맹수가 동굴로 침입해도 2층에만 머물면 안전하리라 여겨질 지경이다.

2층에는 노인의 침구류와 식사 도구들이 깔려 있다. 참으로 별천지 같은 세계라 여겨진다. 그 외에 시선을 끄는 것은 가야금이다. 송순이 신기한 듯 가야금을 바라보며 노인에게 묻는다.

"할아버지, 가야금을 탄주할 수 있어요?"

노인이 가야금을 무릎에 올리더니 굽이치는 산울림처럼 선율을 쏟아낸다.

퉁! 투웅! 투두둥! 투웅!

선율이 내뿜는 소리가 동굴을 섬광처럼 밝히는 느낌이 들 지경이다. 송순이 매료된 듯 몰두하여 귀를 기울인다. 수침도 선율에 취한 듯 탄성을 내지른다. 노인이 대단히 흡족한 표정을 지으며 소년들을 향해 말한다. 소년들이 눈빛을 반짝이며 노인의 얘기에 귀를 기울인다.

달이 먹구름에서 얼굴을 드러내듯 노인은 장성의 최영달의 할아버지라고 밝힌다. 조정의 관료로 일하다가 퇴직하여 세상사에 염증을 느껴 속세를 떠났다. 관료로 생활하면서 체험했던 부분들이 오물을 뒤집어쓰듯 환멸감을 불러 일으켰다. 폭포의 비동(祕洞)에 숨어서 답답한 가슴을 바람결에 씻듯 가야금을 탄주했다. 노인은 수행하듯 가야금의 명인한테서 몇 년간을 익혔다. 그 이후로는 악보까지 연구하여 가야금 분야에서는 달인이 되었다.

　노인은 소년들에게 선심을 베풀듯 제안했다. 가야금을 배우고 싶으면 열흘 정도의 시간으로 가르쳐 주겠다고 들려준다. 송순과 수침이 갈증에 물을 만난 듯 반가이 배우겠다고 응한다. 열흘 동안 최철(崔哲) 노인이 식사를 제공하며 소년들을 지도했다. 열흘이 계곡의 급류처럼 흘러간 뒤의 아침이다. 식사를 마치고 난 뒤에 수침부터 먼저 가야금을 탄주했다. 다음으로는 송순이 선율의 여운을 음미하듯 탄주했다. 64살의 최철이 너털웃음을 터뜨리며 소년들을 향해 말한다.

　"어허허헛! 너희들은 이미 가야금의 기본 기법을 완전히 익혔어. 이후부터는 틈틈이 꾸준히 수련하도록 하려무나. 그래야만 선율의 달인이 될 수 있느니라."

　소년들이 떠나기에 앞서서 최철에게 강변의 갈대처럼 엎드려 절하며 말한다.

　"사부님, 항상 건강하고 편안히 지내십시오. 제자들은 물러갑니다."

　제자들을 전송하고 돌아서는 최철의 눈시울에 이슬처럼 눈물이 맺힌다.

　갯벌에 썰물이 빠지듯 광덕산의 석동을 빠져 나온 뒤다. 수침은 귀소(歸巢)하는 새처럼 경기도 파주를 향해 떠났다. 송순도 담양의 집으로 돌아가 자신의 무사함을 알린다. 송태가 송순으로부터 최철의 얘기를 듣고 난 뒤다. 송태가 악기점을 찾아 명품의 가야금을 사서 송순에게 선물한다. 송순이 비밀을 캐듯 악보를 보며 가야금의 탄주의 기법을 향상시킨다.

세월이 내몰리는 물결처럼 흘러 1508년의 11월 초순이다. 16살의
송순은 전라도 인근의 많은 유생들을 친구로 사귀었다. 새를 끌어들
이듯 친구들을 자신의 집으로 초청도 많이 했다. 송순도 친구들의 집
에서 자신의 집처럼 며칠씩 머물렀다. 가는 곳마다 경전의 토론을 많
이 벌였다. 토론을 통해 향교에서 수련하듯 학력을 많이 향상시켰다.
송순이 가는 곳마다 친구들이 반겼고 명승지에서는 기꺼이 시가를 지
었다. 금상첨화의 기세처럼 흥겨워지면 시가를 가야금의 선율에 맞춰
읊었다.

경기도 파주의 성수침이 때때로 담양까지 내려와 가야금을 탄주했
다. 성수침도 선율의 불꽃을 피우듯 어느새 가야금 탄주의 달인이 되
었다. 송순이나 성수침이 가는 곳이면 언제나 가야금의 선율이 흥취
를 북돋웠다. 달빛을 파고드는 바람결처럼 젊은 유생은 주변인들의
사랑을 받았다.

폭설에 뒤덮여 사방은 시신경을 뒤흔들듯 눈부신 은빛으로 빛나고
있다. 마을 동구에는 각 가정에서 퍼낸 눈뭉치들이 산더미처럼 쌓여
있다. 송순은 집의 사랑방 문을 활짝 열어젖힌다. 그러고는 벼루에 먹
을 갈아서 한지를 펴고는 수묵화를 그려 본다. 수묵화로 눈을 표현하
려는 기법을 열심히 수련한다. 그러면서 머릿속으로는 가옥의 설계도
를 그리듯 미래의 대책을 구상한다.

'스무 살을 넘기면서부터는 과거에 응시를 해야겠어. 그리하여 수

신 양명의 처세를 하도록 하겠어.'

사마시의 응시에 대해서도 쥐를 뒤쫓듯 송순이 집요하게 생각해 본다. 응시하여 생원이나 진사가 되는 것이 사마시다. 영예의 상징처 럼 사마시에 합격하면 성균관에 진학할 자격을 부여받는다. 성균관에 만 들어가면 유생들과의 공동생활로 불어난 강물처럼 학력이 급격하 게 증진된다. 그리하여 식년시 대과에 응시하면 급격히 등과의 확률 이 높아지게 된다. 숱한 유생들이 하늘의 별처럼 빼어난 선비로 변해 가곤 했다.

송순이 담장 위에 구름장처럼 쌓인 백설을 한지에 그림으로 나타 낸다. 정성을 들여 노력한 만큼의 결과는 항시 나타나는 거라 여겨진 다. 그림을 그늘에 말리면서 송순이 늪에 빠지듯 상념에 잠겨든다.

'20세가 되기 전에는 부지런히 산천을 유람하며 견문을 넓히도록 하겠어. 사람과 자연을 최대한 가슴에 많이 품도록 노력하겠어.'

송순은 수묵화에서 한밤의 빛살처럼 눈부신 백설(白雪)의 그림을 중시한다. 수묵으로 백설을 표현하되 원래 한지의 색으로 나타내려 고 한다. 다른 부위를 붓질하여 여백의 공간을 백설로 나타내려는 의 도다. 백설은 들어서지 못한 원시림처럼 순수한 세계이기에 송순에겐 매혹적이다.

절벽에서 떨어지는 폭포수처럼 빠른 세월의 흐름이다. 고운 바람결 이 비단결처럼 나부끼는 1510년 4월 초순의 아침나절이다. 18살의 송순에게 이제 유교 경전은 마음을 닦는 거울이다. 단순한 과거 시험 의 수단이 아니라 품성을 단련하는 중요한 교재다.

문득 대학의 첫 구절이 물줄기가 흐르듯 머릿속으로 펼쳐진다.

大學之道 在明明德 在親民 在至於至善
(대학지도 재명명덕 재친민 재지어지선)

대학의 길은 밝은 덕을 한층 더 밝히는 데 있다. 또한 백성을 친하게 여기는
데 있다. 그리하여 대학의 길은 지극한 선에 도달하는 데 있다.

예기에서 '대학'과 '중용'을 분리한 주자의 불길 같은 열정이 밀려든
다. 대학과 중용에는 유교의 철학이 혈관의 혈액처럼 담긴 책이다. 철
학은 암흑을 불빛으로 비추듯 세상과 삶의 본질을 연구하는 학문이잖
은가? 덕을 확립하여 백성들과 친해져서 경지에 이르기를 기원하지
않았는가?

송순이 아침에 마차로 흐르는 바람결처럼 담양을 떠나 나주로 이
동한다. 나주까지의 거리는 차도로 105리에 이른다. 담양과 나주의
중간 지점에 광주가 가라앉은 호수처럼 위치한다. 나주의 대표적인
명산인 금성산을 오를 작정이다. 그러고는 환상의 세계처럼 밀려드는
영산강의 물길을 굽어보려고 한다. 또한 나주의 중요 성곽인 나주성
(羅州城)을 둘러볼 작정이다.

마차를 달린 지 한 시진이 경과된 사시(巳時) 중반 무렵이다. 흐르는
안개처럼 송순이 마차에서 내려 나주성으로 발걸음을 옮긴다. 안정감
을 주려는 듯 평지에 4각형으로 쌓은 튼튼한 석성(石城)이다. 고려 때

엔 토성(土城)이었던 것을 조선 초기에 석성으로 전환시켰다. 이런 사실을 지도와 관련된 정보를 통해 파악한 송순이다. 나주성의 남문으로 들어서서 흐르는 바람결처럼 성곽을 따라 발걸음을 옮긴다. 돌로 쌓았기에 성곽 전체가 철로 만들어진 듯 견고해 보인다.

송순이 동문 쪽으로 다가설 때다. 차림새가 유생으로 보이는 소년이 떠밀리는 안개처럼 동문으로 막 들어선다. 그러다가 소년과 송순의 눈길이 마주쳤다. 암흑의 공간을 꿰뚫는 섬광처럼 펼쳐진 본능이었으리라. 소년이 송순을 향해 방긋 미소를 짓는다. 소년의 미소는 호수의 물빛처럼 청아하여 송순의 마음이 흔들릴 정도다. 송순도 거의 본능적으로 소년에게로 다가가 말한다.

"차림새를 보니 너도 유생이구나. 서로 나이가 비슷하리라 여겨지는데 친구로 사귀면 어떻겠니? 나는 담양에 사는 18살의 송순이야."

소년이 기다렸다는 듯 곧바로 응답한다.

"나는 나주에 사는 13살의 나세찬(羅世纘)이야. 세인들한테 나이보다는 겉늙어 보인다는 말을 많이 들어. 5살 차이인데도 친구로 사귈 수 있겠니?"

송순이 후련하다는 듯 까르르 웃음을 터뜨리고는 곧바로 응답한다.

"세상 사람들이 자로 재듯 나이를 맞춰서 친구를 사귀지는 않잖아? 너의 청아한 눈빛과 진솔한 태도만으로도 너랑 친구가 되고 싶어."

세찬은 미래에 등불처럼 백성의 마음을 헤아리는 관리가 되겠다고 밝힌다. 사서삼경은 이미 다 습득한 상태라고 들려준다. 어서 성인의 나이가 되기를 원한다고 속내를 털어놓는다. 송순이 문득 세찬의 학력 상태를 확인하고 싶어진다. 물속에서 기포가 빠져 나가듯 자연스럽게 송순이 말한다.

"주희가 대학장구(大學章句)에서 명덕(明德)에 관하여 설명했잖아? 네가 공부한 내용을 쉽게 풀이하여 들려줄 수 있겠니?"

그 정도쯤이야 대수롭지 않다는 듯 세찬이 구문을 읊조리고 설명한다.

明德者, 人之所得乎天而虛靈不昧, 以具衆理而應萬事者也
(명덕자, 인지소득호천이허령불매, 이구중리이응만사자야)

명덕은 사람이 하늘로부터 얻는 것이기에 허령하고 어둡지 않다. 그리하여 여러 이치를 두루 갖추어서 만사에 대응해 나가는 것이다.

송순이 소용돌이에 휩쓸리듯 잠시 상념에 잠긴다.

'제법인데? 그렇지만 용어의 뜻을 제대로 파악하고 있는지가 궁금하게 여겨져. 암기한 구문의 말뜻을 앵무새처럼 흉내 내어 떠드는 것은 아닌가?'

송순이 과거의 출제자처럼 세찬에게 묻는다.

"구문 중의 '허령하다'는 말뜻을 보다 알기 쉽게 설명해 주겠니?"

세찬이 폭음이 터지듯 까르르 웃음을 쏟으며 응답한다.

"허령하다는 말뜻을 묻다가 향교의 선생님으로부터 얼마나 혼났는지 알아? 뜻을 몰라서 물었는데도 선생님은 마구 짜증을 내잖아? 나중에야 선생님도 허령하다는 말뜻을 몰랐기 때문이라는 것을 알게 되었어. 그런데 너는 말뜻을 정확히 아니? 알고 있다면 가르쳐 줘. 기꺼이 배울게."

송순이 중얼대듯 마음속으로 생각한다.

'어쭈 제법인데? 그런데 진솔하다는 면은 인정해 주어야겠어.'

송순도 먹구름을 벗어나는 달처럼 밝은 표정으로 말한다.

"허(虛)는 비어 있다는 뜻이잖아? '령(靈)'은 신령(神靈)스럽다는 말이야. 허령하다는 말은 잡스럽지 않게 신령하다는 뜻이야. 한 마디로 아주 신령하다는 뜻이야. 나도 처음에는 '신령하다'는 말뜻을 이해하지 못했어. 숱한 세월이 흘러서야 겨우 알게 되었어. 판단하고 설명하는 것이 색다를 정도로 어려운 것이 신령하다는 말이야. 결국 허령하다는 것은 판단하고 설명하기가 너무나 어렵다는 말뜻이야."

섬광이 흘러들듯 세찬이 눈빛을 반짝이며 듣다가 탄성을 내지르며 응답한다.

"명덕이 허령하다는 얘기는 명덕을 명료하게 설명하기가 어렵다는 뜻이지?"

세찬의 말이 옳다는 듯 송순이 천천히 고개를 끄떡인다.

생각에 잠긴 듯 숙연한 자세로 서 있던 세찬이 말한다.

"명덕을 허령하다고 한다면 명덕을 주장한 사람한테도 문제가 많다고 여겨져. 말뜻을 명확히 이해할 수 있도록 용어를 정의해야 하잖아? 본인이 용어를 제시해 놓고도 허령하다고 말해? 있을 수 없는 일이잖아? 윤곽이 선명하고 모가 나도록 정의해야 마땅하잖아? 되는 소리 안 되는 소리를 늘어놓고는 유생들만 괴롭히는 셈이야."

송순의 느낌으로 만만찮은 친구를 만났다는 느낌이 밀물처럼 밀려든다. 원래 송순이 동문을 통해 나주성에서 빠져 나갈 작정이었다. 그랬는데 세찬과 이야기를 나누다가 보니 북문까지 함께 걷게 되었다. 건물을 점검하듯 둘이서 북문 앞에 섰을 때다. 세찬이 송순을 향해 말한다.

"나는 나주가 고향이야. 그런데도 둘러보지 못한 곳이 엄청나게 많아. 내가 길을 안내할 테니까 나랑 함께 구경하러 가겠니?"

송순이 예상치 못한 행운을 만난 듯 흔쾌히 응답한다.

"좋아. 나중에 식사는 내가 살게."

대략 1/4시진이 물 흐르듯 지나간 뒤다. 송순과 세찬이 81장 높이의 금성산(錦城山) 입구에 도착한다. 송순이 세찬에게 경로를 확인하듯 말한다.

"이 산이 나주를 대표하는 명산이라고 했지? 산의 정상에 올랐다가 북서쪽 산길로 하산하는 경로이지? 하산하다가 인근의 산등성이로 재차 올라가 다보사(多寶寺)란 절까지 구경하면 어때?"

세찬이 별로 어렵지 않다는 듯 흔쾌히 고개를 끄떡인다. 둘은 북서방향의 등산로를 따라 서서히 정상으로 올라간다. 세상의 산야가 신록의 풋풋한 물결에 젖어 그윽한 운치를 자아낸다. 빽빽한 솔숲 사이로 활엽수들이 촘촘하게 얼굴을 들이밀며 바람결에 나부댄다. 연초록과 녹색으로 어우러진 신록으로 둘의 가슴이 물결처럼 흔들릴 지경이다. 때때로 노란 불길을 지피듯 꾀꼬리가 숲을 가로질러 날곤 한다. 환상적인 선율로 파도처럼 휩쓸리는 꾀꼬리의 울음이 꿈결처럼 매혹적이다.

산을 오르면서 세찬이 환희에 잠긴 듯 송순을 바라보며 말한다.

"여태껏 나주에 살았으면서도 오늘처럼 세상이 아름답게 보인 적이
없어. 어디서 시회(詩會)가 열린다면 몇 편이든 시를 쓰고 싶을 정도야."

송순이 세찬의 흥취를 부추기듯 말한다.

"사람은 한 번 이승에 태어나는 법이라고 했어. 오늘 네가 시를 짓
지 못하면 평생 후회할 수가 있어. 종이에 쓰지는 못할지라도 그냥 입
으로라도 시를 지어 봐. 내가 열중하여 들을 테니까 말이야."

골짜기의 시냇물처럼 반 시진가량의 시간이 훌쩍 흘렀을 때다. 둘
은 마침내 금성산의 정상에 오른다. 둘의 이마가 땀에 젖어 기름을 바
른 듯 번들거린다. 정상에 올라서자 둘이 일제히 고함을 지른다.

"우왓! 하늘에 올랐다! 여기가 고공이다!"

"이야앗! 여기가 금성산이다!"

남동 방향의 나주의 전경이 들판을 태우는 불길처럼 밀려든다. 평
지에서 양달처럼 따스하고도 평온한 정경으로 드러누운 나주의 모습
이 매혹적이다. 후백제의 군사들과 고려의 군대가 결전을 벌였던 곳
이라 들려준다. 결전의 결과로 고려군이 승리를 거둔 역사적인 전적
지라고 세찬이 말한다. 송순이 가슴이 벅찬 듯 사방을 둘러보다가 고
함을 지른다.

"나주가 이렇게 아름다워도 돼? 너무너무 황홀해서 미쳐 버릴 지경
이라고!"

세찬이 미소를 머금으며 속삭이듯 말한다.

"사람이 보기보다는 꽤 흥분을 잘 하는 편인가 봐. 유람객을 흥분시킬 나주의 풍광이라 나도 기분이 아주 좋아."

둘이 한동안 산 아래를 굽어보며 감탄을 기포처럼 터뜨린 뒤다. 북서쪽으로 뚫린 산길을 따라 하산하기 시작한다. 솔숲의 굴 같은 오솔길을 따라 신록의 물결이 연신 나부댄다. 하산하는 송순의 머릿속으로는 기포처럼 경전의 문구들이 떠올랐다가 스러지곤 한다. 검객이 잠결에도 검식(劍式)을 수련하듯 송순의 머릿속으로 경전의 문구들이 드나든다.

'어떻게 하면 경전을 자연스럽게 내 몸에 용해시킬지가 중요하다고 생각돼. 무의식이든 잠결이든 내뱉는 숨결에도 경전의 문구가 굽이치게 만들어야 해.'

산의 중턱쯤에서 얼굴을 들이밀듯 건너편 산봉우리로 연결되는 산길이 나타난다. 그 길로 올라서면 다보사로 가게 된다는 안내 팻말이 보인다. 불교에 관심은 없지만 사찰의 조형물에는 관심이 많은 송순이다. 사찰에만 들어서면 양지에 들어선 듯 편안해지는 느낌이 좋은 탓이다.

둘은 하산 길에서 벗어나 건너편의 등산로를 타고 오른다. 점차 다보사라는 절을 향해 다가감을 둘은 피부로 느낀다. 둘의 귓전으로 청아하게 휩쓸리는 풍경 소리가 기류처럼 연신 날아든다. 오소소 깨어일어나는 풍경의 음향이 물그림자처럼 청아하게 느껴진다.

둘의 눈앞으로 신성한 영역임을 깨우치려는 듯 사찰의 일주문이 나타난다. 일주문을 통과하면서 둘이 불문의 영역을 존중하듯 목례를 한다. 그러고는 빗질하듯 숨결을 추스르며 계속하여 산길을 오른다.

뜨거운 차 한 잔을 마실 시간이 지났을 때다. 마침내 둘은 밀려드는 안개처럼 사찰 마당에 도착한다. 둘은 단순한 유람객이지만 경건한 자세로 대웅전에 들어선다. 불상 앞에 합장하여 고개를 숙였다가 스러지는 썰물처럼 법당에서 빠져나온다. 그러고는 풍광에 취한 듯 사찰 경내의 건축물과 석탑을 둘러본다. 사찰 마당에 나란히 서서 주변 산야의 풍경도 함께 바라본다. 산과 사찰의 조화가 안개와 바람결처럼 너무나 자연스러울 지경이다.

얼마가량을 배회하는 새들처럼 사찰 마당에서 함께 머문 뒤다. 둘은 바쁜 용무라도 있는 듯 몸을 되돌려 하산한다. 점심나절이기에 나주의 음식점에서 둘이 식사를 주문하여 함께 먹는다. 식사하면서 공감대를 형성하듯 경전을 공부하다가 겪은 애로점을 서로에게 털어놓는다. 느낌이 유사하면 눈이 부신 듯 웃음을 까르르 터뜨리곤 한다. 이윽고 둘이 음식점 앞에서 인사를 나누고는 작별한다.

세월은 거침없이 흘러 1510년 9월 중순에 이르렀다. 18살의 송순은 수행하듯 쉬지 않고 경전을 공부하고 가야금을 탄주했다. 점심밥을 먹고는 투망질을 하러 가겠다고 마음먹을 때다. 귀에 익은 목소리가 사립문에서 날아드는 새처럼 밀려든다.

"송순아, 너를 만나러 내가 왔어."

사람이 눈에 띄지 않아도 목소리만으로도 영달임을 알 수 있다. 송순이 횡재한 듯 기쁜 표정을 지으며 사립문으로 걸어 나간다. 먹물처럼 짙게 사귀었기에 영달의 목소리만으로도 기쁨이 치솟는 불길처럼 증폭된다. 이윽고 바람과 물결이 어우러지듯 둘이 사립문에서 만났을 때다. 식사를 했음에도 영달을 사랑방으로 데려와 함께 식사한다. 이야기를 나누다가 산사태를 만난 듯 영달이 의외의 소식을 전한다. 2달 전에 그의 할아버지인 최철이 세상을 떠났다고 한다.

영달의 말이 떨어지자마자 송순이 폭음이 터지듯 통곡을 한다.

"으흐흐흑! 사부님, 정말 죄송합니다. 운명하신 줄도 제자가 몰랐기 때문입니다."

송순의 행동에 이번에는 영달이 영문을 몰라 쩔쩔 매듯 당황한다. 그러면서 영달이 송순에게 연유를 캐묻듯 말한다.

"사부님이라니? 누가 네 사부님이라는 얘기냐? 설마 내 할아버지가 너의 사부님이셨다고?"

둑이 터져 물이 쏟아지듯 영달의 질문이 다급하게 휘몰린다. 눈이 짓무르듯 눈물을 내쏟다가 송순이 경위를 설명한다. 수침과 함께 광덕산에서 가야금의 제자가 된 내력을 들려준다. 그제야 영달이 이해하고는 까무러질 듯 놀란다. 정신이 나갈 정도로 놀란 표정을 짓더니 영달이 송순에게 말한다. 할아버지의 장례 때에는 송순에게 연락할 경황이 없었다고 들려준다.

"말하기에 대단히 부끄럽지만 할아버지는 집을 떠나면서 세상과 결별을 선언했어. 당연히 가족과도 더 이상 연락하지 않겠다고 밝혔어. 그리하여 할아버지가 어디에서 사시는지도 전혀 몰랐어. 마을 사람이 약초를 구하러 다니다가 우연히 할아버지의 시신을 발견했어. 광덕산 폭포 속의 동굴에서였어. 발견된 당시의 할아버지는 겨우 얼굴만 식별할 정도였어. 사망한 지가 꽤 경과된 것 같다고 검시 의원이 말했어. 그랬기에 너한테까지 부고를 보낼 처지가 아니었어."

휩쓸리는 물결에 버티듯 점심 식사를 힘겹게 마친 뒤다. 송순이 광덕산 방향을 향해 2차례 경건하게 절을 한다. 송순이 장례식을 치르듯 최철에 대한 제자로서의 배례를 마친 뒤다. 송순이 신비한 설화처럼 성수침에 대한 이야기를 들려준다. 가야금을 수련하면서 3달 만에 한 번씩 만난다고 들려준다. 파도가 뒤엉키듯 송순이 파주로 올라가면 다음번에는 수침이 내려온다고 말한다. 이렇게 줄곧 수침과 송순이 서로를 오가면서 가야금을 수련한다고 들려준다.

소용돌이치는 물결처럼 수침과 송순은 번갈아가며 서로의 집을 방문하곤 한다. 그랬는데 이번에는 수침이 담양으로 오기로 되어 있다. 정확한 날짜는 몰라도 거의 올 때가 되었다고 여겨진다. 송순이 수침을 떠올리며 생각에 잠겨 있을 때다. 사전에 약속한 듯 이때 사립문에서 수침이 송순을 찾는다.

"송순이 있니? 나 수침이야."

송순이 영달을 데리고 그리움을 찾아 나서듯 사립문으로 나간다. 송순이 수침을 보자마자 달려가서 송순을 얼싸안는다. 둘이 꼭 부둥켜안고 기쁨을 나누고는 서로를 놓아 준다. 뒤바뀌는 기류를 만난 듯 송순이 영달과 수침을 소개시키려고 한다. 송순의 소개로 수침과 영달이 서로 인사를 나눈 뒤다. 영달이 할아버지의 분신을 만난 듯 수침을 반긴다. 영달이 수침과 송순을 향해 성인을 대하듯 경건히 말한다.

"나는 너희들이 할아버지의 제자라는 사실을 오늘 처음 알았어. 너희들 때문에 내 가슴에 할아버지가 영원히 살아 계시게 되었어. 정말 너희들이 고마워."

저녁에 향교에서 훈도로 일하다가 돌아온 아버지에게 송순이 친구들을 소개했다. 밤에 아버지가 떠밀리는 안개처럼 안채로 올라간 뒤다. 송순이 수침과 영달과 함께 사랑방에서 잠이 든다.

이튿날 아침 식사를 한 뒤다. 죽은 사부의 전언인 듯 영달이 송순과 수침에게 제안한다. 가야금의 연습을 광덕산 폭포의 비동(祕洞)에서 해 달라고. 셋은 점심나절에 폭포의 비동에 고공의 매가 내려앉듯 도착한다. 셋이 동굴 내부에서 최철이 머물던 방향을 향해 두 번 절한다. 그러고는 준비해 간 가야금으로 송순과 수침이 탄주를 한다. 동굴 안에 섬세한 깃털이 나부끼듯 그윽한 선율이 굽이친다.

몽환에 취한 듯 영달이 가야금의 선율에 매료된 모양이다. 영달이 송순과 수침을 향해 스승을 대하듯 경건하게 말한다.

"너희들이 할아버지를 대신하여 내게도 가야금을 가르쳐 주지 않을래? 간곡한 부탁이야. 나도 가야금을 탄주하고 싶어."

꿈꾸던 등과

소용돌이치는 골짜기의 급류처럼 빠른 세월이다. 1513년의 3월 하순이 담양의 천지에 융단처럼 드리워진 시점이다. 송순의 나이가 21살이 된 시점이기도 하다. 숱한 꽃들은 지고 배꽃과 복사꽃이 세상을 뒤덮으며 마냥 우쭐댄다. 40살의 담양 부사(종3품)인 박상(朴祥)이 관아로 송순을 불렀다. 송흠과의 교분으로 송순에 대한 정보를 알게 된 박상이다. 송흠은 박상이 하늘의 태양처럼 떠받드는 선배인 선비이다. 그래서 담양에 부임하자마자 송순을 부른 터다.

집을 나서기에 앞서서 품격을 살피듯 구리거울을 들여다보며 옷차림을 점검한다. 수수한 한복을 단정하게 차려 입고 집을 나선다. 평범한 차림새여도 단아한 얼굴이라 빛살처럼 이채를 띤다. 집을 나선 지 얼마 지나지 않아서 관아에 도착한다. 부사의 집무실에서 마주 앉았을 때다. 관비가 매혹시킬 듯 향긋한 매화차를 다탁에 놓고는 사라진다. 둘이 서로의 품격을 헤아리듯 조심스럽게 매화차를 마신 뒤다.

호랑이의 눈매처럼 부리부리한 인상의 박상이 입을 연다.

"반갑소이다. 향교에 계신 송태 선생님의 아드님이라고 하셨죠? 송흠 선생님의 얘기를 들으니 아주 재주가 출중하다더군요."

송순이 마음에서 우러난 듯 공손한 자세로 곧바로 응답한다.

"사또 어른, 처음 만나 뵙게 되어 영광이옵니다. 저를 부르셨다고 들었는데 달리 하실 말씀이라도 있는지요?"

박상이 향기를 허공으로 나르듯 미소를 띠며 말한다.

"오늘 처리할 일은 끝냈으니 이제부터는 내가 자세히 이야기하겠소이다."

송순이 지하의 수맥을 찾듯 정신을 집중시켜 듣는다.

송순보다 19살 연상인 박상은 전라도 광주에서 태어났다. 새의 둥지처럼 구체적인 출생지는 광주의 서창 사동마을이다. 23살에는 사마시에 급제했고, 28살 때인 1501년에 문과에 급제했다. 급제한 해에 출발의 상징처럼 정9품인 교서관 정자(校書館正字)가 되었다. 이후에는 계단이 높아지듯 정7품인 성균관 박사에 올랐다. 이어서 정6품인 승문원 교검(承文院校檢), 시강원 사서, 병조좌랑 등을 지냈다. 1505년에는 종5품인 전라도 도사에까지 관직이 불길처럼 올랐다.

분수가 치솟듯 1508년에는 종4품인 한산 군수(韓山郡守)가 되었다. 1512년 6월에 종4품인 홍문관 부응교에서 노모를 봉양하겠다고 사직하기를 신청했다. 조정에서는 공로를 인정하듯 승진시켜 종3품인 담양부사에 임명했다. 그때부터 박상은 한을 풀듯 담양에서 일하면서 노모를 봉양했다. 그러다가 1513년인 올해에 송순을 부르게 되었다고 들려준다.

19년 연상의 고관(高官)의 선비가 송순을 불러 주어 기쁘다. 그것도 자신의 스승인 송흠을 잘 안다고 하지 않는가? 검객이 검술을 전수받듯 대부분의 송순의 학식은 송흠으로부터 전수받은 터다. 송흠과 잘 안다고 했기에 송순이 제자처럼 대해 달라고 간청한다. 그러자 박상이 약도를 그려 주며 말한다.

"좋아! 자네의 정신이 견실하기에 내가 수락하겠네. 관아에서 서쪽으로 2리 떨어진 곳에 은하식점(銀河食店)이 있네. 저녁인 유시(酉時) 중반 무렵에 그곳으로 와 주게. 내가 30대 초반일 때 아내와 3자식과 불운하게도 사별을 했었네. 그래서 자네를 집으로는 초대하지 못하니까 이해해 주기 바라네. 식점의 귀퉁이에는 내가 귀빈 접대용으로 연중 계약한 독방(獨房)이 있어."

새가 날아들듯 약속된 시각에 맞춰 송순이 식점의 독방으로 들어선다. 식점의 주인 내외와 박상이 송순을 반갑게 맞는다. 박상이 주인 내외한테 송순에 대해 미리 설명해 놓았기 때문이리라. 스승의 가족을 대하듯 송순이 주인 내외에게 경건하게 말한다.

"처음 뵙겠습니다. 저는 기곡리에 사는 송순입니다. 오늘 사또 어른의 부름을 받아 여기로 왔습니다."

식점의 여주인이 사랑방으로 저녁 밥상을 들이민다. 밥상의 밥과 국에서 휘말리는 아지랑이처럼 김이 치솟는다. 식사를 하면서 박상이 송순의 술잔에 탁주를 따른다. 술잔을 나누면서 즐겁게 격려하듯 박상이 말한다.

"자네 삼종 백부와 나는 세월을 초월하여 절친한 사이일세. 예전부터 틈틈이 내게 말했어. 자네가 경전에는 거의 통달한 수준이라고 말했어. 자네 삼종 백부가 인정할 정도이면 틀림없다고 믿네. 과거(科擧)에는 경전 이외의 부분들도 출제가 되기에 대비를 해야 하네."

계곡의 물소리처럼 낭랑한 박상의 목소리가 송순의 귓전으로 흘러든다. 비법을 전수받는 제자처럼 송순이 귀를 기울여 듣는다.

"전라도의 문과 향시는 전주에서 시행돼. 전라도의 감영이 전주에 있기 때문이야. 9월 초순에 향시가 치러지게 되어 있어. 전라도 향시의 합격 정원은 25인으로 고정되어 있어."

박상의 이야기가 산골의 물소리처럼 우렁차게 이어진다. 스스로 통달했다고 확신할 때 응시하라고 권한다. 객기를 부리듯 응시했다가는 낙방하기 마련이라고 들려준다. 낙방이란 피해야 할 쓰라린 체험이라고 강조한다. 낙방의 경험이 낙엽 더미처럼 쌓이면 재기하기가 어렵다고 말한다.

등과하여 고관(高官)이 된 박상의 말이 물결처럼 이어진다. 향시에서는 시험을 3차례나 치러야 한다. 첩첩한 관문의 구조처럼 초장(初場)과 중장(中場)과 종장(終場)이 여기에 해당된다. 초장에서는 사서의(四書義), 오경의(五經義), 논(論) 중에서 2편이 필생의 맥처럼 치러진다. 중장에서도 응시자들은 특정 분야 2편을 치러야 한다. 부(賦), 송(頌), 명(銘), 잠(箴), 기(記) 중의 1편이 대상 영역이다. 나머지 1편은 표(表)와 전(箋) 중에서 취향에 부합되는 숨결처럼 선택된다.

종장에서는 책(策) 1편으로 응시자들이 실력을 저울질하듯 겨루어야 한다. 송순도 이 정도의 내용은 이미 알고 있는 상태다. 진실임을 검증하듯 박상으로부터 재차 듣게 되자 마음이 슬그머니 불편해진다. 하지만 언젠가는 거쳐야 할 과정이라고 칼을 갈듯 마음속으로 벼른다.

박상의 말이 송순의 귓전으로 당찬 물살처럼 밀려든다.

"대학, 중용, 논어, 맹자를 사서(四書)라고 하잖아? 사서의(四書義)는 당연히 무엇을 의미하는지 알겠지? 사서에 담긴 경문의 정의를 말하는 거잖아? 그래서 경문의 뜻을 정확하게 알지 못하면 안 되는 거야. 사서의 내용이 얼마나 방대하니? 사서의를 익히기는 참으로 만만찮아. 시경, 서경, 주역, 예기, 춘추를 오경이라고 하잖아? 이들 경서에 대한 정의가 바로 오경의이야. 이런 난관을 거쳐서 관리가 된다는 의미가 무엇인 줄 알지?"

햇살이 수면에 반사되듯 송순이 곧바로 응답한다.

"서책이 지닌 내용만큼의 품격을 갖고 관리가 되라는 뜻이라 생각합니다. 서책의 내용과 유사한 품격을 지니면 성인(聖人)이 되지 않겠사옵니까? 백성들은 누구나 성인이 다스리는 나라를 원하리라 여겨집니다."

수면에 나부대는 햇살처럼 그윽한 미소를 머금더니 박상이 견해를 말한다.

"경전을 통해 선발되었음에도 탐관오리들은 어디서나 나오게 되어 있어. 성인이 아니면 탐욕을 절제하기는 어려운 법이거든. 이런 피라

미들을 경계하여 마음을 닦는 일이야말로 관리들이 할 일이야."

식사를 끝내고 마음을 정화하듯 감미로운 모과차까지 마신 뒤다. 박상이 한지(韓紙) 뭉치에서 한지를 2장 꺼낸다. 한지는 닥나무에 생명을 부여하듯 정성스레 만들어진 조선종이를 일컫는다. 전지(全紙)의 반 크기의 종이를 마음을 전하듯 한 장씩 갖는다. 송순이 벼루에 물을 뿌려 먹을 진하게 간다. 서화 연습용 도기 쟁반을 박상이 2개를 꺼내 송순에게도 내민다. 박상의 말이 봄철의 아지랑이처럼 여운을 끌며 이어진다.

"선비들에겐 서화(書畵)는 기본이잖아? 그림 그리기는 마음을 다스리는 중요한 작업이야. 동일한 대상을 그려도 마음의 상태에 따라서 그림이 달라져. 그만큼 그림에는 사람의 마음이 섬세하게 담기기 마련이야. 오늘은 골짜기의 바위와 물을 각자 상상하여 그려 보도록 하자고."

물이 흐르듯 말이 끝나자마자 박상과 송순이 그림을 그리기 시작한다. 눈앞에 흘러가는 가상의 계곡 물을 바라보듯 연신 붓질을 해댄다. 구도와 표현 기법은 달라도 계곡의 형상이 실제의 공간처럼 펼쳐진다. 상대의 그림을 바라보다가 둘 다 놀라서 거의 동시에 말한다.

"이야! 사또 어른의 그림 솜씨가 탁월하옵니다. 실제의 풍경처럼 느껴집니다."

"자네의 솜씨야말로 천부적이구먼. 바위와 물결이 완전히 살아서 숨을 쉬는 느낌이야."

음률과 그림에는 송순이 전문 예인(藝人)처럼 빼어난 솜씨를 지녔다고 알려졌다. 배워서 익힌 것이 아닌 타고난 재능임이 주변에 알려진 터다. 그러기에 누구든 송순의 그림만 대하면 넋을 잃을 듯 놀란다. 하지만 송순의 눈에 비친 박상의 그림은 전설적인 명인(名人)처럼 빼어났다. 그렇기에 둘은 상대의 그림에 매료되어 넋을 잃을 지경이다.

이때 망각한 것을 떠올린 듯 박상이 송순에게 말한다. 송순은 그림을 그리면서도 박상의 얘기에 매료된 듯 귀를 기울인다. 아는 내용이지만 재차 확인하는 과정이라 여기며 경청한다.

연결된 강줄기처럼 부(賦), 송(頌), 명(銘), 잠(箴), 기(記)의 설명이 보완된다. 여섯 글자로 한 글귀를 만드는 과문(科文)이 부(賦)다. 녹을 닦아내듯 송(頌)은 성현의 공덕을 기리는 글이다. 4글자에 운(韻)이 실려 구(句)를 이룬 글이 명이다. 구조를 헤아려 밝히듯 공덕을 기리거나 설명한 글이다. 온정이 햇살처럼 실려 후학들을 훈계하는 글이 잠(箴)이다. 지역의 풍광이나 건축물을 설명하는 글이 기(記)다.

꼬리를 잇는 물길처럼 표(表)와 전(箋)에 대한 박상의 설명이 이어진다. 표문이나 전문을 지은 글이 표(表)다. 나라의 위상을 나타내듯 외교문서 형태로 작성된 글이 표문(表文)이다. 임금이나 왕후, 태자에게 전하는 글이 전문(箋文)이다. 경전의 난해한 부분을 빛을 쬐어 분석하듯 해설한 글이 전(箋)이다. 나라의 미래를 다루듯 나라의 정책을 기록한 글이 책(策)이다.

박상의 말이 연달아 떨어지는 빗물처럼 이어진다. 초시는 상식년(上式年)의 9월 초에 전국에서 시행된다. 과거(科擧)로 유생들을 흥분시키는 자(子), 묘(卯), 오(午), 유(酉)의 해가 식년(式年)이다. 식년 직전의 해가 등과의 꿈을 일깨우듯 드리워진 상식년(上式年)이다. 자웅을 결정하듯 문과 초시 합격자로는 240명이 선발된다. 이들 중에서 식년 봄에 서울에서 33인이 선발된다. 이들이 가문에 영광을 부여하듯 벼슬을 보장받은 복시 합격자들이다.

화살로 기선을 제압하듯 복시의 초장에서는 유생들이 경전을 강론(講論)하여 겨룬다. 중장에서는 부, 송, 명, 잠, 기 중에서 1편이 선정된다. 또한 표(表), 전(箋) 중에서 1편이 시험 항목으로 선정된다. 이들 2편에 대한 성적으로 중장의 석차가 결정된다. 종장에서는 책(策) 1편에 대한 성적으로 섬돌의 높이처럼 석차가 결정된다. 복시의 33인은 궁궐에서 진검으로 대결하듯 겨루어 서열을 가린다. 나라의 장래를 결정하듯 전시에서는 황제의 관점에서 기술하여 서열이 정해진다.

구름송이가 나부끼듯 반 시진이 흐를 무렵이다. 그림은 거의 마무리 단계에까지 도달한 상태다. 흐르는 시간이 안타까운 듯 박상이 아쉬운 표정으로 말한다.

"자네는 경전과 그림에까지 통달한 상태라 미래가 든든하게 보장되었다고 여겨져. 아무래도 내가 현장에서 백성들을 많이 만나잖아? 내가 자네한테 가르칠 분야는 책(策)이라 생각되네. 별다른 통지를 보내지 않더라도 열흘마다 한 번씩은 이리로 와. 책을 머리로 구상하고 상대를 설득하도록 작성하는 방법을 지도해 주겠어. 이런 분야는 구체적인 안건으로 연습하지 않고는 학습하기가 어려워."

감긴 태엽이 풀리듯 그림 그리기가 완전히 종료된 뒤다. 둘 다 미완성 상태처럼 그림에 서명을 하지 않은 상태에서다. 박상이 송순의 그림과 자신의 것을 벽에 나란히 붙인다. 그러고는 귀빈을 초청하듯 43살의 여주인을 사랑방으로 부른다. 방에 여주인이 들어서자 박상이 그녀에게 말한다.

"여 주인장께서는 그간 내 그림을 많이 봐 왔으리라 믿소이다. 두 그림들 중에서 어느 게 내 것인지를 찾아내 보시오."

대답하기가 쉬우리라 여겨 질문한 모양인데 여주인이 곤혹스러워한다. 무척 난감한 듯 그녀가 박상을 향해 말한다.

"영감의 그림은 워낙 빼어나서 대번에 표시가 나거든요. 그랬는데 오늘의 그림은 우열을 가리기가 힘들 정도의 수준이에요."

그림을 눈앞에 두고 한참 고심을 한 뒤다. 여주인이 체념한 듯 한숨을 쉬며 박상에게 말한다.

"도저히 내 재주로는 영감의 작품을 가려낼 수가 없어요. 둘 다 영감의 작품 같아서 말이에요. 혹시 영감이 둘 다를 그린 건 아니죠?"

여주인의 말에 흔쾌히 수긍하듯 박상이 너털웃음을 터뜨리며 말한다.

"아하하핫! 대단히 기분이 좋은 일이외다. 그만큼 송 군의 그림이 탁월하다는 얘기가 아니겠소이까?"

박상의 말뜻은 송순의 그림 솜씨가 명인처럼 빼어나다는 얘기다. 이를 인정하는 박상의 풍도가 송순에게는 치솟는 햇살처럼 존경스럽게 비친다. 여주인이 안개가 스러지듯 주방으로 건너간 뒤다. 둘은 각자의 그림에 날짜와 이름을 써서 마무리를 짓는다.

이 날 이후부터다. 주기적인 조류처럼 열흘에 한 번씩 송순은 은하식점을 찾는다. 박상을 만나 그림도 그리고 책(策)에 대한 지도도 받는다. 그림을 수련하지 않던 송순도 스승을 만난 듯 열심히 수련한다. 송순은 그림을 그리면서 박상이 개척한 그림의 기법에 대해서도 익힌다. 박상도 제자를 기르듯 열성적으로 지도를 한다.

부(賦), 송(頌), 명(銘), 잠(箴), 기(記)에 대한 문헌은 향교를 이용한다. 장성향교의 훈도인 아버지를 통하여 수시로 서적을 대출받아 꾸준히 공부한다. 물이 차오르기를 기다리듯 20대가 되기를 기다렸던 송순이다. 품격을 갖추듯 과거에 응시할 자격을 갖추려는 측면에서다. 유교의 경전에서는 고공을 선회하는 매처럼 자신감을 갖는 송순이다. 부(賦), 송(頌), 명(銘), 잠(箴), 기(記) 등만 익히면 도전할 작정이다. 자질구레한 영역의 공부에 비탈의 짐을 떠받치듯 신경이 쓰이는 송순이다.

1513년 8월에는 송순이 소과에 응시하여 21살에 진사에 급제했다. 등산에 앞서서 지형을 탐색하듯 대과의 중간 점검을 하고 싶었다. 그랬는데 급제하는 행운을 얻었다. 송순보다도 박상이 하늘을 얻은 듯 기뻐했다. 진사가 되고서도 송순은 박상을 만나 꾸준히 수련했다. 우물을 파듯 경지에 이르는 수행 과정이라 여겼다.

세월이 흘러 24살이 되던 1516년의 1년간은 송순이 성균관에 입학했다. 새가 먹이를 비축하듯 1년간 수학하면서 대과(大科)의 많은 정보를 입수했다. 그러다가 1517년 정월에 둥지로 돌아가는 새처럼 담양으로 귀향했다. 단체 생활의 번잡함보다는 정신적인 집중이 필요했기 때문이다.

쏟아지는 폭포수처럼 세월이 성큼 흘렀다. 1517년의 6월 중순의 어느 날 아침이다. 송순의 나이가 신록처럼 싱그러운 25살인 해이기도 하다. 송순이 1515년의 7월까지는 박상으로부터 많은 가르침을 받았다. 그 이후부터는 스스로 우물을 파듯 독립적으로 열심히 수련했다. 그러다가 세월이 흘러 1517년 6월을 맞게 되었다.

이틀 전에 능선현령인 39살의 송세림으로부터 길조의 상징처럼 연락을 받았다. 능선현은 차도로 담양에서 남쪽으로 80리 떨어져 있다. 능선현령이 송순을 부른 것도 인연인 듯 송흠과 관련되어 있다. 송흠과 송세림이 친하게 지내고 교류도 활발했던 탓이다. 송흠으로부터 송순의 얘기를 들은 송세림은 송순을 만나고 싶었다. 14살 연하의 인재에 대한 사랑이 물줄기를 찾듯 송순을 찾았다.

아침에 마차로 담양을 떠나 1시진 반 만에 능선현에 도착했다. 적진으로 침투하는 자객처럼 곧장 관아로 들어가서 집무실에서 세림을 만난다. 송순이 세림을 만나자마자 풍경 소리처럼 낭랑한 목소리로 말한다.

"저는 담양에 사는 송순이옵니다. 이틀 전에 사또 어른의 전갈을 받고 오늘 들렀사옵니다. 혹시 제게 하실 말씀이라도 있으신지요?"

송세림도 기다렸다는 듯 곧바로 응답한다.

"송흠 선생의 삼종질이며 제자라고 들었소이다. 여기까지 오시게 해서라도 만나고 싶었소이다. 하도 송흠 선생께서 제자를 극찬했기 때문이외다.”

송순이 쑥스러운 듯 담뿍 미소를 머금으며 응답한다.

“사실 저는 조금도 뛰어난 점이라곤 없는 평범한 청년이옵니다. 삼종 백부님의 과찬이었다는 점을 알려 드리고 싶사옵니다.”

송세림이 손뼉을 치자 관비가 향기를 내몰듯 대추차를 들고 나온다. 송세림과 송순이 다탁에 마주 앉아서 차를 마시며 이야기를 나눈다. 진솔한 송세림의 말에 송순이 지남철에 달라붙는 쇳가루처럼 끌려드는 느낌이다. 자신도 모르게 송순이 송세림의 말에 귀를 기울인다.

송세림은 혈류가 샘물처럼 들끓던 20세 때인 1498년에 진사가 되었다. 24살 때인 1502년에 별시 문과에 장원급제하였다. 과거에 급제한 뒤 얼마 되지 않아 상을 당했다. 초상 중에 병을 얻었기에 비탈에서 미끄러지듯 벼슬에 오르지 못했다. 그랬기에 묘하게도 갑자사화를 면하게 되었다.

이후에 여러 벼슬을 거쳤다. 1516년 7월에는 지방관의 모범을 보이듯 능성현령(綾城縣令)으로 재직했다. 난국을 타개하려는 듯 행정 제도의 개선안을 제시하는 상소를 올렸다. 조정에서는 하늘이 내린 대책인 듯 개혁안을 받아들여 실시하게 만들었다. 개선안에는 방납(防納)의 폐단을 물거품처럼 제거하는 것이 포함되어 있다. 책 인쇄로 인한 과중한 잡세(雜稅)를 폐지하라는 것도 제시되었다.

군액(軍額)의 충당을 위해 납부자들을 증가시키려는 듯 중(僧)을 추쇄(推刷)하도록 제안했다. 추쇄란 세금을 납부하도록 환속시키는 것이다. 중이 사라진 절은 흔적조차 말소시키려는 듯 소각하도록 제안했다. 우전입마(郵傳立馬)의 폐해를 개선하는 방안도 제시했다. ‘우전입마’는 역

참(驛站)에서 말을 길러서 공용에 활용하려던 제도를 일컬었다. 이런 내용들이 송세림이 미답지에 길을 틔우듯 제안한 새로운 개선안이었다. 나라에서는 기다렸다는 듯 적극적으로 상소문의 내용을 받아들였다.

집무실 창밖으로는 맑은 하늘이 호수의 물결처럼 드리워져 남실댄다. 점차 중오(中午)에 가까워지는 시점이라 폭염에서 발출되는 햇살이 무시무시할 지경이다. 관아의 마당 곳곳에 치솟은 미루나무에서는 매미가 악을 쓰듯 울어댄다. 송세림이 6방의 아전들을 불러들인다. 그러고는 그들에게 말한다.

"오늘은 긴요한 일이 있으니까 보고할 일은 내일 올리도록 하시오."

아전들이 갈대처럼 허리를 꺾어 알았다고 대답하고는 물러간다. 세림이 송순을 향해 말한다.

"오늘은 송 선비가 내 귀빈이외다. 일체의 업무마저도 계류시켜 놓은 상태이외다. 모처럼 가슴을 열고 대화를 나눕시다. 내가 아는 한의 세상의 기류를 알려 드리겠소이다."

지하의 물소리를 탐지하듯 송순이 세림의 말에 귀를 기울인다.

종5품 현령인 세림의 말이 세찬 물결처럼 송순의 귓전으로 밀려든다. 유교(儒敎)에 철학이 깃들기 시작한 것은 주자(朱子) 때부터이다. 철학이란 인간과 세상의 본질을 거울로 들여다보듯 탐구하는 학문이다. 이른바 성리학(性理學)이란 철학이 유교의 영혼처럼 자리를 잡기 시작했다. 고려에서는 정몽주와 길재가 길을 개척하듯 성리학의 학통을 정립했다. 수분을 흡수하는 해면처럼 정몽주와 길재의 학문을 김숙자

(金叔滋)가 전수받았다.

김숙자의 아들이 선비들로부터 태양처럼 추앙받던 김종직(金宗直)
이다. 그는 공조참판에까지 올랐으며 제자로 혜성 같은 김굉필(金宏弼)
을 두었다. 굉필은 27살에 생원시에 급제했다. 41살 때에 추천을 받
아 비상하는 새처럼 종9품인 남부참봉이 되었다. 1498년에 정6품인
형조좌랑으로 일할 때에 무오사화가 일어났다. 김종직의 붕당을 만들
었다는 죄목으로 물결이 소용돌이치듯 희천으로 유배를 갔다.

45살 때인 1498년에 유배지에서 17살의 조광조(趙光祖)에게 학문
을 전수했다. 조광조는 어천찰방(魚川察訪)으로 부임하는 아버지를 따
라갔다가 등불 같은 김굉필을 만났다. 조광조는 18살까지 김굉필로부
터 지도받고는 진액을 흡입하듯 성리학의 진전을 물려받았다.

김종직은 1510년인 29살에 수련의 성취를 기리듯 사마시에 장원
으로 합격했다. 예정된 궤도처럼 진사(進士)가 되어 성균관에 들어가
공부했다. 1506년의 중종반정 이후에는 새로운 정치적 분위기를 조
성하려는 추세였다. 성균관 유생들의 불길 같은 천거와 이조판서 안
당(安塘)의 추천이 유효했다. 조광조는 1515년인 34살에 종6품인 조
지서 사지(造紙署司紙)에 제수되었다.

관비가 새롭게 끓여 온 모과차를 마시면서 세림이 말을 잇는다. 물
줄기 같은 유림의 역사를 말하기에 송순의 관심이 커진다.

1515년의 가을에는 조광조가 문과에 을과로 급제하여 실력으로
관직에 올랐다. 이후로는 회오리치는 물살처럼 정6품인 전적, 감찰,
예조좌랑을 역임했다. 이때부터 중신(重臣)으로 예견되듯 왕의 두터운

신임을 얻는 관리가 되었다. 유교로써 정치와 교화의 근본을 삼아야 한다는 지치주의(至治主義)를 조광조가 숭상했다. 이와 관련된 왕도 정치의 실현을 빛살처럼 강조하는 분위기를 조성했다.

1515년에 정언이 되어 투망질을 하듯 꿈을 펼칠 준비를 갖추었다.

같은 해에 중종의 제1 계비인 장경왕후(章敬王后)가 죽었다. 조정에서는 당면 과제처럼 계비 책봉 문제가 거론되었다. 순창군수 김정(金淨)과 담양부사 박상(朴祥)이 8월 8일에 상소문을 올렸다. 상소문의 내용은 커다란 강줄기처럼 2갈래로 나뉘어졌다. 원점으로 복귀시키듯 중종의 정비(正妃)였던 신 씨(愼氏)를 복위하라는 내용이 하나였다. 다른 내용은 정비의 폐위를 주장했던 박원종(朴元宗)을 처벌하라는 거였다. 상소 사건은 우중의 산사태처럼 엄청난 조정(朝廷)의 소요를 일으켰다.

대사간 이행(李荇)과 대사헌 권민수(權敏手)가 김정과 박상을 논박하여 유배를 보내었다. 이행과 권민수는 훈구파의 수족 같은 무리들에 속했다. 상소자의 처벌은 언로를 막는 거라고 조광조가 피를 토하듯 주장했다. 상심한 인재들을 격려하듯 유배된 김정과 박상을 이듬해에 서용하게 만들었다. 김정과 박상을 논핵했던 대간들은 사림파로부터 떠밀리는 오물처럼 배척당하게 만들었다.

1516년에는 정6품인 수찬에서 벼랑을 오르듯 정5품인 정랑이 되었다. 1517년에는 홍문관 교리로서 경연시독관, 춘추관 기주관을 겸임했다. 향촌의 상호부조를 위해 '여씨향약(呂氏鄕約)'을 8도에 불씨처럼 퍼뜨려 시행하게 했다. 주자학이 한반도에는 고려 말에 들어왔지만 나뒹구는 폐전(廢錢)처럼 보급되지는 못했다. 조선 초기까지도 사장 (詞章)의 학문이 허공의 달처럼 높이 숭상되었다. 조선 초기까지는 도학(道學)이 경시되는 분위기였다.

점심때가 되었을 때다. 세림이 잡념을 털어내듯 자리에서 일어서면서 송순에게 말한다.

"송 선비님, 집무실 바깥에 식당이 있소이다. 식당 귀퉁이의 귀빈실로 같이 갑시다."

송순이 대답하고는 휩쓸리는 부평초처럼 세림을 따라 식당으로 내닫는다. 잔디밭을 지나 조금 걸으니 단아한 건물의 식당이 눈에 띈다. 동쪽 귀퉁이에 '귀빈실'이란 팻말이 걸린 별실이 얼굴을 들이민다. 댓명이 둘러앉을 크기의 식탁이 귀빈용의 비품처럼 펼쳐져 있다. 학이 노닐듯 단아하고 깔끔한 내부의 정경이 밀려든다.

식탁에 앉으니 관비들이 선율이 나부대듯 음식들을 조화롭게 나른다. 밥과 콩나물국과 조기 구이와 고사리나물과 시금치나물이 깔려 있다. 멸치조림과 콩자반과 풋고추와 생된장이 시선을 자극하듯 눈에 띈다. 현령의 밥상이라고 해서 쌀알들 중의 하나처럼 특별하지가 않다. 시골 누구의 집에서도 대할 수 있는 밥상이다.

세림이 송순을 향해 말하면서 개시의 신호를 보내듯 숟가락을 든다.

"어느새 식사 때가 되었소이다. 식사를 하면서 편하게 이야기를 나누도록 합시다."

송순도 기다렸다는 듯 응답한다.

"네, 좋습니다. 눈에 띄는 풍경이 좋아 저절로 머리가 맑아지는 기분입니다."

식사를 하면서도 숨결처럼 중요한 의견을 세림이 말한다. 송순에게는 하나같이 파드득거리는 생명처럼 중요한 정보들이다. 송순이 집중하여 귀를 기울인다.

식사는 끝나고 식탁에는 매화차가 향긋한 냄새를 구름송이처럼 피워 올린다. 송순과 세림이 매화차를 마시면서 이야기를 나눈다. 세림의 이야기가 미궁을 뚫는 바람결처럼 송순에게로 전해진다. 송순이 귀중한 정보라 놓칠 수 없다는 듯 경건하게 청취한다.

비상을 시작하듯 갓 벼슬을 시작한 선비들은 신진 사림파(士林波)라고 불린다. 개국이나 반정에 참여한 공로로 벼슬을 하는 사람들은 훈구파(勳舊波)라 불린다. 무오사화와 갑자사화는 훈구파가 사림파를 맹수처럼 공격한 사건이었다. 떠밀리는 생존의 극한처럼 숱한 사람들이 죽거나 유배를 갔다. 연산군 당시처럼 이런 기류는 중종 때에도 일어나리라 예측되는 터다. 그래서 선비들은 되도록 언행을 조심하고 친교를 돈독히 하려고 한다.

언제 상대방에게 내몰려 죽음을 당할지 모르는 정국이다. 어느 경우에나 맨발로 가시밭을 걷듯 언행에 조심해야 한다는 점이다. 누구한테든 화를 내면 건드려진 상처가 덧나듯 후유증이 생기기 십상이다. 새로운 교류보다는 알던 사람과 다투지 않으려는 풍조가 기류처럼 떠돈다.

세림이 송순을 향해 안타까움이 물결처럼 남실대는 목소리로 말한다.

"관직에 나가면 누구든 대간을 거치게 마련이외다. 대간이 되면 관리들의 허점을 찾아내야만 하외다. 허점을 찾으면 논리를 세워서 상대를 공격해야만 하외다. 이것을 '논박'이라고 하외다. 대간이란 논박을 하라고 마련된 직책이외다. 대간이 되고서도 논박하지 않으면 직무를 태만히 한다고 공격당하기 마련이외다. 대간이 되면 누구든 허점을 찾아내서 공격할 준비를 해야만 하외다. 바로 이 과정에서 대간들은 관리들과 원한 관계를 갖게 되외다."

송순이 듣기로도 어처구니가 없는 일이라 여겨진다. 까치가 짖어대듯 상대를 논박하지 않으면 직무 태만으로 공격당한다니? 진지를 지키듯 대간이 역할에 충실할 동안에 원한을 쌓게 되잖겠는가? 무슨 제도가 이런 황당함을 갖는지 모를 일이라 여겨진다. 세림의 이야기가 물 흐르듯 송순의 귓전으로 날아든다.

"벼슬아치가 된다는 게 결코 좋은 일만은 아니외다. 대간 시절을 거칠 동안에 본의 아니게 적을 만들게 되외다. 적들로 인하여 운이 나쁘면 유배를 가거나 사사당할 수도 있소이다. 유배당하지 않고 벼슬살이를 하기란 엄청나게 어려운 일이외다. 적이란 사소한 논평 한 마디에도 만들어지게 되는 법이외다. 자신도 모르는 사이에 적들이 만들어질 수가 있다는 얘기이외다."

송순이 이야기를 들으면서 생각하니 숨통이 막힐 듯 답답하다. 정치를 공정하게 하려고 대간을 배치하지 않았는가? 공정하다는 개념이 사람의 관점에 따라 다를 수도 있잖은가? 시비란 공정한 기준이 얼굴 모양처럼 달라서 생기기도 한다. 항상 자신은 옳고 남은 그르다는 관점이 수시로 작용하지 않겠는가? 세림의 얘기에 물속에 잠긴 듯 가슴이 답답해지는 송순이다.

상념의 물결에 휩쓸려 송순의 의식이 갯벌의 망둥이처럼 버둥댈 때이다. 세림의 얘기는 보다 구체적인 현안 문제를 제시한다. 1515년부터 조정에 자객처럼 뛰어든 조광조를 눈여겨봐야 한다는 견해다. 조정에 뛰어들자마자 승진하는 속도가 빛살이 치솟듯 빨랐다고 들려준다. 그뿐 아니라 중종의 마음을 움직일 정도의 인물이라는 얘기다. 지금 상태라면 미래의 영의정은 그에게 보장된 셈이라는 얘기다.

칼을 갈듯 도학으로 언행을 다듬었기에 허점이라고는 드러내지 않는다고 했다. 헌신한 성인처럼 성균관 유생들로부터 전폭적으로 추앙받는다고 한다. 군계일학처럼 빼어난 급제 성적으로 중종의 사랑을 받고 있다. 중종은 인재를 숭상하는 인물이기에 조광조를 절대적으로 신임하는 처지다. 유생들은 어느새 조광조를 신진 사림파의 영수로 평가한다고 한다.

송순이 세림의 말에 급류에 휘감기듯 상념의 물결에 휩쓸린다.

'신진 사림파의 영수라니? 그런 위치를 차지했다는 자체가 훈구파들의 새로운 공격 대상이 아닐까? 정말 모를 일이야. 저마다 당당하게 살았다는 게 승자인지 죄인인지로 결정이 나잖아?'

세림의 눈빛이 얼음이라도 뚫을 듯 강렬해지면서 열변을 토한다.

"송 선비님, 내 말을 잘 들어야만 되외다. 내가 일시적인 기분으로 불러들인 게 아니외다. 내가 존경하는 송흠 선생님의 제자라는 관점에서 특별히 불렀소이다."

홍수의 물살 같은 그의 이야기가 곧바로 송순의 귓전으로 밀려든다. 내년쯤이면 과거 제도의 틀이 뒤틀린 땅거죽처럼 달라지리라 들려준다. 종래의 선발 방식이 아닌 추천 방식이 적용되리라는 얘기를 들려준다. 향시와 복시와 전시를 거치는 고정적인 체제를 벗어난 듯 독특하다. 전국적으로 추천된 인원을 서울에서 특정한 기준으로 선발하리라 알려 준다. 현재로는 휘장에 가려진 물체처럼 추천의 기준을 모르겠다고 한다. 하지만 대략 추측은 할 수 있다고 들려준다.

세림이 자신의 견해를 송순에게 그림에 덧칠을 하듯 덧붙인다.
"중국 한나라의 현량방정과(賢良方正科)의 방식을 본뜬 체제일 거외다. 그렇다면 추천 기준은 뻔히 드러나는 터이외다. 재능(才能), 학식(學識), 행적(行蹟), 지조(志操), 성품(性品), 기국(器局), 대응(對應)이 해당되리라 여겨지외다. 여기에서 기국이란 재능과 도량을 복합한 특성을 나타내는 말이지요."

세림이 말을 덧붙인다. 송순이 바늘로 찌르듯 주의력을 집중하여 경청한다.

"내년 가을철에는 아마도 대상자를 전국적으로 추천받으리라 여겨지외다. 그때 내가 송 선비님을 추천해 드리겠소이다. 선비님이라면 어느 누구와 비교해도 손색이 없으리라 여겨지외다."

송순이 한껏 부끄러운 듯 쑥스러운 표정으로 응답한다.
"과찬이시옵니다. 추천해 주신다면 최선을 다하겠다는 말씀만 올릴 수 있을 따름이옵니다."

세월이 둑 터진 물줄기처럼 빠르게 흘렀다. 1518년의 9월 중순이다. 과거 지원자들의 추천 작업이 벌이 집을 짓듯 활발히 벌어진다. 서울에서는 사관(四館)이 유생과 관리를 막론하고 후보자를 성균관에 추천한다. 지류가 본류에 흡수되듯 성균관은 이들을 예조로 통지한다. 중추부, 육조, 한성부, 홍문관, 사헌부, 사간원 등에서도 예조에 통지한다. 지방에서는 물관부로 치닫는 수분처럼 유향소(留鄕所)에서 수령에게 추천한다. 수령은 관찰사에게로 통지한다. 관찰사는 예조로 통지한다.

능선현령인 송세림이 송순의 자질을 구름으로 치솟듯 부각시켜 관찰사한테 통지한다. 관찰사는 수령들로부터 추천받은 자료를 숱한 화살을 날리듯 예조로 통지한다. 전국적으로 얼마나 많은 응시자들이 있을 줄도 모르는 일이다. 송세림이 혈맹의 맹주처럼 약속을 지켜 송순을 관찰사에게로 추천하여 통지했다.

허공으로 쏟아지는 빛살처럼 빠른 세월이다. 1519년의 3월 하순의 햇살이 비단결처럼 부드럽게 남실대는 한낮이다. 전국적으로 120명의 유생들이 추천되어 강에 합류하는 물줄기들처럼 경복궁에 모였다. 재능(才能), 학식(學識), 행적(行蹟), 지조(志操), 성품(性品), 기국(器局), 대응(對應)의 7개 분야의 추천이었다. 120명의 유생들이 전정(殿庭)에 모여 왕이 참석한 자리에서 시험에 응한다. 응시자들을 불러서 난감한 시국을 수습하듯 나라의 대책에 대해 질문한다.

한 시진가량의 시간이 계곡의 급류처럼 흐른 뒤다. 과거의 응시 유생들이 궁궐 바깥으로 썰물처럼 흩어진다.

청계천 부근의 여인숙에서 세월을 묶은 듯 송순이 머물 때다. 과거의 방목을 확인하려고 기다리는 중이다. 4월 13일의 사시 중반 무렵의 시각이다. 경복궁의 근정전 앞에 산적의 목책처럼 세워진 게시판에서다. 송순의 이름이 을과 등과자 명단에 도도한 물결처럼 올라서 있다. 총 28명의 문과 급제자의 명단이 발표된 거다. 27살의 나이에 당당히 급제자가 되었다. 산울림이 울려 퍼지듯 들끓는 승리의 쾌감을 세상에 발산하고 싶어진다.

부모한테도 당장 알리고 싶지만 시간의 흐름을 존중하듯 기다려야만 한다. 성취의 기쁨을 공유하듯 급제자들이 서울에서 가두 행렬까지 마친 뒤다. 꿈을 이루어 하늘에 날아오를 듯 너무나 기쁜 송순이다. 귀향하기에 앞서서 급제자들끼리 어울려 며칠을 더 서울에서 머문 뒤다. 급제자들이 석별의 아쉬운 정을 서울의 거리에 흔적처럼 남긴 뒤다. 급제자들이 바람결에 흩어지는 낙엽들처럼 뿔뿔이 고향으로 흘러내려간다.

화살이 과녁으로 날아들듯 마침내 송순이 담양에 도착했다. 신록이 어우러진 봄의 정취로 세상은 햇살처럼 포근한 상태다. 송순은 어머니한테 먼저 달려가 영광스러운 소식을 전한다. 기쁜 소식은 폭죽이 터지듯 곧장 마을로 확산된다. 마을 사람들이 물살처럼 몰려들어 연신 축하의 인사를 한다. 저녁에 향교에서 귀가한 아버지도 기뻐서 환호성을 터뜨리며 말한다.

"아들아, 정말 축하한다. 열심히 하더니 결국은 뜻을 이루어서 너무나 기뻐."

송순도 기다렸다는 듯 곧바로 응답한다.

"아버지, 감사합니다. 여태껏 돌봐 주셔서 정말 감사합니다."

등과자의 관행대로 대낮같이 관솔불이 곳곳에 치솟아 마을을 훤히 밝힌다. 마을에는 해일이 밀려들듯 곳곳에 멍석이 펼쳐지고 식탁이 깔린다. 식탁마다 떡과 술과 음식들이 푸짐하게 공급된다. 큰 소 한 마리를 잡아서 마을 잔치가 이루어진 터다. 상덕마을의 인근 마을 사람들까지도 홍수의 물길처럼 하객으로 몰려든다. 하객들이 다들 자신의 성공처럼 기뻐한다.

휴일인 이튿날 아침에 송순의 부자가 마차로 장성으로 달린다. 송흠에게 고맙다는 인사를 하러 가기 위해서다. 사시 무렵에 마차가 결승점에 이른 듯 영천리 나루터에 도착한다. 나루를 거룻배로 건너서 거기서 새로운 마차를 불러서 탄다. 내계리의 송흠의 집으로 휘몰리는 밀물처럼 송순 부자가 들어섰을 때다. 송흠이 송순의 성취에 감동한 듯 기뻐서 어쩔 줄을 모른다.

"송순아, 이렇게 나를 기쁘게 해 주다니 너무나 고마워. 정말 고마워."

상충하는 기류

여름철의 열기가 들끓는 냄비처럼 따가운 1519년의 6월이다. 길가의 수양버들의 가지마다 매미가 매달려 울음을 쏟아 낸다. 용소(龍沼)에서 목욕하듯 들을수록 귀와 마음이 후련해질 지경이다.

송순은 이틀 전인 초순에 종9품인 승문원 권지부정자에 제수되었다. 승문원은 외국 교류의 숨결 같은 외교 문서를 담당하는 기관이다. 송순은 과거에 급제하면서 3살 연하의 설 씨와 혼인했다. 아내의 본관은 풍경이 그림처럼 수려한 전라도 순창이다. 경복궁에서 남쪽으로 2.3리 떨어진 청계천 부근인 서린동에 주거지를 마련했다. 공기의 흐름이 호수의 물결처럼 부드러운 곳에 집을 구했다. 퇴직한 선비로부터 구입했기에 가옥이 잘 닦인 거울처럼 깔끔한 편이다.

안채와 사랑채로 이루어진 집 둘레로는 돌담이 성곽처럼 펼쳐져 있다. 집 뒤란에는 맑은 우물이 자리 잡고 있다. 두레박으로 푸면 남실대는 맑은 샘물을 언제든 접하게 된다. 빨래터는 집에서 0.5리 거리의 청계천에 넓게 마련되어 있다. 하늘의 공기처럼 마을 사람들이 공동으로 사용하는 곳이다. 원래의 집 주인이 가꾸던 화초들이 화단 곳곳에 물결처럼 남실댄다.

이제 갓 조정에 드나드는 햇병아리 같은 관리인 송순이다. 송순의 마을은 농촌에 가까울 정도로 논밭이 잘 발달되어 있다. 아마도 인근에 흐르는 청계천 탓인 모양이다. 바람의 길목을 제공하듯 집들이 띄엄띄엄 떨어져 있다. 그리하여 언제든 귀가하면 송순의 마음이 탁 튀고 평온해진다.

송순은 상승기류로 다가드는 매처럼 조광조 주변의 기류에 관심이 끌린다. 자신보다 11살의 연상인 신진 사림의 영수이지 않은가? 나이와 취향까지 도토리의 키처럼 비슷하여 왕으로부터 잔뜩 신뢰받지 않는가?

훈구파 중신들에게 맞불을 놓을 듯 대적할 세력을 찾는 왕이었다. 반정의 공로로 조정을 차지한 신하들이 왕을 불편하게 한다. 비상시에 대비하려는 듯 견제 세력은 필요하다고 여기는 중종이다. 연산군 때에 산사태에 깔리듯 사화로 많은 사림이 피해를 입었다. 공격당한 사림들이 유배를 가거나 사사되어 목숨을 잃었다. 중종은 반정 이후의 정치적 분위기를 바꾸고 싶었다.

송순이 중종과 조광조의 관계에 대해 얼음처럼 차분하게 분석한다. 중종의 마음에 쏙 드는 빼어난 선비가 나타났다고 판단했으리라 여긴다. 그가 꿀벌이 찾는 꿀처럼 구미에 딱 맞는 조광조였다. 조광조는

29살의 나이에 사마시에서 불꽃처럼 화려한 등과인 장원급제를 했다. 그러다가 34살에 문과의 을과로 급제하여 재차 실력을 발휘하지 않았던가?

송순이 중종의 관점에서 발가벗겨서 들여다보듯 조광조를 분석해 보리라 여긴다. 중종은 세상의 만물을 주무를 듯 절대적인 권력을 쥐지 않았는가? 왕권을 위협하는 존재는 화산의 용암처럼 경계의 대상이 되리라 여겨진다. 반정 세력이 자신을 왕으로 만들어 준 것은 좋았다고 여긴다. 이들 세력끼리 뭉치면 왕에게 새로운 위협이 될지도 모르리라 여겨진다. 반복되는 본능처럼 반란 세력에겐 새로운 반란의 꿈이 이글거리리라 생각된다.

중종의 분석은 시간에 따라 얼어붙는 살얼음처럼 차분히 진행된다. 중종의 눈에 훈구파는 연산군에 대한 반란 세력이었다. 반란 세력은 악행에 물들듯 불만이 생기면 반란을 꿈꾸리라 생각된다. 반란이 재차 일어나면 중종은 폐위되어 이슬처럼 스러질지도 모른다. 폐위된 왕에겐 저승으로 통하는 외길 같은 죽음밖엔 여지가 없다. 정황이 이렇기에 중종에겐 훈구파를 제압할 새로운 세력이 필요한 터다.

중종에게 필요한 것은 암흑 중의 섬광처럼 빼어난 실력과 포용력이었으리라. 이런 조건을 가진 사막의 폭풍처럼 강력한 인물이 조광조였다. 29살에 사마시에서 응시자들을 질식시키듯 장원급제를 하지 않았는가? 34살 때엔 문과의 을과 급제자로서 유감없이 실력을 발휘했다. 게다가 그뿐인가? 성리학의 맥을 지하수의 수로를 연결하듯 정확히 잇지 않았는가? 길재, 김종직, 김굉필, 조광조로 이어지는 정통의 학맥을 잇지 않았는가?

백성들에게도 복지 혜택을 주려고 달아오른 열기처럼 노력하는 신진 사림이었다. 향약을 전국으로 거미줄 치듯 보급하고 삼강 행실을 전하려고 했다. 인품을 가꾸고 덕성을 가다듬는 선비들의 자태는 참으로 아름답게 비쳤다. 중종의 마음이 소용돌이로 휩쓸리는 물결처럼 현혹되지 않을 수 없었다.

조광조는 성균관 유생 200여 명이 하늘의 태양처럼 추앙하는 선비였다. 순수하기 그지없는 성균관 유생들의 마음을 압도적으로 흡수할 정도의 인물이라니! 또한 신진 사림들이 강조하는 것이 인간의 덕목이 아닌가? 꽃처럼 향기로운 덕성의 선비들이라면 남들을 해롭게 하지는 않으리라 여겨진다.

송순이 늪지에 잠겨드는 바윗돌처럼 더욱 깊은 생각에 잠겨든다. 관료가 되자마자 조정에 안개처럼 휩쓸리는 분위기가 예사롭게 느껴지지 않는다. 중종에게는 조광조와의 기나긴 협조 체제가 필요하리는 생각이 든다. 1515년부터 시작된 조광조의 벼슬 승진은 치솟는 불길처럼 빨랐다.

1518년에 정3품인 부제학이 되어서는 유교적인 이상 정치를 구현하려고 노력했다. 꺼졌던 불을 지피듯 경전과 관련된 유교의 철학을 부흥시키려고 했다. 현악기의 선율에 휘감기듯 왕의 마음을 자신의 마음과 공감시키려고 애썼다. 왕은 조광조의 얘기를 강으로 흘러드는 물줄기처럼 관심 있게 들었다. 이런 분위기라면 자신의 말이 먹혀들리라 여겼다.

이때부터 조광조는 꿈꾸던 것들을 굴을 뚫듯 실천에 옮기기로 작정했다. 도교의 제례 의식인 초제에 바람결에 휩쓸리듯 그의 눈길이 미쳤다. 초제는 도사들이 하늘의 별을 향해 제사를 지내는 궁중의 의례였다. 유교와 부합되지 않는다는 점을 들어서 소격서(昭格署)를 폐지하도록 상소하기 시작했다. 선왕들이 중하게 여겼기에 중종은 소격서를 왕조의 보물처럼 유지하고 싶었다. 신진 사류들의 쏟아지는 폭포처럼 줄기찬 상소에 질려서 소격서를 혁파했다. 1518년 9월 3일의 일이었다.

동년 11월 21일에는 서슬처럼 위용이 당당한 종2품인 대사헌으로 승진했다. 이때 세자시강원의 부빈객을 겸하도록 발령받았다.

1519년에 들어서면서 조광조의 위세는 치솟는 지진처럼 조정을 뒤흔들기 시작했다. 1518년부터 추천식 과거제인 현량과(賢良科)를 실시하라고 억압하듯 조정에 건의했다. 1519년 4월에 도약하는 물고기처럼 문관 28명과 무관 46명이 선발되었다. 대표적인 문관으로는 김식(金湜), 안처겸(安處謙), 박훈(朴薰), 송순 등이 포함되어 있었다. 이후에도 김정(金淨), 박상(朴祥), 이자(李耔), 김구(金絿), 기준(奇遵), 한충(韓忠) 등을 선발했다. 선발된 관료들은 조광조의 분신 같은 선비들이었다.

쉬는 날이라 집에서 소중한 휴식을 즐기듯 점심밥을 먹은 뒤다. 사랑방에서 한지에 수묵화를 그려서 바람결에 내맡기듯 말리는 중이다. 아내가 끓여 갖다 준 국화차를 마시면서 송순이 생각에 잠긴다. 송순이 추억을 건져 올리듯 지난날의 성취를 잠깐 떠올려 본다. 21살에 진사도 되었고 24살에는 1년간 성균관에도 입학했었다. 그러다가 27살에는 마침내 대과에 급제하여 관리가 되지 않았는가? 차를 마시면서 칼을 가는 검객처럼 송순이 스스로에게 다짐을 한다.

"절대로 언행을 조심해야겠어. 모든 불행의 발단이 인간의 언행으로부터 비롯되지 않겠는가? 심지어 누가 시비를 걸더라도 슬기롭게 마찰을 피하도록 노력하겠어."

차를 마시면서 양달의 햇살처럼 포근하게 느껴지는 자신의 수묵화를 바라본다. 박상으로부터 학문을 지도받으면서 부쩍 강화시킨 것이 그림이다. 그림만 그리면 봄철의 아지랑이에 휘감긴 듯 마음이 평온해지는 탓이다. 평온함을 즐기듯 그림을 꾸준히 그리다 보니 그림의 수준이 높아졌다. 그림을 대하는 사람들마다 화공을 능가할 듯 빼어나다고 극찬을 한다.

취해서 중얼대듯 송순이 깊은 상념의 물결에 휩쓸린다.

'어쨌든 현재의 국면은 왕과 조광조의 숨결이 기류의 원인이 되겠어. 가장 골치 아픈 존재가 왕이야. 신하들의 간언을 날마다 듣고 취사선택을 해야 하니 얼마나 고달플까? 피곤하다고 대낮에 낮잠도 자지 못할 테고 말이야. 조광조가 선배 사림의 인물이지만 상당히 위태롭게 여겨지는 이유가 뭘까? 혹시 지나치게 설치고 돌아다니는 것은 아닐까?'

작년 11월에 대사헌으로 오를 때에 기피하려는 듯 왕에게 사양했다. 왕의 경계심을 최소화시키도록 완화하려는 의도로 비쳤다. 조정에서 은밀히 수군대는 목소리들이 기포처럼 들끓음을 조광조도 알았으리라 여겨진다. 1515년인 34살에 조정에 진출하여 4년 만에 종2품인 대사헌까지 승진하다니? 조광조에겐 매가 수직으로 상승하듯 치솟는 승진이었으리라 여겨진다. 상대적으로 성취의 후폭풍 같은 시샘의 파동도 커지게 마련이었다.

'세인들로부터 시샘을 받으면 공격당할 확률도 커지기 마련이야. 묘한 것이 사람들의 마음이잖아? 남이 잘되면 시샘부터 일어나려고 하니까 말이야. 남이 잘되면 자신의 경사처럼 여기고 축하해 주면 덧날까? 왜 대다수의 사람들이 남의 경사를 축하하기보다는 배가 아프게 여길까? 이건 분명히 비뚤어진 마음의 흐름이잖아? 마음의 흐름을 닦아서 자신과 주변을 평온하게 하면 안 될까? 세상이 다 흡족하여 다들 즐겁게 여길 길은 없을까?'

차를 마시며 송순은 소용돌이에 휘감기듯 상념의 물결에 잠겨든다.

'훈구파의 힘이 커져도 불안하고 신진 사류의 힘이 커져도 걱정이라면? 최상으로 편안한 길은 왕좌에서 물러나는 길이 아닐까? 내가 이런 생각을 조금이라도 내비치면 당장 내 목이 잘리겠지? 하여간 내 생각으로는 조만간 무슨 일이 터질 것만 같아. 조광조가 현인이라면 보다 겸손해야 할 텐데 아무래도 위태로워 보여. 그렇다고 내가 조언할 처지도 아니잖아? 조언한답시고 입을 여는 순간에 내가 피해를 당할 수 있잖은가?'

송순은 바닷물이 연이은 파동에 휘감기듯 거듭 생각에 잠긴다. 점차 조광조의 신변이 불구덩이로 휘몰리는 듯 위태로워지는 느낌이 밀려든다. 까불다가 망한다는 말이 가슴으로 파고드는 듯 섬뜩한 느낌마저 든다.

물결에 부평초가 나부대듯 조정에서는 너무 말이 많다는 생각이 밀려든다. 현량과의 선발 방식이 정통성을 무시했다고 나부대는 갈잎들처럼 수군거린다. 조광조가 현량과를 제안하여 물기를 흡수하듯 조정에서 수용되었기에 진행된 터다. 그랬음에도 현량과의 급제 방식에 문제가 있다면서 주정뱅이들이 떠들듯 야단들이다. 조광조가 실각하면 현량과 등과자의 급제마저도 취소될지 모르리라 여겨질 지경이다.

송순은 차를 마시며 자신도 불안한 기류에 휘감긴 듯 중얼댄다.

'너무 섬세한 사람들의 마음도 문제야. 좀 무덤덤하게 덮고 넘길 수는 없는 일일까? 훗날에 내가 조광조의 위치에 있으면 슬기롭게 세류에 대처하게 될까?'

상념에서 허우적대다가 송순이 아내를 불러 사랑방의 다탁에 마주 앉는다. 송순의 아내가 정성을 듬뿍 쏟듯 재차 국화차를 끓여 왔다. 끓인 물이 담긴 주전자까지도 함께 들고 왔다. 송순이 꽃향기를 내뿜듯 아내에게 활짝 미소를 지으며 말한다.

"부인, 신혼 초이기에 혹시 힘들지는 않소이까? 나는 궁궐의 승정원에 들어가면 시간이 순식간에 흘러가 버리외다. 당신의 경우는 어떤지 무척 궁금하외다."

23살의 자색이 선녀처럼 고운 아내가 청아한 목소리로 응답한다.

"저는 저대로 집에서 할 일이 많아요. 부엌일이나 빨래는 기본이잖아요? 마을 빨래터로 가서 마을 사람들과 함께 빨래를 하죠. 또한 보다시피 집의 뜰이 꽤 넓잖아요? 화단도 곳곳에 깔려 있어서 화초를 가꾸는 일이 만만치 않사옵니다. 언제쯤 이녁과 함께 꽃가게에 들러서 화초를 사야 되겠어요. 꽃가게는 청계천 곁의 마을 동구에 보였어요."

송순이 아내를 향해 원하는 마음을 드러내듯 흔쾌히 말한다. 쉬는 날에 함께 나가서 화초를 구입하겠다고. 부부가 오랜만에 시간의 굴레에서 벗어난 듯 허허롭게 대화를 나눈다. 평소의 같은 시각에는 한지에 그림을 그리곤 한다. 시간이 남으면 마을을 산책하며 풍광에 취하듯 명상에 잠긴다. 때때로 마음에 맞는 동료 관리를 데려와 식사하고 대화도 나눈다. 그러고도 시간이 남으면 선율로 마을을 어루더듬듯 가야금 탄주를 한다. 가야금만 탄주하면 시간이 순식간에 흘러감을 느낀다.

빛살이 날아들듯 세월이 어느새 8월 하순에 접어든다. 승문원에서 일할 때엔 고공을 선회하는 매처럼 그다지 바쁘지 않다. 역대의 외교 문서를 꺼내 틈틈이 문서 작성법을 익히곤 한다. 주형을 제작하듯 틀에 맞지 않으면 중국에 문서가 접수되지도 않는다. 문서 작성에 까다로운 요구 사항이 치솟는 파도처럼 수시로 휘몰려든다. 닭이 알을 품듯 되도록 자리를 지키며 성실하게 일한다.

춘추관 기사관인 정만종이 문서를 구하려는 듯 승문원에 쓱 들어선다. 일하던 송순과 눈빛이 교차하는 찰나다. 둘이 호출당한 듯 궁궐 북서쪽의 향나무가 우거진 곳으로 간다. 야외용의 기다란 돌 의자가 징검다리처럼 놓여 있다. 관원들이 잠깐씩 들러서 휴식을 취하는 곳이다. 돌 의자는 10명까지 나란히 앉을 수 있는 규모다. 돌 의자에는 송순과 만종을 제외하고는 아무도 없다. 둘이 만족스러운 듯 미소를 나누다가 만종이 먼저 말한다.

"장성의 평림호에서 우리가 처음 만났지? 그때 너의 눈빛도 반짝거렸는데 지금도 여전하군. 관리로 일한 지는 3달째이지? 어떻게 일할 만하니?"

송순이 청초한 박꽃이 깨어나듯 활짝 웃으며 응답한다.

"그때 네가 가르쳐 준 그물 던지는 법이 여전히 생생해. 그 날 이후부터 이따금씩 개천을 찾아 투망질을 하곤 해. 너도 그간 잘 지냈니?"

지나다니는 관리들 탓에 밀담을 나누듯 낮은 목소리로 대화를 나눈다. 만종이 먹이를 나르는 물수리처럼 송순에게 새로운 소식을 들려준다. 지난 7월 3일에 경연청에서 일어났던 소식을 들려준다. 정3품인 참찬관 윤자임(尹自任)이 비밀을 털어놓듯 왕에게 말했다는 내용을 전한다. 조광조를 현재의 대사헌 직위보다 더 중히 써야 한다고 조언했다. 물갈이하듯 조광조를 승진시키고 대사헌에는 다른 사람을 임명하라는 간언이었다. 2품으로 승진한 지가 얼마 되지 않아서 어렵다고 왕이 밝혔다.

집을 부수듯 규정을 무너뜨리기가 어려움을 왕이 설명했다. 그러면서도 아쉬운 듯 조광조는 충분히 승진이 가능한 인물이라고 말했다. 그러면서 조만간 정승까지도 제수할 것처럼 아쉬워하더라는 얘기였다.

만종의 말에 송순이 은신한 죄인처럼 나지막한 목소리로 응답한다.

"지나다니는 사람들이 많고 너무 무거운 얘기라 생각돼. 되도록 궁궐 내에서는 이런 얘기를 자제하도록 하자. 워낙 숨은 눈들이 많은 곳이잖아?"

송순의 말에 만종도 동의한다는 듯 고개를 끄떡이며 응답한다.

"역시 예나 지금이나 빈 틈 없는 성품은 바뀌지 않았어. 자네 같은 사람이야말로 장기적인 관료 체질에 적합할 걸세."

오래 자리를 비울 수가 없기에 새가 비상하듯 곧장 일어선다. 그러고는 각자의 일터로 썰물이 빠지듯 떠난다.

승문원에서 고문서들을 훑어보면서도 송순은 소용돌이에 휘감기듯 상념에 휩쓸린다. 소격서 혁파의 일이 문제점을 남긴 듯 께름칙하게 여겨진다. 역대의 선왕들이 소격서를 궁중의 보배처럼 신성하게 여기지 않았던가? 그랬기에 중종까지도 소격서는 그대로 두려고 했다. 그랬는데 조광조가 앞장서서 소격서를 없애야 한다고 자꾸만 우기지 않는가? 유교적인 척도로 재듯 따지면 맞기는 맞는 말이다. 그런데도 역대 선왕들이 소중히 지켰던 소격서가 아니었던가?

소중한 소격서를 없애려고 생각하니 돌덩이를 매단 듯 가슴이 무거워졌으리라. 송순이 왕의 머릿속으로 뛰어든 것처럼 중종의 마음을 헤아려 본다. 조광조는 왕보다 6살 연상인 터다. 왕이 32살이고 조광조는 38살이다. 왕이 1515년부터 조광조에게는 산더미를 떠안기듯 커다란 배려를 많이 했다. 승진의 속도가 유례가 없이 빠른 터다. 바로 이 점에 조광조가 주의를 기울이고 조심해야 했다.

선왕들이 보배처럼 소중하게 지켰던 소격서를 중종이 없애는 선까지 양보했다. 이런 양보를 한 중종의 마음은 엄청나게 불편했으리라 여겨진다. 소격서까지 혁파했으면 중종에게 조광조가 뭔가를 제공해야만 했다. 샛별처럼 영원한 충성이든 목숨이든 둘 중의 하나를 내놓아야만 했다. 소격서를 혁파한 이후부터 중종은 밑구멍까지 투시하듯 조광조를 관찰했으리라 여겨진다. 조광조는 소격서 혁파를 조신들이 받는 국록처럼 당연한 것으로 여겼다.

소격서 혁파로 인한 어떤 미안한 기색도 조광조는 내비치지 않았다. 바로 여기에서부터 물결이 뒤집힌 듯 새로운 운명이 만들어졌으리라 예견된다. 왕이 서운함을 느꼈다면 예사로운 문제가 아니다. 사람의 생명을 다스릴 듯 막강한 권력을 가진 왕이 아닌가? 이런 왕의 마음을 서운하게 만들었다면 불행이 시작된 셈이나 마찬가지다. 왕도 사람임을 조광조가 잊은 듯 정계를 바꾸려는 의욕만 컸다.

우주의 태양처럼 존엄한 왕은 어디까지나 왕인 터다. 왕으로서의 품위 유지가 천 년의 비밀을 유지하듯 중요하다. 그래서 조금이라도 서운한 내색을 내비치지 않도록 고도로 절제한다. 이런 기류를 읽느냐 놓치느냐가 조광조 본인의 운명을 결정하리라 여겨진다. 바둑에서 관전자들에게 맥이 잘 읽히듯 송순에게 이상한 조짐이 예견된다. 송순이 조광조보다 11살 연하이지만 미묘한 기류가 더 잘 느껴진다. 조만간 커다란 변화가 산더미처럼 휘몰려 들리라는 예감이 자꾸만 느껴진다.

귀소(歸巢)하려는 새들처럼 신경을 써서 송순이 퇴청 시각을 기다렸을 때다. 승문원 내부의 관리들이 서로 작별 인사를 나눈 뒤다. 안개에 휩쓸리듯 송순이 청계천 자신의 집을 향해 길을 나선다. 발걸음을 옮기면서도 송순은 중얼대듯 마음속으로 말한다.

'세상이 어떻게 변하든 내가 중심을 잘 잡으면 될 거야. 세상을 헤쳐 나갈 사람은 오로지 나 자신일 뿐이야. 절대로 주변의 기류에 흔들리지 않도록 해야겠어.'

신진 사류의 영수로서의 조광조의 매력에는 송순도 허방에 함몰되듯 빠졌다. 자신의 길을 스스로 뚫으려고 길을 개척하듯 송순이 정신을 집중한다. 맷돌의 중심처럼 마음을 굳건히 갖겠다고 다짐하는 송순이다.

벼랑에서 쏟아지는 폭포수처럼 급격히 흐르는 세월이다. 1519년 11월 20일의 쉬는 날의 아침 시간이다. 식사를 마치고는 청계천의 풍경을 물에 비친 영상처럼 수묵화로 그린다. 한지의 먹물이 마르기를 기다리면서 송순이 자신의 그림을 가만히 들여다본다. 세월이 강바닥의 퇴적물처럼 쌓인 연륜 탓이리라 여겨진다. 틈틈이 기법을 익혔던 탓에 그림은 자신의 기준에도 만족스러울 지경이다.

아내가 사랑방으로 김이 아지랑이처럼 나풀대는 국화차를 끓여서 들이민다. 아내가 그림을 보더니 귀한 보석을 대하듯 반기며 방으로 들어선다. 송순의 곁에 나란히 앉아서 그림을 바라보며 말한다.

"우리 동네 앞의 청계천 풍경이네요. 실제 모습과 상당히 닮았네요. 나도 그림을 한 번 그려 볼까요?"

송순이 반색을 하며 기다렸다는 듯 응답한다.

"그림을 좋아하는 사람은 언제든 그림을 그릴 수도 있다고 여겨지외다. 당장 여기서 그림을 그리든지 아니면 안채에서 그려도 됩니다. 그림을 그리고 싶다면 망설이지 말고 그리길 권하외다."

송순의 아내가 장난기가 실린 미소를 머금으며 애교를 부리듯 말한다.

"이녁의 그림 솜씨가 빼어났기에 부러워서 내가 말했을 따름이에요. 내게 무슨 그림에 대한 소질이 있겠어요? 이녁의 그림만 보면 무한히 끌려드는 느낌이 들어서 참 좋아요."

아내가 바람결에 떠밀리듯 안채로 건너간 뒤다. 송순이 상념의 물결에 휘감긴다. 11월 15일 밤에 조광조 일파의 권신들이 어망의 물고기들처럼 체포되었다. 그 날에 발생된 정경을 소문을 통해 정확히 파악했다. 송순의 머릿속으로 닷새 전의 정경이 밀물처럼 슬며시 파고든다.

저녁이 지나서 땅속으로 파고드는 보습처럼 밤이 깊어질 무렵이었다. 느닷없이 궁궐에 소요가 일어나 분위기가 해일이 해변을 뒤덮듯 어수선해졌다. 승지(承旨)인 윤자임(尹自任)과 공서린(孔瑞麟)이 대궐을 둘러보려고 승정원을 나섰다. 주서(注書)인 안정(安珽)과 검열(檢閱)인 이구(李構)도 개떼처럼 윤자임을 뒤쫓았다. 이들은 승정원에서 숙직하던 중이었다.

이들 숙직자들이 경복궁의 서문인 연추문(延秋門)으로 달려갔을 때다. 의외로 연추문이 한낮의 도성의 성문처럼 활짝 열려 있었다. 궁중 수비대가 연추문 주변에서 위엄을 드러내듯 정렬해 있었다. 숙직자들이 근정전(勤政殿)을 향해 이동하면서 궁궐의 정경을 살폈다. 푸른 군복의 병사들이 침입한 자객을 내몰듯 섬돌 주변으로 포진했다. 숙직자들이 병사들을 밀치고 곧바로 경연청(經筵廳)으로 들어섰다.

경연청을 지나 편전(便殿)으로 연결되는 합문(閤門)에 이르렀을 때다. 합문의 안팎에 등불이 징검다리처럼 기다랗게 환히 밝혀져 있었다. 공터에는 몇 명의 인물들이 위엄을 드러내듯 주저앉아 있었다. 그들은 병조판서 이장곤(李長坤), 판중추부사(判中樞府事) 김전(金詮), 호조판서 고형산(高荊山), 화천군(花川君) 심정(沈貞), 병조참지(兵曹參知) 성운(成雲)이었다. 이들은 적진을 공략한 장수들처럼 거만한 눈빛으로 숙직자들을 대했다. 승지인 윤자임이 죄인들을 심문하듯 중신들에게 외쳤다.

"공(公)들은 어찌하여 여기에 오셨소이까?"

이장곤의 무리가 냉기를 내뿜듯 곧바로 응답했다.

"대궐에서 표신(標信: 호출 명부)으로 우리를 호출했기 때문이외다."

윤자임이 섬광처럼 예리한 눈빛으로 합문 내부에서 얼씬대는 인물들을 쏘아보았다. 이들은 영의정인 정광필(鄭光弼), 우의정인 안당(安瑭), 남양군(南陽君) 홍경주(洪景舟), 예조판서 남곤(南袞)이었다.

승지의 본분을 다하느라고 윤자임이 추궁하듯 말했다.

"어찌 승정원에 표신을 내지 않고 궁궐에 들어왔소이까?"

윤자임의 질문에도 몰려든 무리들은 뱀처럼 냉담한 표정으로 응답하지 않았다. 윤자임이 호위병을 불러내듯 왕명(王名)을 전달하는 내시인 승전색(承傳色)을 불렀다. 그러고는 그에게 임금에게 돌발 상황을 보고하라고 명령했다. 승전색 신순강(辛順強)이 물속으로 잠입하듯 편전에 들렀다가 나와서는 성운에게 말했다.

"공이 승지가 되셨으니 편전으로 들어가 전교를 들으시오."

윤자임이 기겁한 듯 놀라서 소리쳐 물었다.

"이것이 도대체 어떻게 된 일이오?"

성운이 윤자임의 말을 방귀 소리처럼 무시하고 편전으로 들어가려고 했다. 윤자임이 성운을 막아서며 고함치듯 말했다.

"승지가 되었더라도 사관(史官)을 동반해야 입대(入對)할 수 있잖소이까?"

달려드는 자객을 막아서듯 주서인 안정(安珽)에게 성운을 제지하도록 윤자임이 명령했다. 안정도 심각한 상황을 알아차린 듯 말했다.

"아무리 일이 급해도 사관을 대동해야만 하오. 그렇지 않으면 용납되지 않소이다."

안정이 성운의 혁대를 물귀신처럼 붙잡고 함께 편전으로 들어가려고 시도했다. 성운이 달려드는 개를 걷어차듯 단호하게 안정을 밀치고 편전으로 들어갔다. 편전으로 들어선 후에 내쫓기듯 빠른 속도로 성운이 되돌아 나왔다.

성운이 종이쪽지를 보이면서 주변을 위협하듯 고함을 질렀다.

"이 사람들을 죄다 의금부에 하옥시켜라."

둘러섰던 사람들이 종이에 적힌 명단을 허공의 매처럼 신속히 확인했다. 나침반의 자침처럼 명단이 가리키는 대상들은 숙직하면서 궁궐을 지키던 사람들이었다. 궁궐을 보호하듯 숙직하던 사람들로는 승지(承旨)인 윤자임(尹自任)과 공서린(孔瑞麟), 주서(注書)인 안정(安珽), 검열(檢閱)인 이구(李構)가 해당되었다. 홍문관(弘文館)에서 숙직하다가 하

옥된 사람들은 응교(應教) 기준(奇遵)과 부수찬(副修撰)인 심달원(沈達源)
이었다. 하옥의 대상은 홍수로 불어나는 강물처럼 늘어났다.

우참찬 이자(李耔), 형조판서 김정(金淨), 대사헌 조광조(趙光祖), 부제
학 김구(金絿), 대사성 김식(金湜), 도승지 유인숙(柳仁淑), 좌부승지 박세
희(朴世熹), 우부승지 홍언필(洪彦弼), 동부승지 박훈(朴薰)이 파리 떼가
거미줄에 걸리듯 일제히 의금부에 하옥되었다. 천둥이 일듯 이런 일
이 발생한 날짜가 11월 15일이었다.

왠지 무서운 일이 벌어질 것만 같은 일이 실제로 터졌다. 무슨 일이
벌어지리라고 누가 송순에게 알려 준 듯이 일어났다.

닷새 전에 불길이 치솟듯 일이 터졌을 때에 송순은 일만 했다. 누
구한테도 곤충이 더듬이를 곧추세우듯 궁금증을 드러내지 않았다. 그
날은 정만종도 만나지 않았다. 폭풍의 돌파구를 찾으려는 매처럼 사
후의 기류를 신속히 예견하려고 애썼다.

사랑방에서 국화차를 마시면서 송순이 소용돌이에 휘감기듯 상념
에 휩쓸린다.

'분명히 훈구파들이 조광조와 관련된 신진 사류들을 제거할 거야.
훈구파가 밤중에 연추문에서 왕과 만난 직후에 일이 터졌잖아? 조광
조의 덕을 본 사람들도 훈구파의 공격 대상이 되겠지? 조광조는 참으
로 훌륭한 인재이지만 살아나기가 힘들 거야. 정상에 오른다는 의미
가 참으로 묘하구나!'

송순의 머릿속으로 그 날 오후에 벌어진 일들이 밀물처럼 밀려든다.

당상(堂上)들이 특명을 하달받듯 사정전의 비현합(丕顯閤)으로 호출되었다. 이때 호출된 사람들은 정광필, 안당, 김전, 남곤, 이장곤, 홍숙(洪淑), 성운, 채세영, 권예, 심사순 등이었다. 중종이 채찍을 휘두르듯 성운에게 추고 전지(推考傳旨)를 작성시켰다. 이때 물귀신에게 이끌리듯 호출된 훈구파의 해당자들은 다음과 같다.

영의정 정광필, 남양군(南陽君) 홍경주(洪景舟), 공조판서 김전, 예조판서 남곤, 우찬성 이장곤, 호조판서 고형산, 화천군(花川君) 심정(沈貞), 한성부 좌윤 손주(孫澍), 병조참판 방유령(方有寧), 참의(參議) 김근사, 참지(參知) 성운, 호조참의 윤희인(尹希仁)이 바람결에 휘몰리듯 나타났다. 이들이 갈대처럼 허리를 굽혔다.

정광필이 물처럼 들끓던 중론으로 거론되었던 내용을 대표로 중종에게 말했다. 정광필의 말이 중종의 귀로 밀물이 휘몰리듯 흘러들었다. 조광조가 붕당(朋黨)을 만들어 가담하는 자들은 항시 조정에 천거했다. 붕당을 무시하는 사람들은 원수를 내몰듯 철저히 배척했다. 목소리를 함께하여 서로 의지하고 요직은 이들이 석권했다. 임금을 속이고 사사로운 정을 거리끼지 않고 마구 베풀었다고 들려주었다.

사람들한테 달려드는 미친개처럼 후진들이 과격한 언행을 하도록 길들였다고 말했다. 젊은 사람들은 나이 든 사람들을 능멸하기에 이르렀다. 국력이 썩은 볏짚처럼 약화되고 조정의 질서가 문란해졌다. 광필이 재차 강조하듯 임금에게 말했다.

"조신들이 분개하고 한탄하는 마음이 들었지만 입을 열지 못했사옵니다. 그들의 세력이 너무나 두려웠기 때문입니다. 곁눈질로 그들을 살피며 지나다녔고 걷다가도 불편한 자세로 멈추곤 했사옵니다. 조정의 분위기가 이 지경에 이르렀으니 정말 한심할 지경이옵니다. 이들을 정식으로 형문하여 죄를 다스리도록 해 주시옵소서."

임금이 불을 지피듯 인내심을 발휘하여 끝까지 경청하고는 곧바로 응답했다.

"죄인들에겐 당연히 마땅한 벌을 내려야 하외다. 조정에서도 징벌을 청하였기에 빨리 정죄(定罪)하도록 하시오."

정광필(鄭光弼)이 임금에게 새로운 영감을 전달하듯 말했다.

"업무를 효율적으로 처리하기 위해 제가 제안하겠사옵니다. 한 사람에게 중의(衆意)를 모은 죄안(罪案)을 만들도록 하는 게 어떻겠사옵니까?"

임금이 적합한 대상자를 찾듯 일행을 휘둘러보더니 말했다.

"그렇다면 남곤 공이 죄안을 작성하도록 하시오."

남곤이 붓을 들어 둘러선 무리들의 관점을 붓으로 금세 작성했다. 정광필이 문안을 들여다보다가 수정이 필요한 듯 말했다.

"임금을 속이고 사사로운 정을 남발했다는 말은 사실과 다른 듯하옵니다. 신진 사류들이 확실히 과격한 언동을 하기는 했사옵니다. 하지만 임금을 속이고 사정을 남발했다는 말은 거짓으로 여겨집니다."

임금이 무게를 재듯 신중히 생각한 뒤에 응답했다. 중종도 정광필의 견해가 옳다고 거들었다. 죄인들한테 승복받으려면 물체의 거울상처럼 사실대로 기술해야 하리라고 말했다. 잘못된 부분은 길을 바로잡듯 고쳐서 쓰라고 명령했다.

죄인의 명단으로 조광조, 김정, 김구, 김식, 윤자임, 박세희, 박훈의 이름이 적혀서 중종에게로 전해졌다. 중종이 문서를 들여다보더니 헝겊을 덧대듯 자신의 견해를 덧붙여 말했다.

"기준(奇遵)의 이름도 첨부하도록 하시오. 심달원(沈達源) 같은 자는 넣을 필요가 없소이다. 이구(李構)는 입직(入直)한 한림(翰林)일 뿐이기에 명단에 넣지 말도록 하시오."

정광필이 궁금하다는 듯 왕에게 물었다.

"누구를 죄인들의 우두머리로 삼아야 하옵니까?"

임금이 기다렸다는 듯 곧바로 말했다.

"조광조를 수괴라고 기록하시오."

정광필이 마무리를 짓겠다는 듯 말했다.

"죄인들에 대한 추고 전지(推考傳旨)에서 상층(上層) 사람들에게는 주변의 관료와 격론(激論)을 벌였다는 내용으로 죄를 물어야 할 것 같사옵니다. 그렇지 않은 사람들에게는 붕당에 달라붙어서 수시로 아부했다는 내용으로 죄를 물어야 마땅하리라 생각하옵니다."

상층은 김식(金湜) 이상의 사람들이었고 윤자임(尹自任) 이하는 그렇지 않은 사람들이었다. 다들 옳다고 했기에 정광필이 새로운 전략을 펼치듯 의견을 덧붙였다.

"평소에 이들은 모든 그들의 언행을 정의롭다고 핑계를 대었사옵니다. 이들의 죄를 구체적으로 들추어 말하기가 매우 어렵사옵니다. 그렇기에 죄인들의 면면을 따져서 그럴 듯하게 지적해야만 되리라 믿사옵니다."

닷새 전의 일을 기억을 추스르듯 떠올리던 송순이다. 조광조의 현량과에서 급제한 송순이다. 자신과 조광조의 관계가 낯선 이방인처럼 무관하지는 않다고 여겨진다. 그들의 붕당으로 간주될 만큼 직위가 높지 않았다는 점이 다행이었다. 송순이 자신의 학통을 거울에 비추듯 더듬어 본다. 길재와 김종직과 김굉필과 조광조로 이어지는 성리학의 학맥이잖은가? 송순의 학문은 삼종 백부인 송흠으로부터 물길을 내듯 지도받았다. 송흠은 기호학파에 속했기에 조광조의 맥과 동일하다.

앞당겨 급제했더라면 조광조의 사류로 취급되었으리라 여겨진다. 그랬다면 주시받는 조광조처럼 자신도 위험해지리라 여겨진다. 송순은 노루의 꼬리 같은 미관말직이라서 주시당하지 않는다. 송순은 스스로에게 다짐한다. 성인(聖人)이 된 듯 주변에 적을 만들지 않겠다고 다짐한다.

세월이 허공을 나는 화살처럼 빨라서 1519년 12월의 하순에 이르렀다. 대숲을 떠나는 새들처럼 조정에서 퇴청한 뒤다. 춘추관 기사관인 정만종과 승문원 부정자인 송순이 만나서 술잔을 나눈다. 청계천의 천변에 위치한 음식점에서다. 음식과 탁주와 파전을 주문하여 마음을 교환하듯 술잔을 나눈다.

12월 16일에 사사된 조광조를 가슴에 품듯 안타까워하며 술잔을 나눈다. 길손들이 뜸한 귀퉁이의 식탁에 마주 앉아서 둘이 술잔을 나눈다. 남들이 들을세라 신음을 토하는 개구리처럼 나지막한 목소리로 대화를 나눈다.

정만종이 대단히 안타깝다는 듯 송순에게 말한다.

"일세를 풍미하던 인물이었는데 너무 아까운 생각이 들어."

송순도 만종의 정서에 감응된 듯 한숨을 내쉬며 응답한다.

"전조에서 퇴출당했던 신진 사류가 조광조를 계기로 조정에 많이 유입되었잖아? 나름대로 향약도 보급하고 품행에 모범을 보인 선비였는데 정말 안타까워."

5년간 분수의 물줄기처럼 고속으로 승진하면서 기염을 토하던 선비가 아니었던가? 그랬는데 중종과 훈구파로 인해 사사(賜死)되어 말라붙은 이슬처럼 스러졌다.

왕을 움직여 파리를 잡듯 조광조를 공격한 적들에 대해 분석한다. 남곤은 명예를 추구하는 인물이었다. 이런 유형의 인물을 사림은 벌레처럼 경멸한다. 사림들에게 냉대를 받는 느낌이 싫었던 남곤이다. 조광조에게 다가가 교류를 시도했지만 조광조는 얼음장처럼 냉담한 태도로 일관했다. 심정은 위훈 삭제 대상자와의 관련으로 조광조와는 적이 되었다. 남양군 홍경주는 희빈 홍 씨의 아버지다. 이런 홍경주가 조광조로부터 칼에 찔리듯 탄핵을 받은 적이 있었다.

자신의 지위에 긍지를 가졌던 홍경주가 조광조로 인하여 망신을 당했다. 언젠가는 조광조에게 망신을 불식하듯 복수하겠다고 별렀다. 귀중한 비밀처럼 남곤과 심정이 조광조를 미워한다는 사실을 알았다. 그리하여 이들 셋은 서로 손을 잡았다. 소용돌이치는 수중의 물귀신처럼 경빈 박 씨인 후궁까지 끌어들였다.

대궐 정원의 나뭇잎에 과즙으로 '주초위왕(走肖爲王)'이라는 글자를 써 두었다. 감즙(柑汁)을 감로수처럼 좋아하는 벌레를 나무에 풀었다. 벌레가 과즙을 갉아 먹는 통에 나뭇잎마다 '주초위왕(走肖爲王)'이라는 글자가 씌었다. 이것을 궁녀가 임금에게 바쳐 임금의 의심을 치솟는 불길처럼 부추겼다.

홍경주와 남곤과 심정은 틈틈이 묶인 개를 괴롭히듯 조광조를 헐뜯었다. 중종반정의 공신들을 조광조가 지난 10월부터 토담을 허물듯 공격했다. 허위 공로자의 공훈을 삭제해야 한다고 말했다. 훈구파를 건드림은 왕의 의자를 훼손하듯 중종을 건드리는 셈이었다. 중종이 소격서를 폐지하고서 위훈 삭제까지 해야 할 처지였다.

멀쩡한 손가락을 자르듯 11월 11일자로 76명의 위훈자의 공훈을 삭제했다. 마지막 선까지 양보한 중종이 분노의 불길에 휘말렸다. 계속 양보하다가는 속옷을 벗기듯 왕위까지 잃을지도 모르리라 여겨졌다. 11월 15일에는 용단을 내리듯 연추문(延秋門)에서 훈구파를 만나기에 이르렀다. 그럼에도 왕의 입장은 고려하지 않는 조광조였다. 울화가 솟구치는 불길처럼 치민 왕이 표신(標信)으로 훈구파 중신들을 불렀다. 그러고는 조광조 일파를 처단할 작정을 했다.

저승의 기류처럼 매섭게 일어난 사태를 세상에서는 기묘사화라고 불렀다. 국왕과 훈구파의 공격으로 숱한 신진 사류가 유배를 가거나 사사되었다.

얼굴에 취기가 저녁놀처럼 밀려들자 만종과 송순이 음식점에서 빠져 나온다. 만종이 스러지는 안개처럼 시야에서 멀어지자 송순도 집으로 향한다. 귀가하는 중에 그의 눈에 눈물이 풀잎 위의 이슬처럼 맺힌다. 자신보다 11살 연상인 조광조의 허무한 최후가 사무치게 애달프게 여겨진다. 재산을 늘린다거나 포악한 짓을 하는 부류와는 거리가 먼 선비였다. 게다가 성균관 유생들이 하늘의 태양처럼 추앙하는 대표적인 인물이 아니었던가? 조광조의 자취는 향기로웠다고 여겨진다.

사가독서

광화문의 남동쪽으로 12리 떨어진 지점에는 동호 독서당(東湖讀書堂)이 세워져 있다. 사가독서(賜暇讀書)로 독서당에서 수행승처럼 1년간을 머물기로 한 송순이다. 성적이 우수한 초임 관리들에게 왕은(王恩)이 시혜되듯 부여되는 특전이다. 국록을 주면서 독서당에서 수련하는 검객처럼 공부하도록 배려한 제도이다. 공부하는 방식은 완전한 자율 학습 체제이다. 스스로 책을 읽을 뿐만 아니라 동료들과 토론을 한다. 또한 유생들을 상대로 학덕을 베풀듯 강의할 수도 있다.

송순이 독서당으로 옮겨 온 것은 1520년의 정월부터이다. 조광조의 죽음으로 조정이 풍랑을 맞은 해변처럼 술렁거렸던 작년의 12월이었다. 성균관 유생들이 커다란 슬픔에 잠겨 통곡을 해대는 일이 잦았다. 중종도 조광조가 죽고 나서야 생살을 도려낸 듯 후회하는 표정이었다.

들끓는 죽처럼 마음이 심란하여 어쩔 줄 모르던 송순이었다. 송순에게 사가독서의 소식은 작년 12월에 떠밀리는 물결처럼 전해졌다. 타국으로 떠나듯 송순이 짐을 챙겨 1520년 정월부터 독서당으로 이사했다. 청계천의 집에는 아내와 자식을 머물게 했다. 독서당에는 자신만 짐을 챙겨 들어선 상태다. 독서당은 나라에서 인재들의 보금자리를 조성하듯 의욕적으로 지은 건물이다. 15명까지의 유생들이 머물수 있는 크기의 건물이었다. 독서당 전용 식당과 일하는 관비들이 배치된 건축물이다.

규정으로는 영예를 드높이려는 듯 12명까지 선발하도록 되어 있었다. 멀쩡한 개가 멀미하듯 엉뚱한 핑계로 사가독서에 불참하는 인원이 늘었다. 선발된 대다수의 선비들이 달가워하지 않는 듯 참여 시기를 늦추었다. 송순 혼자서 넓은 독서당을 개인의 사랑방처럼 차지하고서 책을 읽는다. 독서당의 학습실에는 15명이 동시에 학습할 시설이 갖춰져 있다. 서안과 책꽂이와 방석과 서가가 완벽히 갖춰져 있다. 서가에는 중국에서 들여온 최근 서적들이 구름장처럼 쫙 깔려 있다.

세월은 낙숫물 떨어지듯 빨리 흘러 1520년의 3월 초순에 이르렀다. 송순은 학습실인 남재(南齋)의 남쪽 창을 활짝 연다. 벽 길이의 1/3 크기로 뚫린 창이기에 실내가 옥외처럼 밝다. 창밖으로는 동쪽에서 서쪽으로 흐르는 한강이 눈에 띈다. 한강까지의 거리는 1.8리다. 건너다보이는 한강의 강폭은 평균 2.3리에 달한다. 강치고는 바다처럼 폭이 넓은 편이다. 독서당의 북쪽에는 매봉산이 하늘을 가로막듯 자리를 잡고 있다. 그리하여 독서당 북쪽으로는 다른 건물이 없다.

독서당 건물은 산기슭에 세워졌기에 건물 남쪽으로는 탁 틘 상태다. 한강까지는 장애물이 없이 사막의 지평선처럼 훤히 뚫렸다. 한강은 독서당의 남쪽으로 1.8리만큼 떨어져 있다. 한강과 독서당의 사이에는 언덕과 밭이 점을 뿌린 듯 내깔렸다. 언덕과 밭가에는 봄꽃들이 서로 다투듯 피어 있다. 개나리, 목련, 진달래, 산수유와 벚꽃이 화사하게 피어 바람결에 남실댄다. 꽃들이 바람결에 실려 남실댈 때마다 꿈속을 헤매듯 정신이 몽롱하다.

　아침에 식당에서 도교의 도사처럼 식사한 뒤다. 파동이 일듯 현란한 경치에 마음이 흔들려 책을 펼치기가 버겁다.

　강변에까지만 산책을 다녀오겠다고 마음을 먹는다. 산기슭 아래의 강변을 향해 학(鶴)이 배회하듯 천천히 걸어간다. 평야와 낮은 구릉의 곳곳에 개나리와 산수유가 피어 바람결에 흩날린다. 강바람이 밀려들 때마다 까르르 웃음을 토하듯 벚꽃이 물결처럼 나부댄다. 인가의 울타리마다 하얀 구름이 얇게 갈라져 나풀대듯 목련이 나부낀다. 송순이 멀리 한강을 바라본다. 바다처럼 탁 틘 강줄기가 끝없이 펼쳐져 있잖은가?

　평범한 듯한 봄의 정경에도 가슴 절절한 정취가 파도처럼 밀려든다. 가만히 눈감고 팔을 수평으로 들면 그대로 하늘로 솟아오를 듯하다. 평온한 느낌의 세계가 온 누리에 깔린 듯 따사로운 정경이다. 강으로 내려가는 길가에는 연분홍의 진달래가 수줍게 피어 하늘댄다. 송순에게 고향인 담양의 정경이 문득 밀려든다. 거기도 봄철만 되면 화려한 꽃의 궁전처럼 아름답지 않았던가?

어느새 송순이 강가에 도착한다. 강가에는 백사장이 넓고도 기다랗게 평야처럼 펼쳐져 있다. 송순이 강물 속을 들여다본다. 송사리들이 밤하늘의 별처럼 숱하게 깔려 자유롭게 움직이고 있다. 바닥이 모래인 강물 속을 들여다볼 때다. 손톱 폭만큼의 크기로 내뻗은 기다란 평행선이 눈에 띈다. 물속의 신비를 밝히듯 평행선의 끝 부분을 바라볼 때다. 민물조개인 재첩이 이동하면서 나타내는 궤적임이 드러난다.

송순이 신발과 버선을 벗고 바지를 종아리까지 걷어 올린 뒤다. 물속으로 들어가 보물을 줍듯 재첩을 건져 손바닥 위에 올려놓는다. 재첩은 금세 껍질을 닫고는 썩은 돌멩이처럼 손바닥 위로 나뒹군다. 송순이 재첩을 바라보며 미소를 짓다가는 재첩을 물속으로 되돌려 보낸다. 그러면서 송순이 꿈결에 취하듯 상념의 물결에 휩쓸린다.

'재첩이 영산강에서 잡혔는데 한강에서도 잡히네. 물이 깨끗하고 백사장이 있는 지역에서는 살고 있나 보군.'

물이 시원하여 발을 더 담그고 싶지만 거머리가 눈에 띈다. 거머리는 발가락 사이에 진드기처럼 달라붙어 사람의 피를 잘 빤다. 송순이 곧장 백사장으로 빠져 나온다. 쓰러진 토담처럼 백사장에 주저앉아 발의 물기를 말리며 한강을 바라본다. 2.3리 폭의 한강의 규모가 장중하게 느껴진다. 동녘의 햇살에 기다랗게 황금빛으로 굽이치는 물무늬에 가슴이 떨릴 지경이다. 서해에서 날아온 듯 갈매기들이 강물 속으로 날아들곤 한다. 이런 장면을 대하자 송순이 놀라 중얼대듯 생각에 잠긴다.

'아, 뜻밖이군! 바다에 사는 갈매기들이 강물에까지 와서 물고기를

잡을 줄은 몰랐어. 아마도 강의 물고기 크기가 작지 않은 탓인지도 모를 거야.'

바다처럼 찰랑대는 물결 소리도 송순의 마음을 평온하게 해 준다. 혼탁한 세상을 정화하듯 물결이 하염없이 굽이친다.

송순이 강물을 바라보며 넋을 잃은 듯 취해 있을 때다. 강변의 거룻배로부터 40대 중반의 뱃사공이 송순에게로 다가서며 말한다.

"선비님, 강을 배로 유람해 보시지 않으시겠소이까? 많은 사람들이 강을 건너고 싶어하외다. 건너편 강안을 따라 상류로 갔다가 중랑천이 합류되는 곳에서 되돌아오죠. 원래의 이곳으로 되돌아온다는 말이외다. 쌀 1말 값만 주시면 되는데 생각이 있소이까?"

송순이 가부를 결정지으려는 듯 잠시 생각하려고 할 때다. 백사장 왼쪽의 대숲으로부터 묘령의 여인이 빠져 나오면서 고함을 내지른다.

"사공 양반, 지금 강을 건너갈려고요? 나도 함께 갑시다."

뱃사공은 중인(中人)이지만 '사공 양반'이란 용어로 세간에서 대우받듯 불린다. 숱한 사람들에게 봉사한다는 점을 기리는 듯 대우하려는 측면으로 여겨진다. 고된 일자리를 맡은 사람들이기에 존중하려는 의도가 작용하리라 여겨진다.

뱃사공은 여인이 접근할 때까지 대답하지 않고 기다린다. 송순의 대답에 따라 물그림자처럼 반응하겠다는 의도로 비친다. 여인이 가쁜 숨을 몰아쉬며 뱃사공에게로 달려온다. 여인은 30대 중반의 선녀처럼 아리따운 용모를 지녔다. 첫눈에 세인들을 뇌쇄하듯 빼어난 미모다. 차림새를 보니 비단 치마 저고리에 가야금을 안고 있다. 첫인상에 송순에겐 여인이 날아갈 듯 세련된 기녀(妓女)로 비친다. 기녀가 아니고서는 대낮에 가야금을 안고 혼자서 나다니지는 않으리라 여겨진다.

송순이 선심을 베풀듯 뱃사공을 향해 말한다.
"부인께서 강을 건너시려는 모양이외다. 먼저 부인을 모셔 주고 온 뒤에 얘기하지 않겠소이까?"
이때 여인이 송순의 얼굴을 빤히 바라보다가 깨달은 듯 말한다.
"혹시 독서당에 새로 오신 선비님이신가요? 젊은 신선처럼 잘 생긴 선비가 독서당에 들어왔다는 소문이 나돌더군요."
송순이 쑥스러운 듯 곧바로 응답한다.
"초면에 쑥스럽소이다. 독서당에 새로 들어오긴 했지만 보시다시피 저는 못 생긴 얼굴이외다."
송순이 상급자를 대한 듯 여인에게 간략히 설명한다. 수려한 풍광에 매혹된 듯 한강 유람을 고려하는 중이라고 들려준다. 송순의 얘기에 여인도 사전에 약속한 듯 동참하고 싶다고 들려준다. 송순이 뱃사공에게 묻는다. 여인한테서도 유람선의 승선비를 받겠느냐고? 몇이서 유람하든 쌀 한 말 값만 받겠다고 말한다. 여인이 송순에게 제안하듯 묻는다. 그녀가 가야금을 탄주한다면 승선비를 송순이 내겠느냐고. 그 것도 딱 2곡만 탄주하는 조건으로.
송순의 눈에 여인은 수도승처럼 상당한 경지의 기녀로 비친다. 자신의 실력이 당당하지 못하면 그처럼 제안하지는 못하리라고 송순이 생각한다. 생각이 여기에 미치자 송순이 즐거운 제안이라는 듯 흔쾌하게 말한다.

"좋소이다. 뱃삯은 내가 낼 테니까 함께 유람합시다."

사공이 세상의 고뇌를 풀어 헤치듯 거룻배에 묶였던 밧줄을 푼다. 배에 송순과 여인이 올라앉은 뒤다. 뱃사공이 노를 젓기 시작한다. 전문적인 노질이라 배는 살 같은 속도로 수면을 질주하기 시작한다. 여인과 부부처럼 나란히 앉았을 때다. 송순이 먼저 조심스럽게 여인을 향해 말한다.

"저는 올해 28살의 송순이라 하외다. 운이 좋아서 독서당으로 뽑혀 와서 책을 읽게 되었소이다. 내 고향은 전라도 담양이외다."

여인이 방긋 미소를 머금더니 풍경처럼 청아한 목소리로 말한다.

"저는 동호 악당(東湖樂堂) 소속의 기녀(妓女)인 서수련(徐睡蓮)이에요. 나이는 34살이며 17년간 악당에 소속되어 일했어요. 기녀로서는 나이가 많은 편이라 40살까지만 일할 거예요. 그런 뒤엔 해변에 가서 어민으로 살다가 이승을 떠날 거예요."

송순이 묘한 분위기에 이끌리듯 기녀를 향해 말한다.

"이승에 태어났다는 일은 엄청나게 소중한 일이외다. 어쩌다 보니 기녀와 관리로 만났을 따름이지만 연분은 소중한 법이외다. 호칭은 부르는 사람의 자유이니까 지금부터는 그대를 선녀님이라고 부르겠사외다. 불편하게 여기지는 않으시겠죠?"

기녀가 감탄한 듯 송순을 찬찬히 바라보다가 신중히 응답한다.

"선비님이 저를 선녀라 부르려면 저는 천계(天界)의 신선이어야 하잖아요? 좋아요, 부르는 사람의 마음이니까요. 하지만 저는 선비님을 원래 불렀던 대로 선비님이라고 부를게요. 제가 말하는 선비는 제대로 풍류를 아는 관리라는 뜻이에요."

배가 남단에 닿을 듯 강안에 다가서다가 동쪽을 향해 미끄러진다. 상류로 거슬러 오르는 항로여도 뱃사공은 숙련된 솜씨로 노를 젓는다. 배는 아주 경쾌한 속도로 미끄러지듯 상류로 거슬러 오른다. 송순이 기녀한테 묻는다. 가야금으로는 주로 어떤 악곡을 연주하는지를 묻는다. 중국의 한시에 옷을 입히듯 악곡으로 만든 것들을 탄주한다고 들려준다.

중랑천의 거센 물줄기가 한강으로 합류되는 지점에까지 배가 이르렀다. 합류 지점이라 물살의 강도가 배를 밀어낼 듯 큰 편이다. 중랑천은 경기도 양주에서부터 발원된 88리 길이의 강이다. 중랑천이 서울의 금호동 일대에서 한강 본류에 달려들듯 합류된다. 넓은 호수를 대하는 듯 합류점에서의 강폭이 2.5리만큼이나 넓다. 중랑천의 홍수처럼 강한 물줄기가 합류 지점으로 흘러드는 곳에서다. 수면에서는 거대한 소용돌이가 일면서 굉음이 사방으로 폭음처럼 흩날린다.

바라보는 일 자체가 경이로움에 빠져들듯 황홀하다. 배는 합류점의 소용돌이를 살짝 비낀 지점에서 방향을 정반대로 바꾼다. 배는 상류에서 하류의 방향인 동쪽에서 서쪽으로 꿈꾸듯 편안히 흘러간다. 뱃사공은 노를 가지고 배의 방향만을 조종할 따름이다. 배는 물결 소리까지 기억하려는 듯 천천히 하류로 흘러간다.

기녀가 장계(張繼)의 풍교야박(楓橋夜泊)이란 가슴 저밀 듯 시린 악곡을 탄주한다.

月落烏啼霜滿天(월락오제상만천)

江楓漁火對愁眠(강풍어화대수면)

姑蘇城外寒山寺(고소성외한산사)

夜半鐘聲到客船(야반종성도객선)

달이 지고 까마귀가 울어 하늘에는 서리가 가득한데

강교(江橋)와 풍교(楓橋) 아래의 고깃배의 등불을 마주하고서는 근심에 잠겨

조네.

멀리 고소성 바깥의 한산사에서

한밤중에 울리는 종소리가 객선에까지 밀려드네.

당나라의 장계가 과거에 낙방하여 미칠 듯 괴로운 회포를 읊었다.
낙방은 삶의 좌절이기에 엄청나게 당시의 장계를 쓸쓸하게 만들었으
리라 여겨진다. 과거에 급제한 다른 사람들과의 처지는 하늘과 땅처
럼 달랐으리라 여겨진다. 근심과 고뇌가 진액(津液)처럼 응축된 풍교야
박이란 작품이 만들어진 터다.

정감을 수놓듯 악곡으로 다듬어진 풍교야박은 심혼을 뒤흔들 지경
이다. 가야금의 선율은 선경(仙境)의 소리로 여겨질 듯 한없이 매혹적
이다. 심산의 폭포수처럼 청아한 목소리로 기녀가 노래까지 부르지
않는가? 한 곡조만 들어도 정신이 혼미할 지경이다.

연이어 당나라 백거이(白居易)의 비파행(琵琶行)이란 시의 악곡이 물
이 흐르듯 탄주된다. 중국 장안에서 강주로 좌천된 지 2년째의 백거이
였다. 그리움을 떨치듯 방문객들을 심양강에서 전송하려다가 비파 소

리를 들었다. 선상(船上)의 기녀로부터 심금을 울리는 듯 매혹적인 탄주곡을 들었다. 곡조에 취한 듯 백거이가 훌쩍거리며 기녀를 위해 시를 지었다. 그 시는 각 행이 7글자인 87행으로 이루어졌다. 제목까지 합하여 총 612자로 이루어진 '비파행(琵琶行)'이란 시가 이렇게 만들어졌다.

비파로 탄주하는 것이 아취를 자아내듯 감미롭게 흡수되는 악곡이다. 가야금으로 탄주되는 선율에는 눈물을 뿌릴 듯 서러운 정감이 나부낀다. 원래부터 비파행이 가야금용으로 만들어진 악곡 같은 느낌마저 들 지경이다. 시의 후반부가 특히 송순의 마음을 뒤흔든다.

今夜聞君琵琶語(금야문군비파어)
如聽仙樂耳暫明(여청선악이잠명)
莫辭更坐彈一曲(막사갱좌탄일곡)
爲君翻作琵琶行(위군번작비파행)

오늘 밤 그대의 비파 소리를 들으니
신선의 음악을 듣는 듯 귀가 잠깐 밝아지외다.
사양 말고 다시 앉아 한 곡조를 타 준다면
그대를 위해 나는 비파행이란 시를 짓겠소이다.

물결처럼 휘감기는 가야금의 악곡을 들은 뒤다. 송순이 기녀를 향해 말한다.

"선녀님, 제게 가야금을 잠시 빌려 주시오. 저는 답가(答歌)로 역시 당나라의 시인인 이백의 '산중문답'을 들려 드리겠소이다. 음률이 미숙할지라도 너그럽게 이해해 주길 바라외다."

송순이 가야금을 안는 자세를 보자 기겁하듯 기녀의 눈이 휘둥그레진다. 놀라는 눈빛이 그녀의 눈에서 잠시 섬광처럼 흘렀다. 그러다가 이내 평정한 모습으로 돌아가 악곡에 귀를 기울인다.

투웅! 퉁! 뚜둥퉁!

가야금의 선율과 함께 풍경이 울어대는 듯 낭랑한 목소리가 발산된다.

問余何事棲碧山(문여하사서벽산)

笑而不答心自閑(소이부답심자한)

桃花流水杳然去(도화유수묘연거)

別有天地非人間(별유천지비인간)

그대는 왜 속세를 떠난 듯 푸른 산에서 사시오?

대답 대신에 흐르는 그대의 미소로 내 마음은 한가롭소이다.

낙화한 복사꽃이 떠서 흐르는 물이 아득히 빠져 가나니

여기야말로 인간 세상이 아닌 별천지이로소이다.

여인이 음률에 매혹된 듯 놀라서 송순에게로 다가와 말한다.

"혹시 선비님도 이청(李淸) 선생님의 전수 제자이셨어요? 전설적인 명인이신 스승님의 기법과 너무나 흡사한 선율을 들어서 기뻐요."

이번에는 송순이 발가벗김을 당한 듯 놀라서 기녀에게 묻는다.

"선율만 들어도 누구의 전인(傳人)인지까지 파악하시는군요. 제 스승님은 작고하신 최철이란 분이외다."

기녀가 안개에 취한 학처럼 탄성을 터뜨리며 말한다.

"최철 선생님은 저도 잘 아는 가야금의 명인이셨어요. 그 분의 스승님이 이청 선생님이셨어요. 최철 선생님과 저는 이청 선생님의 동문 제자였어요."

송순의 솜씨가 이청의 선율처럼 전설적인 명인 수준이라는 거였다. 거룻배가 원래의 위치였던 독서당 남쪽의 선착장에 도착한다. 송순이 뱃사공에게 수고했다면서 승선비에 해당하는 엽전을 건네준다. 그러고는 기녀와 함께 짝을 이룬 오리처럼 나란히 백사장을 걷는다. 이때 기녀인 수련이 송순에게 말한다.

"선비님이 독서당에 계신다는 걸 알았기에 언제든 놀러 가도 되죠? 마음이 내키면 언제든 놀러 갈게요."

둘은 백사장에서 바람에 흩날리는 갈꽃처럼 손을 흔들며 작별한다.

독서당에서도 세월은 물 흐르듯 성큼 흘렀다. 수련과 함께 한강을 유람한 지도 보름이 지났다. 3월 하순이라 독서당의 산자락은 여전히 꿈결처럼 꽃물결로 술렁댄다. 배꽃과 복사꽃으로 뒤덮여 세상이 수정과처럼 감미로운 꽃향기로 나풀댄다. 복사꽃과 배꽃은 향기가 진하기가 이를 데 없이 강렬하다. 몇 그루에 핀 꽃만 해도 독무(毒霧)처럼 강렬하기 그지없다. 이들은 무리를 이루어 피기를 좋아한다.

독서당과 강변 사이의 산자락과 언덕에는 과수원을 이루듯 꽃들이 만발했다. 아침 식사를 마친 뒤다. 송순이 하늘을 열듯 남재의 창문을 활짝 연다. 송순이 마음속으로 생각에 잠긴다.

'잠시 후면 성수침과 양산보가 여기로 오기로 했지? 이들과는 작년에 함께 등과했잖아? 참으로 운이란 게 묘해서 수침과 산보에게는 벼슬이 부여되지 못했잖아?'

송순이 창밖을 내다보니 길손들이 물줄기가 갈라지듯 배에서 내린다. 2명의 길손이 해안으로 내닫는 밀물처럼 산자락을 타고 오른다. 송순에게는 그들이 수침과 산보로 여겨진다. 송순이 흐르는 안개처럼 식당으로 건너가서 관비에게 말한다.

"잠시 후에 친구들이 도착할 테니 식사 준비를 해 놓아라. 그리고 매화차를 끓여 수시로 갖다 주도록 해라."

"네, 알았사옵니다."

관비의 말이 물 흐르듯 흐른다. 20대 중반의 관비 셋이 파수병들처럼 행랑채에서 기거한다. 이들 셋이 독서당의 청소와 취사와 군불을 담당한다. 땔감은 드나드는 조수처럼 닷새에 한 번씩 마을의 초부가 공급한다. 마을의 초부에게는 나라에서 일정한 비용이 밀물이 휘몰리듯 정기적으로 지급된다. 키가 큰 화월, 얼굴이 갸름한 보옥, 피부가 하얀 은결. 이들이 독서당의 살림살이를 떠맡고 있다. 관비들은 마을의 향교에서 품격을 향상시키려는 듯 정기적으로 교육을 시킨다.

수침과 산보가 밀물이 밀려들듯 독서당에 다가옴을 확인한 뒤다. 송순이 대문 밖으로 걸어 나가 그들을 기다린다. 이윽고 수침과 산보가 밀려드는 빛살처럼 송순의 눈에 띈다. 송순이 그들을 향해 팔을 크게 흔들며 말한다.

"어서들 오게나. 기다리고 있었네."

수침이 어두움을 밝히는 빛살처럼 환히 웃으며 말한다.

"독서당이 강가에 밀착해 있는 줄 알았는데 제법 먼 거리네. 그간 잘 지냈니?"

산보도 밝은 석간수의 물결처럼 환히 웃으며 송순에게 말한다.

"형님, 잘 지내셨어요? 신수가 훤해 보여요."

송순이 사신(使臣)들을 영접하듯 이들을 남재로 데려간다. 남재의 방 중앙에는 갓 차린 술상이 놓여 있다. 관비들이 마련하여 정성이 물 결처럼 남실대는 술상이다.

술상 주위로 셋이 마차의 바퀴살처럼 빙 둘러앉는다. 송순이 술 주 전자로 술잔에 술을 채우며 말한다.

"정말 자네들을 만나서 반갑네. 여기까지 길을 찾아오기가 힘들지 는 않았니?"

수침이 송순에게서 주전자를 받아 송순의 술잔에 술을 채운다. 셋 이 기쁨을 나누려는 듯 동시에 술을 들이킨다. 주전자에는 하얀 막걸 리가 가득 채워져 있다. 수침이 송순을 향해 제안하듯 말한다.

"세상을 사는 의미는 마음에 맞는 사람들을 만나는 즐거움에 있잖 아? 정말 친하다면 나이나 취향이나 고향을 따지지 않잖아?"

송순과 산보가 수침의 말에 귀를 기울인다. 소리로 방향을 알아채 듯 도중에 깨달았지만 송순은 끝까지 경청한다. 산보가 10살 연하이 지만 함께 등과했기에 친구로 받아들이자고 수침이 제안한다. 10살

차이라면 10개의 산봉우리 거리처럼 적은 간격이 아니다. 송순에겐 수침의 바다처럼 통이 큰 풍도가 존경스럽게 여겨진다. 하지만 양산보는 송순의 고종 동생이다. 송순이 수침에게 그 사실을 밝히며 수침을 이해시키려고 한다. 송순이 동녘의 햇살처럼 밝은 목소리로 수침에게 말한다.

"수침아, 우리가 동갑이라서 그런지 마음까지도 비슷해. 하지만 양산보는 나의 고종 동생이야. 같이 등과했다는 인연도 소중하지만 인척의 서열도 존중해야 되지 않겠니?"

이때 산보가 도장에 들어서는 수행자처럼 조심스런 목소리로 말한다.

"수침 형님과 고종 형님이 동갑이기에 수침 형님은 말을 낮추세요. 저는 당연히 형님들께 경어를 써야 마땅하죠."

이때 수침이 삶긴 돼지 머리가 웃듯 익살맞은 표정으로 말한다.

"동생이 형들이랑 같이 등과했으니 형들이 대단히 부끄러운데? 하여간 알았네."

송순이 들끓는 기포처럼 장난기가 발동하여 수침에게 엉뚱한 말을 던진다.

"그런데 갑작스레 수상한 생각이 들어. 고종 동생은 원래 얌전한 소년이거든. 동생에게 무슨 죄를 지었어? 자네가 동생에게 말을 낮추도록 제안했으니 말이야."

수침이 참을 수 없다는 듯 껄껄거리며 말한다. 세상에서 수침 자신처럼 반듯한 선비가 있으면 들춰 보라고 떠든다. 송순도 한껏 장난기가 발동하여 말한다.

"들춰 보라니? 설마 자네 바지 속을 들춰 보라는 얘기냐? 그만큼 자네 물건이 견실한 모양이지? 그럼 어디 내가 한 번 들춰 볼까?"

송순과 수침이 껄껄거리면서 방바닥을 무너뜨리듯 한바탕 소란을 벌인 뒤다. 셋이 나란히 술잔을 든다. 그러고는 적진으로 화살을 날리듯 일제히 고함을 내지른다.

"영원한 단합을 기원한다."

셋이 과거의 일들을 털어놓으니까 시간이 격류의 물줄기처럼 흐른다. 점심나절에는 셋이 흐르는 안개처럼 식당으로 건너간다. 거기의 식탁에는 아지랑이처럼 김이 무럭무럭 나는 쌀밥이 놓여 있다. 국은 민물고기 매운탕으로 채워져 미각을 자극한다. 셋이 식탁에 펼쳐진 병풍처럼 둘러앉아 식사하면서 이야기를 나눈다.

셋의 공통적인 관심사는 조광조의 죽음이다. 그가 작년 12월에 매듭이 풀리듯 능주에서 사약을 마시지 않았던가? 멋진 선비였다고 대다수의 성균관 유생들이 인정한 사람이었다. 유배지에서 늪에 잠기듯 인생을 마감하니 숱한 사람들이 안타까워했다. 수침과 산보는 1517년부터 서울에서 조광조로부터 학문의 지도를 받았다. 1519년의 현량과의 혜성처럼 추앙받는 28인의 급제자들 중에 포함되었다. 그랬으니 그들에게 조광조는 태양처럼 숭고한 학문의 스승이었다.

스승의 죽음을 안타까워하지 않을 사람이 누구이겠는가? 송순도 진사로 급제하여 수도승처럼 성균관에서 공부한 적이 있었다. 조광조의 태양처럼 빛나는 명성에 대해서는 익히 잘 알았다. 조광조는 성균관에서 당대에 최고의 불길처럼 추앙받던 선비였다. 그런 인물이 둔덕이 허물어지듯 사사되자 세상의 선비들이 슬퍼했다. 조광조를 죄인으로 내몬 남곤과 홍경주 같은 사람들만 끼리끼리 수군대었다.

식사를 마치고는 셋이 강변의 풍광을 감상하듯 강가를 따라 산책하기로 한다. 셋이 강으로 내려가서 백사장의 모래를 밟으며 강가를 거닌다. 이때 강 동쪽의 대숲으로부터 가야금의 소리가 내닫는 물결처럼 흘러나온다. 수침이 몇 소절만 듣고도 깜짝 놀란 표정으로 말한다.

"서울은 가는 곳마다 기인들이 많다더니 정말인 모양이네. 거문고의 선율이 완전히 명인 수준이군. 대관절 어떤 사람이 가야금을 탄주할까?"

송순이 보름 전의 환상처럼 아름다웠던 유람의 일을 들려주었다. 34살의 서수련에 대한 얘기도 알려주었다. 그랬더니 수침이 감탄한 표정으로 중얼대듯 말한다.

"다음에는 우리가 기녀와 함께 한강을 유람하고 싶구나. 오늘 저녁나절에는 다른 약속이 잡혀 있기 때문이야."

셋이서 세월의 잔해를 더듬듯 강가를 거닐며 얘기를 나눈 뒤다. 나루터에서 배에 오르기 전에 수침과 산보가 송순에게 말한다. 그들은 조광조가 사망했기에 관직이 허상(虛像)처럼 무의미하다면서 귀향하겠다고 들려준다. 고향에서 서책을 읽으면서 평생 마음을 거울처럼 닦겠다고 말한다. 같이 등과하고도 고향으로 내려가는 그들이 안타까워 송순의 눈이 젖어든다. 심양강에서 손님들을 떠나보내는 백거이 같은 심정으로 그들을 애틋하게 전송한다.

세월이 계곡의 급류처럼 흘러 어느새 8월 중순에 이르렀다. 사방에서 국화 향기가 바람결에 실려서 안개처럼 그윽이 나부낀다. 독서당에는 지난 5월부터 7월까지의 3달간만 머물다가 떠난 선비들이 있다. 현량과의 급제자들인 2명의 관리들이 사가독서자들로서 머물다가 빠지는 썰물처럼 떠났다. 그들이 떠난 것은 개인적인 사유 때문이었다. 한 명은 노모의 병간호 때문에 떠난다고 했다. 다른 한 명은 견문을 쌓으려는 듯 중국에 다녀오느라고 떠났다.

사가독서자들의 학습 장소가 경계가 없는 안개처럼 독서당에 국한되지는 않았다. 사유가 당당하면 다른 곳에서도 독서하는 것이 허용되었다. 송순은 거미줄의 거미처럼 독서당에 끝까지 남아서 공부하기로 한다.

점심나절에 누가 찾기에 송순이 대문으로 걸어 나간다. 송순 또래의 선비가 대문 앞에서 고승(高僧)처럼 점잖게 서 있다. 갓과 두루마기 차림새로 말미암아 선비임이 드러난다. 송순이 무슨 일로 찾아왔는지를 묻는다. 선비가 고개를 숙여 예를 표하고는 산울림처럼 낭랑한 목소리로 말한다.

"저는 남부학당에서 온 훈도인 정헌택(鄭憲澤)이외다. 혹시 송순 선생님이신지요?"

송순이 귀빈을 영접하듯 헌택을 북쪽의 학습실인 북재로 안내한다. 북재의 다탁에서 마주 앉아 송순과 헌택이 차를 마시며 대화한다. 헌택의 낭랑한 목소리가 서재의 공간을 샘물처럼 채운다.

"학당에서는 종종 사가독서를 하는 분들께 유생들의 교육을 부탁하곤 하외다. 혹시 선생님께서도 사흘쯤 유생들을 지도해 주실 수 있겠는지요? 교육 기간 중에 마차는 학당에서 제공해 드리겠습니다."

송순이 충분히 흡족하다는 듯 흔쾌히 그렇게 하겠다고 대답한다. 송순의 말에 헌택이 감사하다고 인사하며 말을 덧붙인다.

"교육은 모레의 점심나절부터 시작되외다. 모레 아침에 이곳인 옥수동으로 마차가 올 거외다. 교육이 종료되면 반드시 마차로 모셔 드리겠소이다."

남부학당이 위치한 필동에서 옥수동의 독서당까지는 차도로 십 리 거리다. 이 거리를 드나드는 조수처럼 마차로 매일 날라다 주겠다는 얘기다. 사가독서는 어디까지나 자율 체제의 학문 연구이다. 녹봉을 주면서 발전을 돕듯 초급 관리에게 공부할 기회를 제공한다. 이런 방식이 송순에게는 인재로 대접받는 듯 좋게 여겨진다. 독서와 강의와 유람이 죄다 한 몸뚱이처럼 사가독서와 관련이 된다.

인재들은 사가독서의 기간에 빠르게 발육하는 죽순처럼 눈부시게 성장한다. 사가독서가 끝나고 조정에 복귀하면 곧바로 귀한 자리에 배치된다.

약속된 이틀 뒤의 아침나절이다. 송순이 벼랑의 매처럼 출발 준비를 하고 있던 참이다. 훈련을 반복한 듯 마차가 독서당 대문 앞에 선다. 이윽고 허공을 나는 화살처럼 마차가 경쾌한 속도로 북상한다. 당초에는 학당에 닿기 전까지 교안(教案)을 짤 작정이었다. 마차가 달리자 송순이 용소(龍沼)의 물처럼 차분한 마음으로 창밖을 내다본다. 수목의 색조가 녹색에서 조금씩 황갈색의 색조로 바뀌고 있다.

이윽고 마차가 필동의 남부학당에 들어선다. 나무의 줄기를 훑어보 듯 유생들의 나이를 살펴보니 15~20세 사이가 대부분이다. 학문의 흡수력이 물에 대한 솜처럼 큰 연령의 유생들이라 여겨진다. 요청에 따라 송순이 자로 재듯 사흘간 중용에 대해 강의했다. 유생들은 눈빛 이 별처럼 초롱초롱한 상태로 다들 열심히 경청한다. 중용의 제4장의 강의를 유생들에게 한다. 익히 알 만한 내용인데도 경문 자체의 내용 이 어렵다. 인내심이 부족한 유생들은 중용의 내용을 익히지 못할 수 도 있다.

道之不行也, 我知之矣(도지불행야, 아지지의)

知者過之, 愚者不及也(지자과지, 우자불급야)

道之不明也, 我知之矣(도지불명야, 아지지의)

賢者過之, 不肖者不及也(현자과지, 불초자불급야)

人莫不飮食也, 鮮能知味也(인막불음식야, 선능지미야)

도가 왜 행해지지 않는지를 나는 그 실상에 대해 안다.

지혜로운 사람들은 도의 영역을 지나치기 쉽고

어리석은 사람들은 도의 영역 내에 진입하지도 못한다.

도가 왜 세상을 밝게 만들지 못하는지에 대해 나는 안다.

현명한 사람들은 분수를 넘겨 세상을 밝히려 들고

못나고 어리석은 사람들은 세상을 밝히는 영역에도 못 미친다.

사람이라면 마시고 먹지 않을 수는 없다.

맛을 알 만한 사람들은 드문 법이다.

강의실에서 강의하고 질문을 받기에도 정신이 없을 듯 바쁘다. 서울의 향학 열기가 어느 정도인지 실감할 지경이다. 서울에서 등과자가 해변의 조약돌처럼 많이 생기는 이유를 알 듯하다.

어느새 사흘간의 시간이 터진 둑의 강물처럼 순식간에 흘렀다. 급류의 물살처럼 빠른 세월이라 어느새 9월 중순에 이르렀다. 식당에서 점심 식사를 마쳤을 때다. 독서당의 대문에 30대 중반의 선비와 10살 가량의 소년이 서 있다. 송순이 신분을 파악하려는 듯 그들을 북재(北齋)로 불러들여 대화한다. 실내의 다탁에는 모과차가 풍란처럼 그윽한 향기를 발산한다. 어떤 용무로 찾아 왔는지를 송순이 선비에게 묻는다. 선비가 숨결을 고르듯 뜸을 들이다가 공을 들여 말한다.

"저는 장성에 사는 34살의 김령(金齡)이외다. 이 애는 제 자식인 김인후(金麟厚)라 하외다. 혹시 제 자식을 지도해 주실 수 있으신지요?"

선비는 진사에 급제했다고 송순에게 밝힌다. 미래를 구상하듯 장성에서 가족과 산다고 한다. 1519년에 10살인 인후를 김안국(金安國)에게 보내어 길을 닦듯 공부시켰다. 김안국은 26살 때인 1503년에 영예의 상징처럼 문과에 급제했다. 경상도 관찰사로 일하다가 1519년에 귀경하여 참찬이 되었다. 1519년에 조광조 일파가 방천이 무너지듯 몰락하자 파직되어 이천으로 내려갔다. 그 해 김령이 김인후를 데리고 김안국을 찾았다. 김안국이 김인후를 제자로 받아들여 열심히 지도했다.

1520년 8월까지 학문의 비법을 전수받듯 김인후가 김안국에게서 지도받았다. 그러다가 같은 해인 9월에 송순을 찾아온 터다. 교육 열정이 높은 김령에게 송순의 마음이 지남철의 쇳가루처럼 끌린다. 송순이 김령을 향해 말한다.

"자제 교육에 대한 열정이 매우 높으시군요. 마침 사가독서 중이라 여기서 3개월 정도는 지도할 수 있소이다. 3개월의 기간도 괜찮다면 제가 지도해 보겠소이다."

이렇게 하여 11월 말까지 소년인 인후는 송순의 제자가 되었다. 송순이 최초로 수목을 가꾸듯 개인적으로 기른 제자였다. 인후를 맡기고 김령은 내쫓기듯 곧바로 장성으로 돌아갔다. 인후에게서는 김안국한테 지도받은 견실한 학문적 기초가 느껴진다. 그만큼 인재로서의 재능은 아침 햇살처럼 눈부실 정도다.

소학 제6편 구문의 일부를 영혼으로 이끌듯 김인후에게 가르칠 때다.

其成與否(기성여부)
有不在我者(유부재아자)
雖聖賢不能必(수성현불능필)
吾豈苟哉(오기구재)

그것의 성공과 실패의 여부는
내게 있는 것은 아니다.
성현이라도 반드시 성공한다고는 보장하지 못하기에

나만 어찌 구차하게 매달리겠는가?

송순이 인후에게 몰라서 답을 구하는 사람처럼 묻는다.

"성공과 실패의 여부가 왜 자신한테 있지 않다는 얘기일까? 성패에 대해 자신은 책임을 지지 않겠다는 뜻이니?"

인후가 기다렸다는 듯 곧바로 응답한다.

"그런 뜻이 아니라 성패에 대한 결과의 얘기라고 봐요. 성패에 대한 실현 가능성은 자신의 의지에 달려 있겠죠. 열심히 노력했다고 하여 항시 성공한다는 보장은 없다는 뜻이라 여겨지옵니다."

문구 내에 그림자처럼 물결치는 내용까지 정확히 읽어 내는 인후다. 비록 3달 기간에 불과했지만 인후는 빼어난 재목이라는 느낌이 든다.

세월은 벼랑으로 쏟아지는 폭포의 물살처럼 빠른 듯하다. 1520년의 12월 월말에 이른 시점이다. 미래의 길을 제시하듯 이듬해에는 조정으로 복귀하라는 교지가 내려온 터다. 송순은 1년간 수련하고 축적한 자료들을 검증하듯 꼼꼼히 챙긴다. 관직에 복귀하여 언제든 활용할 수 있도록 하기 위해서다. 숱한 혜택에 감사하는 듯 송순은 사가독서에 고마워한다.

당당한 풍도

벼랑에서 떨어지는 물줄기처럼 빠른 세월이다. 1521년의 5월 중순의 시점이다. 송순은 정9품인 예문관 검열(檢閱)이 되어 조정에서 칼을 갈듯 일한다. 중국의 정덕제(正德帝)가 3월에 31살의 나이로 죽었기에 중국은 상중(喪中)이다. 15살의 새 황제인 가정제(嘉靖帝)가 새가 둥지에 찾아들듯 왕궁을 차지했다.

중국에 보낼 화자(火者)와 여자 문제로 조정이 국이 끓듯 들끓는다. 중국에 휘둘리는 조선이기에 중국의 요구에 응해야만 한다. 왕은 의견을 수렴하듯 송순에게 삼공(三公)의 의견을 물어서 보고하라고 했다. 삼공이란 삼정승을 일컫는 말이다. 삼정승의 의견이란 짚이 꼬여 만들어진 새끼처럼 통합된 의정부의 견해이다. 5월에 왕명을 받았지만 죽이 끓듯 격렬한 논의로 6월에야 합의했다. 환자는 명나라 사신의 요청 상태에 따라 결정하자고 합의했다.

조공하는 여자의 문제도 방파제에 갇힌 바닷물을 퍼내듯 어렵게 결정했다. 13~17세까지의 외방 비자(婢子) 15명을 뽑아서 명나라로 보내기로 했다.

송순이 조정에서 일하면서 하루살이의 날개처럼 미약한 국력에 환멸을 느낀다. 중국에서 요청하면 요청을 들어주는 체제가 무척 혐오스럽다. 고구려가 낙양을 공격하려고 별렀던 일들이 꿈결처럼 그리워질 지경이다. 송순에게 고구려는 역사적으로 당당한 나라였다고 여겨진다.

환자(宦者)를 뽑아서 보내고 여자를 선발하여 중국으로 보내다니? 조선의 국력이 강하다면 가족 같은 사람들을 중국에 보내겠는가? 허튼 소리를 하면 응징을 불사하겠다는 배포의 나라여야 마땅하다고 여긴다. 송순이 질식할 듯 한숨을 내쉬면서 상념의 물결에 휘감겨든다.

'조선의 조정에서 나온 의견이 중국의 요청에 따라야 마땅하다니? 중국과 전쟁이 벌어지면 벼슬을 잃을까 조신(朝臣)들이 두려워하는 걸까? 왕조가 열린 지가 130년 만인데 국력이 왜 이 모양이냐?'

하루살이의 날갯짓처럼 미약한 국력만 떠올리면 조정을 떠나고 싶어진다. 나라가 강대국에 억눌려서 백성의 일부를 떠넘겨 주다니? 똥통에 빠지는 듯 환멸감에 젖어 관리라는 신분이 부끄럽게 여겨진다.

친구인 정만종의 경우만 떠올려도 무력감을 느끼듯 씁쓸해지는 송순이다. 1520년 10월 25일에 정7품인 춘추관 기사관에서 파직된 만종이다. 효율을 증가시키듯 열정에 불타서 대간이 아니면서도 임금에게 간언했다고 파직되었다. 젊은 선비의 열정을 깡그리 무시하듯 파직시킨 게 문제라고 여겨진다. 인재를 존중하듯 열정을 배려하려는 조정이었다면 경고로도 선비를 깨우쳤으리라 여겨진다.

국력이 미약하여 중국의 허황된 요구에는 다리 다친 개처럼 빌빌거리다니? 조선이란 왕조 자체가 재채기만으로도 날려갈 듯 불완전하다고 여겨질 지경이다.

산비탈에서 굴러 내리는 돌멩이처럼 빠른 세월이다. 1522년 1월에 접어들었다. 1월 22일에 송순은 왕으로부터 활 하나를 상품으로 받았다. 임금이 황금처럼 빛나는 귤을 신하들에게 내리면서 시를 짓도록 했다. 신하들이 실력을 드러내려는 듯 공을 들여 시를 써서 제출했다. 시관(試官)들이 알곡을 중량대로 모으듯 작품들을 수준대로 분류했다. 정8품인 예문관 대교(待敎)인 송순의 작품이 장원으로 인정받았다.

무리의 달인들처럼 장원으로 평가받은 다른 신하들도 몇 있었다. 부제학 김안로(金安老), 동부승지 유여림(兪汝霖), 세자시강원 사서(司書) 권예(權輗)가 이들 인물들이었다. 장원들에겐 그들의 재주를 기리듯 왕이 활을 하나씩 상품으로 선물했다. 시상품의 용도로 정성을 쏟아붓듯 특별히 제작된 활이었다. 이 별조궁(別造弓)은 해당자가 군계일학처럼 재능이 탁월하다는 점을 드러내는 상징이었다.

송순은 이때부터 김안로(金安老)를 통째로 기억하듯 세밀히 살피기로 했다. 홍문관 부제학은 정3품의 높은 관직이었다. 김안로는 26살인 1506년의 문과에서 실력을 드러내듯 장원으로 급제했다. 그러다가 1522년에는 홍문관 부제학의 직위까지 오른 터다. 송순이 폭풍에 휘감기듯 상념의 물결에 휩쓸려든다.

'김안로는 나보다 12살 연상의 선비야. 묘하게도 조광조가 축출된 뒤부터 조정에 발탁되어 두각을 드러내었잖아? 등과할 때부터 장원이었으니까 실력은 확실히 빼어났으리라 여겨져. 소문에 따르면 무서운 눈빛을 의도적으로 감추는 사람이라고 했어. 어쨌든 실력이 빼어난 선비이기에 앞으로 잘 지켜보겠어.'

강풍에 휩쓸리는 깃털처럼 빠르게 흐르는 세월이다. 1524년 12월 중순의 차가운 추위 속에서 눈이 내리는 날이다. 송순이 퇴청하여 우정을 기리듯 사랑채로 정만종을 불렀다. 마당과 울타리인 돌담에도 눈이 발목 높이만큼 쌓였다. 오랜만에 사방을 가릴 듯 풍족하게 눈이 내린 터다. 사랑방에서 술상을 사이에 두고 둘이 이야기를 나눈다. 정만종은 4년 전의 10월에 파직당하고도 아직 복직되지 않은 터다. 미답지를 밟듯 대간이 아니면서 임금에게 간언을 올렸다는 탓이었다.

개미가 하품하듯 경미한 죄로 4년씩이나 복직시키지 않은 조정이다. 하지만 조정의 규범일진대 누가 불만을 터뜨리겠는가? 송순과 만종에겐 조정의 처사가 약자를 괴롭히듯 고약하다는 생각이 든다. 둘이 문어 안주로 술을 서너 잔씩 마셨을 무렵이다. 둘의 얼굴이 불콰하게 달아올라 가을 단풍처럼 보기 좋은 상태다. 이때 송순이 입을 열어 말한다.

"예전에 너한테 평림호에서 투망질을 배운 것이 언제나 기억에 새로워. 그물을 수평으로 날리는 일이 얼마나 힘든지를 깨달았어. 중요

한 것은 네가 시범을 보였기에 나도 꼭 익히고 싶었어. 그때 내가 훈련
에 몰두했을 때 삼종 백부님은 심심했으리라 여겨져. 하지만 삼종 백
부님은 전혀 불편한 기색을 내비치지 않았어."

송순의 말에 만종이 꽃이 피어나듯 활짝 웃으면서 응답했다.

"그 뒤로 우리가 만났을 때에 네가 투망질을 선보였잖아? 네 동작
하나로 얼마나 정교하게 훈련했는지를 알 정도였어. 너의 투망질을
보고는 네가 틀림없이 훌륭한 선비가 되리라 여겼어. 사소한 일에도
비중을 두어 수련하는 자세야말로 대성할 사람들의 요건이거든."

격려해 주어서 고맙다면서 송순이 나부끼는 목련꽃처럼 활짝 웃
는다.

만종이 공기를 흡수하듯 자신이 들은 소문에 대해 얘기한다. 올해
44살의 김안로(金安老)라는 중신(重臣)이 지난달에 경기도의 풍덕(豊德)
으로 유배되었다는 얘기다. 조정의 유명한 이야기라 강풍에 휘말리듯
세간에까지 퍼진 모양이다. 송순도 한숨을 내쉬며 자신의 견해를 털
어놓는다.

"이 사람의 재주는 대단히 뛰어난 것으로 알려져 있어. 26살에 문
과에 장원으로 급제하여 여태껏 고위직을 두루 거쳤지. 그의 아들이
부마가 되자 권력을 남용하다가 탄핵의 대상이 되었어. 영의정 남곤
(南袞)과 대사간 이항 등의 탄핵으로 지난달에 풍덕(豊德)으로 유배되
었어."

만종이 송순의 얘기에 오금을 박듯 그의 관점을 덧붙인다.

"뛰어난 재능에다가 왕의 인척까지 되었다면 예사롭지 않은 인물

이야. 일단 유배까지 갔다면 어떤 후유증을 몰고 올지 염려되는 사람이야."

만종의 직관력에 홀린 듯 때때로 놀라던 송순이다. 관리가 유배를 떠나면 한 풀 꺾이기 마련이라 여겨진다. 꺼진 불이 되살아나듯 후유증을 유발할 정도의 인물이라면 예사롭지 않다.

왕의 인척이라면 외출했다가 귀가하듯 언제든 조정으로의 복귀가 가능하리라 여겨진다. 복귀된다면 바뀐 풍향처럼 그를 괴롭혔던 인물들에 대해 반격하리라 예견된다. 공격의 규모가 어떻든 강풍에 꽃잎이 떨어지듯 소용돌이를 일으키리라 예측된다. 운수가 나쁘면 늪에 잠기듯 생명마저 잃을지도 모른다. 역사적인 흐름에 있어서도 이런 예가 너무나 많았음을 송순도 안다.

만종의 말에 심장의 박동이라도 정지된 듯 송순이 잠시 침묵한다. 그러면서 머릿속으로 미래의 일을 잠시 상상해 본다.

'왕의 인척이기에 유배지에서 복귀할 확률은 압도적으로 클 거야. 복귀한 이후에 조정에서 생활하다 보면 무슨 관련이 생길지도 모르잖아? 혹시 그와의 관계가 나빠진다면 내게도 피해가 생길지도 모를 일이야.'

여기에까지 생각이 미치자 목이 눌린 듯 숨결마저 답답해진다. 하지만 미래의 일에 대해 미리부터 전전긍긍할 필요는 없으리라 생각한다.

송순의 심각한 표정에 만종이 나풀대는 꽃잎처럼 너털웃음을 웃으며 말한다.

"혹시 너도 미래의 일을 미리부터 떠올려 겁을 내는 거니? 그럴 필요는 없잖아? 미래에 그와 우호적인 관계로 지낼지도 모르잖아? 혹시라도 네 취향에 안 맞다고 느껴지면 네가 조심하면 되잖아? 절대로 미래의 일을 앞당겨 미리부터 겁낼 필요는 없다고 생각해."

분위기를 바꾸려는 듯 만종이 저고리의 호주머니로부터 두루마리 종이를 꺼낸다. 종이에는 운동하는 사람의 동작이 그려져 있다. 참빗의 날처럼 상당히 세밀하게 그려진 그림이다. 송순이 놀란 듯 휘둥그런 눈으로 만종을 바라볼 때다. 만종이 신비한 미소를 지으며 말한다.

"이 그림을 본 느낌이 어때? 자세히 들여다보면 동작마다 간결한 설명이 서술되어 있어. 일단 너도 이 그림에 깔린 설명을 차분히 읽어 봐. 그런 뒤에 그림에 대해서 대화를 나누기로 하자고."

송순이 과거 시험 문제를 들여다보듯 정신을 집중하여 그림을 들여다본다. 점차 얼굴에 감탄하는 표정이 안개가 휘감기듯 실리기 시작한다. 그림은 크게 6가지의 동작을 담고 있는 것으로 비친다. 그림마다 한문 문장으로 간결한 설명이 첨부되어 있다. 그림의 분위기마저도 비밀을 간직한 듯 은밀한 정취를 발산하는 듯하다. 반 식경의 시간이 흐른 뒤다. 송순이 만종을 향해 정색을 하고 말한다.

"이 그림을 다른 종이에 옮겨 그려도 되겠니? 일단 이 그림을 사흘만 내게 빌려 주면 고맙겠어. 그러면 그림의 원본은 다시 너한테 돌려줄게."

이번에는 만종의 눈빛이 의아심에 휩싸인 듯 크게 달라진다. 그러면서 만종의 입에서 풍경 소리처럼 단아한 목소리가 흘러나온다.

송순이 별빛이 흩날리듯 눈빛을 빛내며 만종의 얘기에 귀를 기울인다. 한 달 전에 만종이 북악산에 올라갔다. 북서쪽의 암벽 부분을 지나다가 설사할 듯 대변이 마려웠다. 암벽 부분은 사방이 황량한 사막처럼 노출되어 변을 보기에는 민망했다. 암벽의 공간에 세상을 가릴 듯 은밀한 장소는 없는지 둘러보았다. 그럴 만한 장소는 좀처럼 눈에 띄지 않았다. 장소를 옮겨 가려고 다복솔을 잡아당길 때였다. 다복솔의 나뭇가지가 휘청 젖히면서 악마의 소굴처럼 시커먼 동굴이 드러났다.

불편을 삭감시키려는 듯 하늘이 돕는다는 느낌에 눈물마저 쏟아질 지경이었다. 바지를 까 내리자마자 대변이 폭포 줄기처럼 쏟아졌다. 정신없이 변을 본 뒤였다. 굴에서 빠져나오려다가 뭔가 허전한 듯 뒤를 바라보았다. 바윗돌로 이루어진 동굴은 그다지 크지 않았다. 동굴의 입구는 사람이 사죄하는 자세처럼 허리를 굽혀야만 들어설 높이였다. 대략 다섯 자가량의 높이였다. 길이는 겨우 1장에 불과했다.

동굴 내부의 높이는 7자가량에 달했다. 소규모의 특이한 지형이라 만종의 눈에는 별천지가 펼쳐진 듯 경이로웠다. 특이한 지형에 변을 보았기에 마음이 다소 불편했다. 불편한 생각을 풀잎의 이슬처럼 떨쳐 버리고 동굴 내부로 걸어갔다. 4자가량인 동굴 내부의 폭도 선경의 아취를 내품듯 마음을 끌었다. 도인이 심산의 도관(道館)처럼 수행처로 삼으려면 충분히 가능하리라 여겨졌다. 바위 동굴이라 쌓인 흙더미처럼 무너져 내릴 염려도 없었다.

지형 구조에는 문외한인 만종에겐 새 세상처럼 신기롭게만 여겨졌다. 그리하여 휴대하던 황촉에 부싯돌로 불을 붙였다. 촛불을 켜고 동굴 내부를 들여다본 순간에 까무러칠 듯 놀랐다. 내부에는 찢긴 그물처럼 앙상한 형태의 인골이 눈에 띄었기 때문이다. 만종이 인골을 해부하듯 촛불로 비춰 보며 헤아려 보았다. 시신의 옷은 바위의 먼지처럼 삭았고 살점은 부패되어 사라졌다. 그리하여 인골만 눈에 띄는 상태로 보였다. 세월을 가늠하기 어려울 정도로 오래된 인골인 모양이었다.

만종이 인골을 향해 재배(再拜)했다. 동굴을 인골의 무덤인 듯 여기고 돌아설 때였다. 인골 옆의 벽면에 유령의 흔적 같은 그림과 글씨가 보였다. 유리 파편처럼 예리한 돌조각으로 벽면을 긁어서 그린 그림과 글씨였다. 글자는 한자로 씌었고 그림은 사람의 동작을 나타낸 거였다. 만종은 비장의 무기를 찾듯 품을 뒤져서 한지와 먹을 꺼냈다. 돌에 갈아 뾰족하게 만든 먹으로 한지에 그림과 글자를 옮겼다. 고양이가 발톱으로 그림을 그리듯 원래 형태를 흉내 내느라고 애썼다.

여기까지의 경위를 경문을 읊듯 설명한 뒤에 만종이 송순에게 묻는다.

"그림이 무슨 동작을 나타내는 것 같니? 글자의 뜻만 보면 무슨 운동 같은데 말이야."

송순이 종이에 제시된 문구들을 서늘한 얼음장처럼 차분히 눈으로 훑어본다.

모든 힘은 호흡으로부터 발출된다.

156

마음이 정화될 때에 동작이 섬광처럼 펼쳐진다.

눈보다는 마음이 먼저 목표를 공격해야 한다.

시행한 동작은 중도에 멈춰서는 안 된다.

숱한 목표가 덤벼도 기류 하나로 제압된다.

동작이 종료될 때에 섬광은 정신을 되돌린다.

동작하는 그림 하나에 글이 한 줄씩 염주처럼 연결되어 있다. 문구의 뜻은 너무나 명확한데 무엇을 의미하는지 이해하기가 어렵다. 만종이 알몸을 드러내듯 그의 생각을 송순에게 털어놓는다.

"이게 소위 세상에서 말하는 절대 경지의 무술 동작들이 아닐까? 이런 무술만 익히면 누구도 대적하기가 힘들다는 논조의 무엇이 있잖아?"

송순이 그림을 들여다보고는 절대로 아니라는 듯 고개를 저으며 응답한다.

"적힌 문구의 내용과 그림을 연결시키면 그림의 동작은 무술은 아니야. 무술 같으면 이처럼 야단스럽게 치장하지는 않으리라 여겨져. 나의 관점으로는 건강을 조절하는 규칙적인 운동의 동작이라 생각돼. 문구에서 나타내는 섬광은 정신적인 집중을 의미하는 말이라 여겨져."

허상을 떨쳐 버리듯 만종이 그림의 원본을 방바닥에 남기고 일어선다. 송순이 동구 밖까지 나가 만종을 배웅한다.

송순은 문제의 그림에서 영감을 찾으려는 듯 유심히 들여다본다.

그러다가 뭔가를 깨달은 듯 그림을 들여다보며 중얼댄다.

'추측은 다양하겠지만 그림의 본질은 직접 운동해 봐야만 알겠어. 분명히 그림 속에는 무슨 신비한 내용이 감춰져 있을 거야. 옮긴 그림에서 해답을 찾지 못하면 만종과 함께 동굴을 방문해야겠어.'

세월은 흐르는 물살처럼 거침없이 흘렀다. 어느덧 1526년 12월 중순의 한낮이다. 송순은 눈이 내린 창밖을 내다보며 매화를 음미하듯 매화차를 마신다. 수묵화가 마르는 과정을 지켜보고 있다. 단련된 흔적이 세월의 무게처럼 녹아든 세련된 그림이라 여겨진다. 붓이 스스로 펼쳐져 풍광을 담을 듯한 정취마저 느껴진다. 수목의 음영도 실제처럼 유사하게 나타낼 수 있다. 그뿐이랴? 수면에서 반사되는 빛살의 강도까지 심혼을 뒤흔들듯 훌륭하게 묘사된다.

송순은 올해 11월 29일에 정6품인 사간원 정언에서 파직당했다. 파직당한 사유는 방귀를 뀌듯 참으로 하찮은 일이었기에 울분이 치솟는다. 수찬(修撰) 김헌윤(金憲胤)을 정계(停啓)할 때에 문제가 발생했다. 정계는 상소문에서 범죄 사실을 손으로 가리듯 감추는 조처이다. 이런 정계의 권리는 보호된 권리의 상징처럼 대간들이 지니고 있다. 유배지의 죄인을 속박하듯 정계된 관원은 경연관(經筵官)으로 출사(出仕)하지 못하게 규제되었다. 정계를 실시한 간원은 왕에게 문서로 알려야 했다.

정언인 송순이 사실을 환기시키듯 문서로 왕에게 알려야 했다. 송순이 바빠서 꿈에서 깨어나듯 이 과정을 망각했다. 종3품의 사간(司諫)인 심사순(沈思順)이 규율을 지키겠다는 듯 송순을 해직시키라고 상소했다. 그래서 송순이 11월 29일자로 정언에서 파직되었다. 파직되니 줄이 끊긴 연처럼 조정에 머물 수가 없었다. 그래서 집으로 내쫓겨 사랑채에서 그림을 그리면서 마음을 추스른다. 그림 그리기의 장점은 그리는 과정에서 마음이 석간수처럼 정화되기 때문이다.

송순이 매화차를 마시면서 마음의 응어리를 찻물에 녹이듯 해소시키려고 노력한다. 파직당하고 보름이 지나도록 조정에서는 아무런 연락이 없다. 중대한 과실도 아닌데 너무 까다롭다는 생각이 회오리치는 먹구름처럼 밀려든다. 하지만 조정의 법규가 그렇다는데 누가 따질 수 있으랴?

송순이 차를 마시면서 지난 일들을 정화된 샘물처럼 차분히 떠올린다. 올해 1월 12일에는 정6품인 홍문관 수찬에 올랐다. 8월 11일에는 정6품인 사간원 정언에 임명되었다. 그러다가 11월 29일에 사소한 규정 위반으로 파직당했다. 복귀할 때까지는 해무가 걷히게 기다리듯 마냥 기다려야 한다. 회생하지 못하는 송장처럼 영원히 복귀하지 못할 수도 있다. 범람한 물이 빠질 때를 기다리듯 기다려야만 한다.

송순은 차를 마시면서 계곡의 물안개에 휩쓸리듯 생각에 잠긴다. 차도 사람의 마음을 정화시키는 듯 어루더듬는 느낌이 좋게 느껴진다.

'만종이 작년 2월에 정6품인 시강원 사성으로 복직되었잖아? 사소한 이유로 파직되었다가 복귀하는 데에 5년이나 걸렸잖아? 참으로 삭막할 정도로 규정이 까다롭다는 느낌이 들어. 만약에 내 경우도 복귀의 시간이 한없이 길어지면 어떻게 하지? 규정을 어길 생각은 전혀 없었잖아? 업무가 바빠서 일에 쫓기느라고 잠깐 잊었을 뿐인데도 곧바

로 파직되다니? 관리로 일한다는 것이 전쟁터를 누비는 것만큼 살벌할 줄 몰랐어.'

회오리바람에 휘감긴 물살처럼 걷잡을 수 없이 빠른 세월이다. 송순은 12월 26일에 정6품인 홍문관 수찬(修撰)으로 임명되었다. 잠자다가 변소에 들렀다가 잠자리에 눕듯 복귀의 시간이 적게 걸렸다. 만종에 비하면 붉은 물에 휩쓸린 부평초처럼 운이 좋았던 셈이다.

죽어서 환생한 듯 겨우 복귀한 지 사흘째의 날이었다. 1526년의 연말에 가까운 시점이기도 했다. 홍문관의 부속 기관처럼 딸린 접견실에서다. 만종과 송순이 만나서 잠시 휴식을 취한다. 만종이 시강원에서 홍문관에 들른 터다. 만종이 송순을 향해 억제하다가 털어놓는 듯 말한다.

"네가 2년 전에 담양에서 땅을 좀 샀다면서? 무슨 용도냐? 설마 시골에 가서 농사를 지을 것도 아닐 테고."

송순이 다소 쑥스러운 듯 미소를 지으면서 말한다.

"관리 생활을 하면 언제 내쫓길지 모르는 일이잖아? 우리도 이미 경험해 보았잖아? 언제가 되든 내쫓기면 세상을 잊고 자연에 묻혀 살고 싶어. 그래서 상곡마을에서 북쪽으로 2.3리 떨어진 곳의 땅을 사 두었어. 땅이라기보다는 작은 언덕이라 경작용 농토로는 별로인 곳이야. 지주인 곽 씨가 땅을 팔겠다고 하기에 사 두었어. 나중에 정자라도 지을까 해서 말일세."

만종이 생각난 듯 곧바로 응답한다.

"정자를 지으려면 강도 끼어 있어야 하고 경치도 좋아야 하잖아?"

그 정도의 조건은 논밭의 거름기처럼 갖춰졌기에 샀다고 송순이 응답한다. 잠깐 동안의 휴식을 끝내고 둘은 각자의 일터로 걸어간다.

허공을 나는 화살처럼 빠른 세월이다. 어느새 1528년의 9월 하순이다. 가을이라 산야가 채색 비단처럼 단풍으로 곱게 물들어 마음이 뒤설렌다. 수목의 잎사귀들이 단풍으로 물들어 세인들이 꿈꾸는 듯 취할 지경이다.

쉬는 날의 아침이라 안방에서 가족이 밥상에 바퀴살처럼 빙 둘러 앉는다. 밥과 국 사이로 반찬들이 화단의 화초들처럼 깔려 있다. 아내가 밥상에 앉자 서도가가 붓을 짚듯 송순이 숟가락을 든다. 그러자 일제히 가족이 파동에 휩쓸리듯 함께 식사한다. 송순의 맞은편에는 9살의 해관(海寬)이 앉아 있다. 그의 곁에는 7살의 해용(海容)이 앉아 있다. 송순의 아내는 송순의 우측 곁에 앉아 있다. 서울에 살면서 2명의 아들을 낳았다. 둘은 물체의 그림자처럼 붙어 다니면서 마을의 서당에서 공부한다.

호수의 물결처럼 서글서글한 눈매의 해관을 향해 송순이 입을 연다.

"평일에는 서당에 가고 휴일에는 어떻게 보내니?"

기다렸다는 듯 해관이 응답한다.

"서당을 다녔기에 친구들이 제게도 많아요. 친구들과 어울려 청계천에서 물고기도 잡고 마을 뒷산에 올라가기도 해요. 마을 뒷산에는 볼 만한 게 제법 많아요."

송순의 아내가 호기심이 발동하는 듯 해관을 향해 말한다.

"특별할 것도 없을 것 같은데 볼 게 많다고? 예를 들면 어떤 게 있지?"

해관이 떠내려 온 나무가 방죽에 내닫듯 침착하게 응답한다.

"도사들이 거처했던 낡은 도관(道館)도 있고 개천에 웅덩이들이 많아요. 웅덩이마다 붕어나 메기들이 많이 살아요."

이번에는 송순이 궁금증에 휘말린 듯 해용에게 말한다.

"너는 서당에서 무엇을 배우고 있니?"

해용이 자신이 말할 차례가 된 게 기쁘다는 듯 말한다.

"소학(小學)을 배우는 데 훈장님이 설명을 재미있게 잘 해 줘요. 그래서 어려운 것도 쉽게 느껴지곤 해요. 문제는 들을 때는 쉬운데 시험만 치면 답을 모르겠어요."

송순이 어처구니가 없다는 듯 황당한 표정으로 말한다.

"뭐라고? 들을 때는 쉬운데 시험만 치면 어려워진다고? 무슨 그런 말이 다 있니?"

송순의 말에 식구들이 웃음의 늪으로 떠밀린 듯 웃음을 쏟아낸다.

즐거운 연회를 치르듯 아침 식사를 마친 뒤다. 해관과 해용이 친구들과 놀러 가겠다고 집에서 빠져 나간다. 아이들이 집에서 해변의 썰물처럼 빠져나간 뒤다. 32살의 그의 아내가 송순에게로 다가들며 말한다.

"저도 동쪽으로 흘러가는 청계천 일대를 이녁과 함께 구경하고 싶어요. 오늘 시간을 좀 내어 주시겠어요? 수묵화는 저녁에 제가 대신 그려 줘도 되죠?"

송순이 폭죽이 터지듯 껄껄거리며 웃다가 눈시울에 눈물이 실린다. 가까스로 웃음을 추스르고는 아내에게 말한다.

"부인, 당신의 화술에 완전히 넋을 잃을 지경이외다. 나 대신에 수묵화를 그려 주겠다고요? 그렇다면 나 대신에 가야금도 탄주해 줄 수 있소이까?"

아내가 장난기가 실린 듯 미소를 지으며 응답한다.

"이녁과 함께 보낸 세월이 얼마예요? 그 정도도 못하면 마누라가 아니죠? 안 그래요?"

송순이 놀라서 실신할 듯 주저앉아 눈을 감는다. 그러자 그의 아내가 다가와 속삭이듯 말한다.

"오늘은 낭군이 왜 이리 힘이 없어졌을까? 의원한테 데려가야 할까 봐요."

송순이 충격 받은 듯 눈을 번쩍 뜨면서 과장스럽게 말한다.

"안 돼요! 침 맞기 싫소이다."

둘이 집 뒤의 오솔길을 따라 하늘에 오르듯 등산한다. 마을 뒤에는 언덕처럼 낮은 산자락이 펼쳐졌을 따름이다. 산악 지대처럼 높은 산이 존재하는 지형은 아니다. 그러기에 마을의 어린애들도 부담 없이 뒷산을 오르기를 즐긴다.

낮은 언덕길에 올라서며 관심을 드러내듯 송순이 아내에게 말한다.

"마을 빨래터에서 빨래하기는 좀 어떻소이까? 힘들다거나 불편한 점은 없소이까?"

송순의 아내가 기다렸다는 듯 금세 응답한다.

"아뇨, 전혀 힘들지 않아요. 빨래하면서 마을 사람들을 통해 많은 소식을 듣게 되어 즐거워요. 사람들이 보기와는 달리 곧잘 이야기를 잘 하는 것 같아요."

아내가 생각난 듯 송순을 향해 말한다.

"이녁 혹시 작약에 대해 아세요? 꽃 색깔과 뿌리의 색깔 때문에 묻는 거예요."

송순이 너무나 평범한 질문이라는 듯 덤덤한 표정으로 응답한다.

"꽃의 색깔만 다르지 뿌리의 색깔은 같으리라 여겨지는데 혹시 틀렸소이까?"

송순의 아내가 여유 만만한 듯 활달한 기색으로 말한다. 꽃 색깔에 따라 뿌리의 색깔이 다르다고 들려준다. 흰 작약 꽃의 뿌리는 변화를 주듯 붉다고 한다. 붉은 작약의 뿌리는 홍수에 탈색된 듯 희다고 들려준다.

둔덕의 야생 국화가 안개에 휘말린 빛살처럼 향기를 그윽이 발산한다. 구절초의 흰색이 아닌 감국(甘菊)의 노란색의 꽃이다. 꽃송이들이 바람결에 휩쓸려 향기가 둔덕과 평야까지 깃털처럼 날아간다. 감국 주변의 산국(山菊)도 노란색의 꽃송으로 바람결에 물결처럼 간들댄다. 산국과 감국은 꽃 모양이 비슷하지만 감국의 꽃송이가 더 크다. 산국의 줄기는 녹색이지만 감국의 줄기는 강단을 드러내듯 갈색을 띤다. 산국과 감국은 가을만 되면 그리움을 내뿜듯 짙은 향기를 발산한다.

뜰을 거닐 듯 아내와 뒷산의 산책을 마치고 귀가한 뒤다. 방금 그린 수묵화가 건조되는 과정을 지켜볼 때다. 아내가 국화차를 끓여 송순에게 그리움을 안기듯 갖다 준다. 송순이 과거의 잔영으로 휩쓸리듯 국화차를 마시며 생각에 잠긴다.

관리들의 움직임이 좁은 동굴로 내몰리듯 너무 조심스럽다는 생각이 밀려든다. 작년 11월 20일의 일이 떠밀리는 구름송이처럼 머릿속으로 밀려든다. 대신(大臣)인 김극핍을 시궁창으로 내몰듯 사간원과 사헌부가 며칠간 합동으로 논핵했다. 논핵은 상대의 과실을 논리적으로 따져 임금에게 보고하는 행위다. 논핵의 목표는 대상자를 저울로 달듯 헤아려 징계하는 것이다. 왕은 시답잖은 듯 침묵으로 일관해 왔다. 그래서 사간원의 관리들이 사헌부를 찾아가서 제안했다.

논핵의 문서에서 김극핍의 이름은 사자(死者)의 이름처럼 빼자는 내용이었다. 사헌부에서도 그렇게 하자고 했다. 논핵한 대열에서 사헌부의 황헌(黃憲)이 누락되었다고 허점을 들추듯 사간원에서 지적했다. 사헌부의 정4품인 두 명의 장령들끼리 불붙듯 언쟁이 일어났다. 황헌을 기다릴 필요가 있겠느냐고 노여움을 발출하듯 이홍간이 역정을 냈다. 사헌부가 정5품인 지평의 결정에 휘둘리겠느냐고 빈정대듯 화를 냈다. 이희건도 누가 지평에게 휘둘린다고 했느냐고 따지면서 화를 냈다.

사헌부 두 장령끼리의 언쟁이었지만 사간원한테는 같잖은 듯 고깝게 비쳤다. 사간원에서는 사헌부의 두 장령들을 혼내듯 논핵하기로 결정했다. 송순의 견해로는 굳이 논핵까지 할 필요는 없다고 여겨졌다. 사간원이 사헌부에게 업신여김을 당한 듯 노여워했기에 반대할 수가 없었다. 작년 11월 20일에 사간원에서 사헌부의 두 명의 장령들을 논핵했다. 폭포에서 나뒹굴듯 그 날짜로 이홍간과 이희건이 파직되었다.

두 명의 장령들을 파직시키자 송순은 자신이 내쫓긴 듯 무척 괴로웠다. 세속의 사람들이라면 짜증을 내거나 화를 낼 수도 있는 터였다. 조정에서 대간들끼리 언쟁했다는 이유로 절벽에서 내몰리듯 파직을 당하다니? 송순이 논핵에 반대했더라면 앙갚음을 당하듯 송순이 논핵받았으리라 여겨진다.

대간의 지침을 짓밟듯 무시했다고 논핵받았으리라 여겨진다. 쓸쓸한 느낌에 휩싸여 송순이 정신을 잃은 듯 고개를 내젓는다.

똥 무더기처럼 역겨운 것은 올해 5월 19일의 일이었다. 사간 황사우(黃士祐)가 경기도를 순회하다가 발견한 사항을 조정에 보고했다. 수참판관인 구희경(具希璟)이 격군(格軍)들을 물러 터진 듯 잘 단속하지 못했다. 조운(漕運)할 때면 격군들이 전세(田稅)받은 쌀을 잠입한 도둑 떼처럼 훔쳤다. 아전들이 판관에게 고소해도 격군들을 두둔하듯 아전들만 판관에게 구박받았다. 황사우가 구희경을 삭직하여 내몰듯 매섭게 논핵했다. 조정에서는 구희경을 자세히 조사하라고만 하고 방치했다.

통치의 질서가 붕괴되는 듯 송순은 울분을 느꼈다. 대간이 진상을 불빛으로 비추듯 논핵했는데도 조정의 반응이 신통치 않았다. 중종의 발언이 취객의 망언처럼 가관으로 들렸다. 고소한 내용의 진위를 저울로 무게를 달듯 판단하기가 어렵다고 했다. 아전들이 누적된 억눌림에 보복하듯 상관을 괴롭히려는 계책으로 여기는 듯했다. 대간이 순찰할 때에 의도적으로 상관을 낭떠러지로 내몰듯 무고했으리라는 견해였다. 아전들이 곡물을 훔치고는 수군들에게 떠넘기려는 짓이라고도 해석했다.

166

왕의 나선(螺旋)처럼 비틀린 생각이 논핵을 무고 행위로 내몰 처지였다. 황사우가 순찰하고서 구희경을 칼로 찌르듯 날카롭게 논핵한 뒤다. 반응이 신통치 않았기에 구희경을 논핵 대상자에서 빼려고 했다. 대간인 이찬(李澯)만 구희경을 응징하듯 논핵하기를 원했다. 급기야 이찬 혼자만 구희경을 논핵했다. 논핵하고서는 대간들의 의사를 확인해 보니 봉우리와 골짜기처럼 견해가 달랐다. 대사간과 사간은 구희경의 일을 문제 삼지 않기를 원했다. 이런 사실과 이찬의 견해는 너무나 달랐다.

사막 같은 삭막함에 이찬이 5월 29일에 직위에서 물러나겠다고 상소했다. 조정에서는 사유가 합당하다고 받아들여져 교체되는 헌 신짝처럼 이찬이 체직되었다. 5월 30일에는 사간원에서도 의견이 죽처럼 들끓었다. 이찬의 체직은 조류(潮流)의 방향처럼 합리적인 공론의 영향이라고 간주되었다. 이튿날에는 대사간 한승정(韓承貞), 사간 황사우(黃士祐), 사간원 정언 송순(宋純)이 상소했다. 이찬이 체직되었기에 그들도 가족 같은 구성원들로서 체직해 달라고 요청했다.

임금은 조신들과 의논하여 낡은 신발을 버리듯 상소인 셋을 체직시켰다. 송순도 올해 5월 30일에 정언 직책에서 파직되었다.

체직의 경우에는 징검다리를 건너듯 곧바로 다른 부서에 임명이 되었다. 체직은 직책의 교체를 의미했다. 그네를 갈아타듯 송순은 종5품인 홍문관의 부교리에 임명되었다. 36살의 나이에 종5품에 오른 것은 상승기류를 타듯 빠른 승진이었다.

9월 하순인 요즘도 기류를 맑히듯 부교리로서 조정에서 일한다. 송순이 소중한 보물처럼 가야금을 무릎 위로 가져간다. 칼을 갈듯 수련했던 방식대로 가야금을 탄주하기 시작한다. 용소의 물줄기처럼 맑은 선율이 사랑채에서 마당을 거쳐 바깥으로 흩어진다. 송순 자신이 탄주하면서도 아름다운 선율이라 여겨질 지경이다.

세월이 빛살처럼 빠르게 흘러 1530년에 접어들었다. 2월 11일에 송순이 정5품인 사헌부 지평에 임명되었다. 비탈에서 미끄러지는 바퀴처럼 빠르게 4월 9일에는 홍문관 교리에 임명되었다. 10월 17일에는 다시 사헌부 지평에 임명되었다.

10월 하순의 쉬는 날에 자식들이 친구들에게 놀러 간 뒤다. 38살의 송순과 34살의 아내가 사랑방에서 봉황처럼 나란히 그림을 그린다. 아내의 그림 솜씨도 화공처럼 빼어나다고 여겨진다. 송순의 아내도 천부적인 화공 같은 소질을 지녔다고 여겨진다. 둘이 청계천의 정경을 상상하여 그린다. 반 시진가량의 시간이 물줄기처럼 흐른 뒤다. 둘 다 그림을 완성하고는 방바닥에 나란히 펴고는 말린다.

송순이 진정으로 감탄한 듯 아내를 향해 먼저 말한다.

"부인의 그림 속에서 학은 실제의 학처럼 생동감이 느껴지외다. 마치 어렸을 적부터 학을 데리고 논 사람처럼 생생하게 나타내었소이다."

"영감의 수양버들에서는 가을의 소슬한 정한이 깃털처럼 파드득거려요. 그 아래를 지나는 거룻배엔 제가 올라탄 느낌이 들 지경이에요."

서로가 서로의 그림을 들여다보며 지도받는 제자들처럼 칭찬을 아끼지 않는다. 송순에게 아내는 세월에 무관하게 선녀처럼 느껴진다. 천지신명이 그를 위해 선녀를 보내 주었다고 생각하는 송순이다. 가장 소중한 존재로 대하는 송순의 마음이 아내에게도 불길처럼 전해진다. 부부의 마음은 말이 없어도 선율처럼 통하는 터다. 한결같은 정성으로 그녀를 대하는 송순이었기에 아내도 송순을 신선처럼 여긴다. 둘은 눈뜨는 순간부터 서로를 어떻게 하면 잘해 줄지를 생각한다.

이따금 아내는 영감이라는 호칭 대신에 신선이라고 부르곤 한다. 송순도 부인이란 호칭 대신에 당연한 듯 선녀라고 부르곤 한다.

'어떻게 하면 상대방을 더 잘 대해 주느냐?'

부부에게는 이런 공통의 기류가 신혼 초부터 실연기처럼 피어올랐다. 이런 분위기의 가정이기에 해관과 해용도 부모를 무척 좋아한다.

세월은 홍수의 물줄기처럼 빨라서 1533년에 접어들었다. 5월 17일의 일이었다. 사람의 흉상에 글을 써서 동궁으로 폭탄처럼 던진 일이 벌어졌다. 문구의 마지막엔 보란 듯 '한충보(韓忠輔)'라는 이름이 적혀 있었다. '작서(灼鼠)의 변' 이후에 흉측한 일들이 유령이 체조하듯 일어나곤 했다. 사건의 범인을 찾기란 정말 어려웠다.

7월 1일에는 옥사(獄事)에 관해 구슬을 꿰듯 양사가 의견을 모았다. 그 날 일을 잘 추진하려는 과정에서였다. 사간 송순(宋純)과 장령 박홍린(朴洪鱗)의 견해가 불길처럼 충돌했다. 그리하여 서로 힘으로 다투듯 격렬한 언쟁을 벌였다. 송순이 홍린에게 직접 보았느냐고 따지듯 물으면서 화를 냈다. 홍린도 화가 나서 힐책했다.

7월 2일에는 대간들이 송순이 대간의 품위를 손상했다면서 파직시키라고 간언했다. 왕이 듣고는 합당하다는 듯 윤허했다. 파직당한 송순의 마음은 맨발로 가시밭길을 걷듯 괴로웠다. 송순은 짐을 챙겨서 둥지를 떠나는 새처럼 조정을 떠나야만 했다. 대간끼리의 논쟁으로 논핵을 받는다면 홍린도 파직되어야 마땅했다. 홍린은 언쟁에는 무관한 듯 견책조차도 받지 않았다. 송순에게 전해진 느낌은 미궁 속에 빠진 듯 암울하기만 했다.

파직당하고서 보름 동안을 청계천의 집에서 진상을 규명하듯 상황을 분석했다. 홍린이 악감을 품고는 가는 곳마다 씨를 뿌리듯 말을 퍼뜨렸다. 직접 보았느냐고 따지면서 송순이 미친놈처럼 화를 냈다고 퍼뜨렸다. 김안로의 조종을 받은 듯 대간들을 포섭했다. 대간들을 움직여 송순만을 파직하도록 내몰았다.

김안로가 유배되었다가 귀소(歸巢)하는 새처럼 복귀하면서부터 자신의 세력을 만들었다. 홍린도 김안로의 세력에 강물처럼 합류하면서 반대 세력을 공격했다. 독이 오른 독사처럼 김안로의 입김은 무서웠다. 김안로의 눈치부터 살피듯 조정에만 들어서면 관리들은 몸을 사렸다. 이런 기류를 알아차리자 송순은 절망적인 상황임을 깨달았다. 김안로가 축출되지 않으면 송순의 복귀는 어려우리라 여겨졌다. 송순은 세상을 잃은 듯 눈물을 머금고 귀향해야 할 처지였다.

대간들끼리의 사소한 언쟁으로 벼랑에서 떨어지는 돌멩이처럼 낙향해야 하다니? 생각할수록 김안로와 박홍린이 괘씸하게 여겨진다. 원수를 응징하려는 듯 송순이 사랑방에 내걸린 장검을 빼어든다. 마당에서 검술 수련용의 짚가리 인형을 원수의 두상처럼 매섭게 노려본다. 그러다가 뒷산이 흔들릴 듯 냅다 고함을 내지른다.

"김안로와 박홍린 이놈들! 너희들이 권력을 쥐었다고 세상을 우습게 봐? 당장 숨통을 찔러 버리겠어. 이제 너희들을 저승으로 보내 주마. 이야아앗!"

냅다 짚가리 인형으로 달려들어 원수를 난자(亂刺)하듯 장검으로 마구 찔러댄다.

그러고도 분이 안 풀려 짚가리를 가루로 만들듯 움켜쥐고는 통곡한다. 안채에서 아내도 송순을 바라보고는 살얼음처럼 시린 슬픔으로 어깨를 들먹인다.

면앙정

계곡을 건너뛰는 바람결처럼 세월이 훌쩍 흘렀다. 1533년의 9월 중순의 가을 무렵이다. 두 달 전에 송순이 귀소(歸巢)하는 새처럼 식솔을 데리고 담양으로 내려왔다. 상덕마을의 북쪽 2.3리 지점에 날아갈 듯 단아한 정자를 지었다. 봉황을 품듯 침실을 지닌 면앙정(俛仰亭)이라 불리는 누각이다. 정자에서 남동쪽으로 60여 장의 거리에는 제월봉(霽月峯)이 허공에서 가물대듯 치솟아 있다. 정자는 산등성이의 북서쪽 가파른 언덕 위에 세워져 있다.

정자에서 거울처럼 반짝이는 북서쪽의 오례천까지는 80여 장의 거리다. 오례천의 강물은 3.5리를 지나서 영산강과 인연을 맺듯 합류된다. 정자의 전면은 3칸이고 측면은 2칸이다. 정자는 팔작지붕에 기와를 얹은 궁성의 전각 같은 모습이다. 경비 부족으로 인해 지붕의 일부는 짚으로 덮인 초옥(草屋)이다. 중앙에는 가로와 세로가 1칸인 침실이 심장처럼 드러누워 있다. 정자의 동쪽 땅에는 채소를 가꾸고 그 언저리를 낮은 토담으로 에둘렀다. 언덕에 날아갈 듯 단정하게 세워진 정자다.

정자의 북쪽과 서쪽은 시름마저도 해소될 듯 탁 트인 평야다. 논밭이 그리움을 불러일으키듯 기다랗게 펼쳐져 있다. 송순의 집은 정자의 남쪽으로 2.3리만큼 떨어져 있다. 가족은 집에 머물게 하고 송순만 이따금씩 정자에서 기거한다.

집에서 점심 식사를 한 뒤다. 송순이 하늘의 기운을 흡입하려는 듯 면앙정으로 올라선다. 마루에 올라서서 강물의 파동에 이끌린 듯 북쪽의 오례천을 굽어본다. 은빛 물살을 가르며 백로들이 풍류객처럼 개천을 서성거린다. 백로들이 물에 가라앉은 구름 조각을 건지려는 듯 물속을 기웃거린다. 백로들끼리 적대시하거나 구박하지는 않는 것 같다. 친근한 이웃들처럼 지내는 백로들의 정겨운 모습을 바라볼 때다. 송순의 머릿속으로 김안로에 대한 기억이 연기처럼 스멀스멀 피어오른다.

김안로는 1481년에 출생하여 21살에 선비의 상징 같은 진사가 되었다. 1506년의 26살에는 출중한 인재인 듯 문과에 장원으로 급제했다. 벼슬로서는 정6품인 성균관의 전적(典籍)에 처음으로 임명되었다. 그러고는 계단을 오르듯 수찬(修撰), 정언(正言), 부교리(副校理) 등의 청환직(淸宦職)을 거쳤다.

1511년에는 유운(柳雲), 이항(李沆) 등과 함께 사가독서(賜暇讀書)에 들어갔다. 사가독서는 인재를 배려하듯 녹봉을 주면서 자율 학습하도록 조처한 제도다. 그 이후로 항구를 순회하듯 직제학(直提學), 부제학, 대사간 등을 거쳤다. 등산하다가 일광욕을 하듯 잠시 경주부윤도 맡았다. 1519년의 기묘사화로 조광조(趙光祖) 일파가 허물어진 토담처럼 몰락한 뒤였다. 조정의 인정을 받아 이조판서에 올랐다.

안로의 아들인 김희(金禧)가 권력의 입김에 휘감기듯 효혜공주(孝惠公主)와 혼인했다. 아들이 부마(駙馬)가 되자 안로가 채찍을 휘두르듯 권력을 남용했다. 안로의 움직임은 설사하려는 뱃속처럼 대간들의 심기를 불편하게 만들었다. 정도(正道)를 벗어나는 안로의 상태가 늪에 빠져들듯 심각해질 따름이었다. 1524년 7월에 이조참판이었던 김안로가 술수를 써서 이조판서를 내쫓았다. 절벽에서 추락하듯 김안로에게 내쫓긴 이조판서는 김극핍(金克愊)이었다.

8월에는 으스대는 듯 기염을 토하며 김안로가 이조판서에 올랐다. 급기야 대간들은 노여움을 발산하듯 안로를 논핵하기로 했다. 영의정 남곤(南袞), 심정(沈貞), 대사간 이항 등이 앞장서서 안로를 논핵했다. 안로는 경기도 풍덕(豊德)으로 헌 신짝처럼 유배되었다. 1524년 11월 18일에 일이 악마의 미소처럼 은밀히 벌어졌다.

1527년에 남곤이 세월의 무게에 짓눌린 듯 병으로 죽었다. 안로는 유배 중인 1530년에 대사헌 김근사(金謹思)와 대사간 권예(權輗)를 포섭했다. 김근사와 권예를 움직여 파리를 잡듯 심정을 탄핵했다. 심정은 좌의정이 되어 몽둥이를 내두르듯 권력을 휘둘렀다. 이항과 김극핍이 충견(忠犬)들처럼 심정을 도와 정적들을 공격했다. 그랬는데도 김안로가 심정과 이항과 김극핍을 땅에 묻듯 제거했다.

1531년에 재임용되고서부터 동궁(東宮: 미래의 인종)을 보호하겠다면서 실권을 장악했다. 허항(許沆), 채무택(蔡無擇), 황사우(黃士佑) 등을 맹견처럼 든든한 수하로 거느렸다. 정적(政敵)들을 절벽으로 내몰듯 축출하는 옥사(獄事)를 여러 차례 일으켰다. 그리하여 사림들로부터 바다의 깊이처럼 깊은 원한을 사기에 이르렀다.

정자에서 오례천을 굽어보며 소용돌이에 휘말리듯 상념의 물결에 휩쓸린다.

'내가 예전에 조정에서 김안로에 대해 악평을 한 영향도 컸겠어. 홍린도 김안로의 무리에 합류하여 나를 공격했으니 지금으로는 대책이 없어. 심정 일파가 논핵되어 제거되듯 언젠가는 김안로 일파도 제거될 거야. 그때가 언제일지는 모르겠지만 일단은 때를 기다려야만 되겠어.'

대간끼리의 언쟁이었는데 자신만 들개처럼 내쫓겼기에 송순은 괴롭다. 자신과 박홍린의 견해가 실물과 허상처럼 달랐다는 점은 확실하다. 홍린은 사방으로 똥파리가 쏘다니듯 나다니면서 송순이 화를 내었다고 떠들었다. 대간의 품위 문제가 거론되어 강풍에 휩쓸리듯 송순을 내쫓기게 만들었다. 홍린은 아무런 처벌도 받지 않았다. 있을 수 없는 일이 나무처럼 뿌리를 내리고 펼쳐졌다고 여겨진다.

김안로의 입김에 의해 시궁창으로 내몰리듯 내쫓겼다고 여기는 송순이다. 간관은 언제든 맹수들에게 내몰리듯 공격받을 수 있지만 마음이 불편하다. 그것도 파직당할 만한 커다란 죄였는지 판단하기가 어렵다고 여겨진다.

심산의 계곡으로 흘러드는 물줄기처럼 세월은 잘도 흐른다. 1534년 3월 중순의 아침나절이다. 면앙정에서는 3사람이 신선처럼 나타나 둘러앉아 이야기를 나눈다. 성수침과 양산보가 송순의 곁에 있다. 성수침이 과거사를 떠올리듯 말한다.

"14년 전에 서울 옥수동의 독서당에서 만났던 일이 꿈만 같구나. 그때의 감흥이 지금도 생생하게 느껴져."

송순이 기다렸다는 듯 곧바로 응답한다.

"그 당시의 내 접대가 너무 소홀했던 것은 아닌지 걱정스러워. 하지만 오늘 이렇게 찾아 주어서 정말 고마워."

송순과 수침은 동갑인 42살이고 양산보는 10살 연하인 32살이다. 옥수동에서의 교분의 기억을 되살려 셋은 친구들처럼 화기롭게 지낸다. 성수침은 가야금을 들고 왔고, 양산보는 대금을 들고 왔다. 성수침이 송순에게 풍광에 취한 듯 말한다.

"면앙정에 대해 네가 시가를 한 번 읊어 봐. 내가 가야금의 선율로 흥취를 맞춰 볼게."

양산보도 일행을 향해 비밀스레 간직한 속내를 털어놓듯 말한다.

"나도 대금의 명인으로부터 대금 연주를 지도받았어요. 나도 대금으로 시가를 수침 형의 가야금과 합주를 하겠어요."

송순이 수침과 산보를 향해 마음이 들뜬 듯 말한다.

"시가를 낭송하면서 악기를 연주하는 건 꽤 흥미로운 일이라 여겨져. 내가 오늘은 단순한 시를 읊을게. 다음에는 선비들을 좀 많이 모아서 시가(詩歌) 낭송을 하도록 하겠어."

송순이 마음을 가다듬는 듯 잠시 눈을 감는다. 그러다가 밤중에 달이 떠오르듯 눈을 번쩍 뜨고는 시가를 읊는다. 산사의 풍경이 솔바람에 휩쓸리듯 청아한 목소리가 정자를 뒤덮는다. 가야금과 대금의 유려한 선율이 정자에 실안개가 스며들듯 내리깔린다. 면앙정 삼언가(俛仰亭三言歌)란 시를 고공의 학이 울부짖듯 낭랑한 목소리로 읊는다.

俛有地 仰有天(면유지 앙유천)
亭其中 興浩然(정기중 흥호연)
招風月 揖山川(초풍월 읍산천)
扶藜杖 送百年(부려장 송백년)

굽어보면 땅이고 우러르면 하늘이구나!
그 가운데 정자가 있으니 흥이 넓게 퍼지구나!
풍월을 부르며 산천에 절하누나.
청려장 짚고서라도 백년 삶을 보내리라.

시가가 흘러나오자 주변을 지나가던 길손들이 밀려드는 썰물처럼 다가온다. 50대 초반의 사내들 넷이 산안개가 치솟듯 언덕으로 올라온다. 그들이 정자로 올라와서 산안개에 잠기듯 시가에 귀를 기울인다. 시가와 어우러진 악기의 탄주까지 끝났을 때다. 키가 큰 사내가 애절함이 풀잎의 이슬방울처럼 배어나오듯 간절하게 말한다.

"정말 듣기 좋은 음률이었소이다. 한 번만 더 들려주실 수는 없사온지요?"

송순이 흡족한 듯 활짝 웃으며 사내를 향해 말한다.

"한 번 더 들려주기에 앞서서 시가와 악곡의 뜻이 이해되오? 느낀 점을 말해 주면 우리들한테 많은 도움이 되겠소이다."

사내들은 옷차림새로 보아 이윤을 새싹처럼 창출하는 장사치들로 여겨진다. 그들에게는 삶의 꿈을 추구하듯 짐들이 들려 있다. 말을 걸었던 사내가 응답한다.

"우리들 넷은 장꾼들이외다. 40리 남쪽의 광주를 향해 길을 가던 중에 들렀소이다. 우리도 도처를 떠다니다 보니 보고 듣는 게 많소이다. 그랬는데 시가와 음률이 하도 조화롭게 들려서 요청했소이다. 번거롭다면 어쩔 수 없지만 한 번만 더 들려주시겠소이까?"

송순은 순간적으로 벼랑으로 내몰리듯 긴장되는 느낌에 휩싸인다. 시가는 돌을 쌓듯 방금 자신이 지었다. 이것을 다시 읊어야 할 판이다. 시가의 길이는 짧지만 생후 처음으로 외나무다리에서 만나듯 마주친 광경이다. 마음을 써레질하듯 가다듬으면서 수침과 산보에게 송순이 부탁한다. 기억의 회로를 더듬듯 한 번만 더 연주해 달라고. 그랬더니 수침과 산보가 흔쾌히 고개를 끄떡이며 받아들인다.

읊었던 시가를 송순이 불길을 토하듯 재차 읊조린다. 수침과 산보도 열기를 떨치듯 곧바로 악기를 연주한다. 시가와 음률이 어우러져 맑은 계곡의 물줄기처럼 흘러내린다. 대자연이 숨을 죽이듯 낭송과 연주가 종료될 때다. 길손들이 힘차게 박수를 쳐댄다. 얼굴이 넓적한 사내가 감동에 취한 듯 송순 일행에게 말한다.

"정말 잘 들었소이다. 마음을 비우고 세상을 대하는 듯한 면모가 보여서 참으로 좋았소이다. 좋은 느낌을 안고 길을 떠나겠소이다."

송순이 정감을 나눠 주듯 길손들에게 술을 한 잔씩 권한다. 그리움이 굽이치는 정감에 취한 듯 길손들이 비틀대며 정자에서 내려간다. 떠나는 그들을 향해 송순 일행도 풍정에 휘감기듯 손을 흔든다.

송순 일행이 점심나절에 오리들이 물가를 찾듯 식사하러 집으로 내려간다. 집에 도착하니 송순의 아내가 일행을 선계(仙界)의 귀빈들처럼 반갑게 맞이한다. 양산보는 송순의 고종 동생이기에 송순의 아내도 잘 안다. 성수침은 송순으로 인하여 송순의 아내와도 예전부터 아는 사이다. 사랑채로 밥상에 정감이 석류 알처럼 가득 채워져 배달된다. 밥상에는 음식과 탁주와 술잔이 진을 치듯 곁들여져 있다.

송순이 수침과 산보의 술잔에 정감을 쏟아 붓듯 술을 채운다. 잔물결에 휘감기듯 그리움에 취해 식사하면서 양산보가 송순을 향해 말한다.

"형님, 저는 조 사부님이 별세한 뒤로는 곧바로 담양에 내려왔거든요. 그 해가 1519년이었죠. 형님이 사가독서로 독서당에 계실 때 청송(聽松) 형님과 옥수동을 찾았죠. 그 이후로는 줄곧 담양에 머물면서 마음을 다스렸어요. 그러다가 4년 전에 소쇄원(瀟灑園)이란 원림을 만들었어요. 식후에는 제가 형님들을 원림(園林)으로 모시고 싶은데 괜찮겠어요?"

청송(聽松)은 성수침의 호이고, 송순의 호는 기촌(企村)이다. 송순과 수침이 숨결을 고르듯 눈빛을 나누더니 송순이 흔쾌히 대답한다.

"동생이 원림을 만들었다고? 내가 너무 깊이 나만 돌아보고 있었던 모양이구나. 이제야 동생의 원림 소식을 알았으니 말이야. 원림을 만

들려면 돈도 꽤 많이 들었을 텐데 궁금하구먼."

점심 식사를 마치고는 풍광을 감상하려는 듯 소쇄원으로 가기로 한다. 면앙정 남쪽으로 35리만큼 떨어진 담양부 지곡리에 소쇄원이 있다. 걷기에는 거리가 사막처럼 아득하여 마차를 부르기로 한다. 담양 일대에는 마차가 하늘의 구름송이처럼 많이 다니는 편이다. 마차를 타고 반 시진가량이 경과되어 소쇄원에 도착한다.

마차에서 내리자마자 송순과 수침이 절경에 빠져든 듯 탄성을 내지른다.

"이야, 완전한 하나의 독립된 왕국이구나!"

"이 정도면 가히 선경(仙境)이로군. 정말 대단해."

송순과 수침이 양산보의 안내를 받으며 선회하는 매처럼 소쇄원을 둘러본다. 물줄기를 분산시켜 가뭄에도 혈액처럼 물이 돌게 만든 지형이다. 주거용 건물인 제월당(霽月堂)과 접객용 건물인 광풍각(光風閣)의 배치가 물무늬처럼 매혹적이다. 제월당은 광풍각 후면의 산기슭에 심산(深山)의 도관(道館)처럼 붙어 있다. 제월당과 광풍각 사이에는 담이 길손의 마음을 안정시키듯 둘러쳐져 있다.

소쇄원으로의 흘러드는 물줄기는 아취를 내뿜듯 정자들의 좌측에서 우측으로 빠진다. 흘러든 물줄기를 마차의 바퀴살처럼 원림의 각처로 분산시켰다. 소형 폭포와 작은 연못도 만들어져 그리움을 불러오듯 파동을 일으킨다. 물이 유입되기에 연못에는 물고기들이 미래를 구상하듯 헤엄을 친다. 원림의 하천을 건너도록 대나무를 얽어서 다리도 만들어 놓았다.

일행이 광풍각의 마루에 빨랫줄의 제비들처럼 나란히 걸터앉는다. 그러고는 넋을 잃은 듯 정자 앞으로 흐르는 개천을 굽어본다.

송순이 풍향을 가늠하듯 소쇄원으로 지나가는 물줄기의 방향을 훑어본다. 소쇄원 뒷산의 물줄기가 북쪽에서 흘러들어 남쪽으로 미끄러지듯 빠져 나간다. 그러고는 중암천으로 흐르다가 목적지로 정한 듯 영산강에 합류한다. 광풍각과 제월당은 태양을 영접하려는 듯 동향(東向)식 건물임이 드러났다. 물이 유입되는 곳에 사람들의 출입을 막으려는 듯 담장이 세워졌다. 담장의 아랫부분이 특이하게 여겨진다.

시내 중앙의 자연석 바위 위로 받침돌을 3개 겹쳐서 쌓았다. 중앙의 받침돌에서 개천 양쪽으로 작은 다리처럼 기다란 바위로 연결한다. 기다랗고 넓적한 바위 위로 평지에 담을 쌓듯 토담을 쌓았다. 토담 위에는 기품을 드러내듯 기왓장이 덮여 있다. 하천을 가로막은 담장의 구조가 용이 드나드는 시설물처럼 볼수록 특이하다. 쏟아지는 물줄기를 2갈래로 분산시켜 담까지는 물에 휩쓸리지 않게 했다.

송순이 감탄한 듯 양산보에게 말한다.

"참으로 오밀조밀하게 잘 만들었군. 원림의 설계는 따로 부탁했던 사람이 있니?"

양산보가 만족한 느낌을 드러내듯 미소를 지으며 말한다.

"자연을 즐기는 것과 건축물을 세우는 것은 길이 다르잖아요? 당연히 경륜이 많은 대목(大木)들에게 공사를 맡겼죠. 경륜이 많다 보니 슬기롭게 잘들 만들더군요."

세월을 묶듯 반 시진가량을 소쇄원에서 머문 뒤다. 송순과 성수침
이 상층으로 흐르는 구름송이처럼 면앙정으로 이동한다. 마차 안에서
성수침이 송순에게 말한다.

"내일은 광덕산의 쌍룡폭포에 가는 게 어때? 거기에서 며칠을 머물
면서 가야금 탄주를 하고 싶어. 그리하여 사부님께 제자의 발전된 모
습을 보여주고 싶어."

송순이 기다렸다는 듯 곧바로 응답한다.

"그래, 나도 너와 생각이 같아. 스승님의 수행처를 찾아본 지가 오
래되었어."

둘은 마차에서 유대감을 확인하듯 가야금에 대해서도 대화를 나눈
다. 성수침은 매일 반 시진은 가야금을 탄주한다고 들려준다. 송순은
사흘마다 칼을 갈듯 한 시진씩은 가야금을 탄주한다고 말한다. 송순
은 선율에 이끌리듯 한시와 시조를 탄주한다고 말한다. 성수침은 음
률의 맥을 더듬듯 시조와 가사(歌辭)를 탄주한다고 들려준다. 가사는
각 행이 4음보로 이루어지게 언문으로 작성된 조선의 시다.

송순이 시조와 가사에 대해 부챗살처럼 펼쳐지는 생각을 정리해 본
다. 가사에서는 행의 수는 따지지 않는다. 자율 체제의 가사에 우박이
쏟아지듯 사람들의 관심이 기울어진다. 음보는 3음절 내지 4음절로
이루어진 시구이다. 시조의 초장, 중장, 종장은 편안한 호흡처럼 4음
보로 이루어져 있다. 시조의 경우는 간결한 호흡을 반영하듯 3행 내지
6행으로 이루어진다. 가사의 경우에는 행의 수에 제한이 없다. 제한이
없는 경우가 사람들의 마음을 햇살처럼 푸근하게 만들리라 여겨진다.

반 시진을 달려 마차는 면앙정에 도착한다. 저녁나절까지 둘은 오 례천을 굽어보며 꿈꾸듯 이야기를 나눈다. 이튿날 쌍룡폭포에서 시간 을 보낼 계획도 밑그림을 그리듯 얘기를 나눈다.

둘에게는 쌍룡폭포가 바위의 각자(刻字)처럼 의미가 깊은 곳으로 여겨진다. 스승의 수련 장소였다는 점이 기억을 뒤흔들듯 압도적으 로 중요하다. 스승이 동굴에서 수련한 이유는 거울을 들여다보듯 명 료하다. 물소리 탓에 가야금의 소리가 외부로 퍼지지 않기 때문이다. 마을에서 탄주한다면 가야금의 소리가 이웃집으로 풍랑처럼 퍼지기 마련이다. 사막으로 떠밀리듯 농사에 지친 농민들에게는 가야금의 소리가 거슬릴지도 모른다. 가야금의 탄주가 지탄받을지도 모르리라 여겨진다.

스승은 적절한 장소를 사금을 탐색하듯 사방에서 찾았으리라 여겨 진다. 용케도 이런 장소가 광덕산의 벼랑에서 발견된 터였다. 스승은 이승의 인연을 끊듯 속세로부터 떠나게 되었다. 악기에 대한 집중도 는 과녁으로 날아드는 화살처럼 커졌으리라 여겨진다. 선율에 영혼을 심듯 가야금 탄주의 절대적인 명인이 되었다고 생각된다.

둘은 이튿날부터 며칠간은 수행승이 수도하듯 폭포의 동굴에 체류 하기로 했다. 동굴에서의 체류에 대비한 물품을 준비하기로 한다. 스 승이 쓰던 식기류는 동굴의 역사처럼 보존되어 있다. 의복과 쌀과 반 찬류만 준비하면 되리라 여겨진다.

다리 아래를 거쳐 가는 물결처럼 하루가 성큼 흘렀다. 점심나절에 송순과 수침이 광덕산의 쌍룡폭포 아래에 들어선다. 골짜기에 들어서

자마자 온 산악을 무너뜨릴 듯 폭포가 굉음을 내쏟는다. 폭포의 위세는 언제나 하늘이라도 무너뜨릴 듯 어마어마하다. 둘은 성난 용이 몸부림치듯 물이 휘도는 용소 둘레를 지난다. 그러고는 폭포수가 쏟아지는 절벽을 타고 위로 오른다.

마침내 둘은 폭포수가 장막처럼 가로막은 폭포 뒤쪽의 동굴로 들어선다. 동굴 입구를 완벽할 지경으로 폭포의 물줄기가 넓은 휘장처럼 가린다. 둘이 동굴 내부에 들어서자 황촉(黃燭)에 불을 켜서 내부를 밝힌다.

동굴의 너럭바위를 제상으로 삼아 정성이 스며들듯 제수(祭需)를 펼친다. 스승에 대한 그리움을 반추하듯 송순과 수침이 제상을 향해 재배한다. 수제자로서의 예를 표하듯 송순이 먼저 술잔에 술을 따른다. 그러고는 송순 혼자서 스승을 맞듯 재배한다. 다음으로는 수침이 제상에 술을 따르고 수침이 재배한다. 제삿날은 아니어도 동굴에 올 때마다 스승을 대하듯 제사를 지낸다.

이윽고 둘이 떨어져 앉아 가야금을 무릎에 올려 탄주하기 시작한다. 합주 형태로 가야금을 탄주하며 선율의 아름다움에 취하듯 몰입한다. 처음에는 각자의 세상을 그리듯 합주하자고 의논하지 않았다. 서로의 선율이 날아들자마자 불길이 뒤엉키듯 합주했다. 치솟는 물결의 형상이 높이에 따라 다르듯 섬세하게 굽이치는 선율이다. 둘은 이내 선율에 휩쓸리는 영혼처럼 가야금을 섬세하게 탄주한다.

때로는 달을 우러러 하소연하는 듯 선율에서 안타까움이 연기처럼 피어오른다. 그러다가도 선봉장이 적진으로 파고들듯 우렁찬 기세로 탄주되는 소리가 흩날린다. 선율은 어느새 벼랑에 매달려 흐느끼는 여인의 통곡처럼 처절하게 굽이친다. 하나의 곡조에 온갖 희로애락의 정감이 휘감기는 물결처럼 남실댄다.

몰입하여 탄주하다 보니 폭포수가 흘러내리듯 2시진이 훌쩍 흘렀다. 둘의 이마가 땀에 젖어 기름을 바른 듯 번들거린다. 둘이 약속한 듯 가야금을 동굴 벽에 기대어 세운다. 그러고는 서로를 바라볼 때에 송순이 말한다.

"바깥에는 벌써 어스름이 다가왔겠지? 일단 저녁을 먹고 이야기를 나눔세."

송순이 폭포수를 보배처럼 소중히 받아 쌀을 씻는다. 동굴 바닥에 돌멩이 3개를 세우고는 밥솥을 얹는다. 동굴에 저장되었던 마른 나뭇가지에 꿈을 피워 올리듯 불을 지핀다. 바싹 말랐던 나뭇가지라서 폭약이 터지듯 금세 불길을 내뿜는다. 밥이 만들어진 뒤다. 나무 물통의 된장국을 식욕을 부추기듯 냄비에 따라서 끓인다. 밥솥과 밥그릇들은 원래 스승이 사용하던 것이다.

식욕을 전하듯 밥솥에서 밥을 수침이 밥그릇에 푼다. 아내가 만들어 준 반찬을 평소의 아내처럼 송순이 밥상에 차린다. 둘이 밥상에 마주 앉아 예전의 스승처럼 식사를 한다. 태우지 않았던 스승의 유품들이 요긴하게 쓰인다. 둘이 식사를 할 때다. 수침이 주의를 환기하듯 송순에게 나지막한 목소리로 말한다.

"사부님께 따르고 남았던 술이 저기 있잖아? 내가 가지고 올게."

송순도 즐거운 듯 미소를 지으며 응답한다.

"음식만 신경 쓰다가 보니 술을 잊었어. 지금이라도 생각한 게 다행이야."

식사 행위를 종료하듯 설거지까지 끝낸 뒤다. 둘은 벼랑 아래의 용소 주변에서 신비로운 분위기에 잠겨들듯 산책한다. 밤이 되어 하늘에는 차디찬 빛의 별들이 깔려 빛을 내뿜는다. 수침이 송순을 향해 말한다.

"하늘에 뜬 숱한 별들도 사람처럼 태어났다가 죽을까? 아니면 바위처럼 만들어진 상태로 그대로 유지가 될까? 네 생각은 어떻니?"

송순이 술에서 깨어난 듯 묘한 눈빛으로 하늘을 올려다보다가 응답한다.

"별을 보고 점을 치는 게 있잖아? 내 생각인데 별도 틀림없이 태어났다가 죽을 것 같아. 병법가들이 천문을 읽는다는 게 하늘의 별자리의 변화를 읽는 모양이야. 죽는 별이 있다는 건 너도 봤을 거잖아? 어떤 날 밤에는 떨어지는 별똥이 보이곤 했잖아? 별똥이 뭐겠니? 별로 존재하다가 숨이 져서 떨어지는 게 아니겠니?"

이번에는 수침이 놀란 듯 송순을 향해 말한다.

"공자나 맹자의 말에만 묻혀 산 줄 알았더니 상당히 놀랍구먼. 언제 세상과 우주에 대해 그렇게 깊이 생각했니? 네 말을 들으니까 네 말이 전부 맞는 말로 들려. 사람은 사람한테서 태어나지만 별은 어디서 태어나는지 생각해 봤니?"

송순이 갑작스럽게 껄껄거리며 웃더니 핀잔을 주듯 말한다.

"왜 그러니? 산 속에 들어오니 기분이 이상해서 그러냐? 호랑이는 호랑이한테서, 염소는 염소한테서 태어나잖아? 그렇다면 별도 숱한 별들로부터 태어날 거잖아? 그러다가 수명이 다하면 별똥이 되어 떨어질 테고 말이야. 뭐가 문제니?"

수침이 한결 시무룩한 어투로 중얼대듯 말한다.

"별도 별로부터 태어난다고? 왕이 왕으로부터 태어나듯? 중종은 원래 왕이 아니었잖아? 연산군을 뒤엎고 왕이 된 사람이잖아?"

송순이 기겁하듯 놀라서 목소리를 낮춰 말한다.

"예끼 이 사람아! 술이 많이 취한 것 같군. 그런 말을 함부로 떠들다가는 자네 목이 뎅겅 잘릴 걸세. 그런 말은 나한테도 하지 말게. 제발 부탁이네. 세상에 태어나서 괜히 개죽음당할 이유가 어디에 있겠니?"

둘이서 용소 언저리를 거닐면서 취기를 잠재우듯 추스른 뒤다. 둘이 조심스럽게 절벽을 표범처럼 타고 올라서 동굴로 들어선다. 낮에 곶감처럼 바싹 말려 두었던 침구를 꺼내 잠자리에 든다.

맑은 공기와 눈부신 별빛으로 송순의 가슴이 벅찰 듯 뒤설렌다. 잠자리에 누웠어도 쉽게 잠들 것 같지가 않다. 가슴으로 파도처럼 밀려드는 답답한 기류를 잠재우려고 애쓴다.

'김안로 일당은 지금 이 시각에 잠을 곱게 잘까? 조정에서는 어떤 신료가 오늘 김안로 일당의 공격을 받았을까? 김안로의 수족인 허항과 채무택이 오늘은 누구를 논핵했을까?'

질식할 듯 답답한 가슴을 안고 뒹굴다가 송순도 잠결에 휩쓸린다.

흐르는 폭포의 물줄기처럼 빠르게 하룻밤이 지나갔다. 아침에 일어나 아침 식사를 끝낸 뒤다. 둘이서 동굴 내부에 선계의 신선처럼 마주 앉아 이야기를 나눈다. 송순이 수침을 향해 말한다.

"고려 말기의 대표적인 유학자들로는 삼은(三隱)이 있잖아? 이들 중에서 포은과 야은의 시를 충분히 분석하여 탄주하면 어떨까?"

송순의 말에 수침도 무척 기쁜 듯 반색을 한다.

포은(圃隱) 정몽주의 아취를 대표하는 듯 빼어난 시에는 '춘흥(春興)'이 있다.

春雨細不滴(춘우세부적)

夜中微有聲(야중미유성)

雪盡南溪漲(설진남계창)

草芽多少生(초아다소생)

가는 봄비가 부슬부슬 내리더니

밤중에는 나지막한 소리를 내구나.

눈이 녹아서 시냇물이 불어나니

풀싹들도 얼마쯤은 돋아나겠네.

송순이 공기 중의 습도를 떠올린 듯 수침에게 말한다.

"봄철의 이슬비를 맞아 풀싹들이 돋아난다는 내용이잖아? 비가 나긋나긋 내리는 느낌이 들도록 탄주해야 되잖겠어? 어떻게 하면 그런 느낌을 줄까?"

수침이 별다른 생각이 떠오르지 않는다는 듯 응답한다.

"시를 대하면 물그림자가 너울대듯 느낌이 밀려들 거야. 다음으로는 야은(冶隱) 길재 선생의 시를 살펴보기로 해."

야은(冶隱) 길재의 구름처럼 한가로움이 남실대는 시에는 '한거(閑居)'가 있다.

臨溪茅屋獨閑居(임계모옥독한거)
月白風淸興有餘(월백풍청흥유여)
外客不來山鳥語(외객불래산조어)
移床竹塢臥看書(이상죽오와간서)

개울 옆의 초가에 혼자 한가로이 사는데
달은 밝고 바람은 맑아 넘치도록 흥이 이네.
찾아오는 손님이 없어 산새들만이 지저귀니
평상을 대숲으로 옮겨 누워서 책을 읽네.

수침이 가슴 가득 감흥이 밀려든 듯 송순을 향해 말한다.
"암자에 머무는 길손처럼 한가로운 정경이 물씬 풍기구나. 이런 고요하고 평온한 정경을 나타내려면 너는 어떻게 하겠니?"
송순이 생각난 듯 응답한다. 선율은 정확하게 맞추되 느린 속도로 탄주하는 게 낫겠다고 들려준다.

송순과 수침이 나흘간 쌍룡폭포에 머물다가 귀가한 지도 3년이 지났다. 국화 향기가 빛살처럼 흩날리는 1537년 8월 중순의 가을철이다. 파직되어 낙향한 지 5년째를 맞는 시점이다. 두 아들도 학이 날아 오르듯 등과하여 사회에 진출한 터다. 담양에서는 부부가 어머니를 모시고 추억을 반추하듯 세월을 보내는 터다.

면앙정을 세운 뒤다. 서당의 아동들처럼 면앙정에서 시가(詩歌)와 운율을 논하고 배우려는 사람들이 생겼다. 세상에서는 이들을 '음률(音律)의 사림(士林)'처럼 대접하여 면앙정가단(俛仰亭歌壇)이라 부른다. 하지만, 초기에는 참여자들의 수가 많지 않았다. 물결이 일듯 면앙정이 돌연히 세워졌기에 정자를 찾는 사람들이 늘어난다.

면앙정을 세우고는 송순이 한시와 시조에 빠져들듯 집중했다. 간혹 주변의 문인들에게 시를 부탁하곤 했다.

3살 연하의 동향(同鄕) 관리인 임억령에게도 송순이 한시(漢詩)를 부탁했다. 억령은 1516년인 21살에 꽃을 피우듯 진사가 되었다. 1525년의 30살에는 허공으로 비상하듯 식년문과에 급제했다. 이때부터 날아다니는 꿀벌처럼 사헌부, 홍문관, 사간원에서 일하면서 입지를 굳혔다. 잠시 그리움에 취한 듯 그가 고향에 돌아왔을 때다. 송순이 그를 면앙정으로 데려와서 한시 한 편을 부탁했다.

才盡詩難就 年衰睡不成(재진시난취 연쇠수불성)

塵埃爲客恨 江海憶鄕情(진애위객한 강해억향정)

山雍寧辭望 葵枯肯廢耕(산옹녕사망 규고긍폐경)

窮愁何處瀉 官釀滿壺淸(궁수하처사 관양만호청)

재주가 다하니 시를 짓기도 어렵고

기력이 쇠진하니 잠들기도 쉽지 않네.

괴로운 세상은 나그네의 한이 되고

강과 바다는 고향의 정을 떠올리네.

산과 어우러져 있으니 어찌 산을 바라보지 않겠는가?

해바라기가 말라죽으니 경작을 중단하고 싶어지네.

곤궁하여 수심에 잠긴 마음을 어디다 쏟아 버리랴?

나라에서 만들어져 술병에 담긴 술이 맑구나.

　송순이 풍광에 심취한 듯 면앙정 건너편의 오례천을 굽어본다. 천변의 갈대와 억새에 노란색이 물결처럼 배어든다. 수목의 잎사귀들에서도 점차 빨강과 노란색이 석양의 낙조처럼 뒤엉킨다. 해변에서 목련꽃처럼 하얗게 나부대던 갈매기의 무리가 오례천에서도 눈에 띈다. 해변의 갈매기가 강물까지 올라왔을 때엔 원인이 있으리라 여겨진다.

　물길을 연결하듯 강물과 바닷물을 오가는 물고기가 원인으로 여겨진다. 바다에서 갈매기들한테 내쫓긴 물고기가 발버둥질하듯 강물로 거슬러 올랐으리라 여겨진다. 물고기들은 염분도가 바다와 달라서 불에 덴 듯 파드득거렸으리라 여겨진다. 이들을 추격하던 갈매기가 지남철에 이끌리는 쇳가루처럼 수면으로 날아들었으리라 여겨진다. 이런 원인으로 바람결에 휩쓸리듯 수시로 강물에 갈매기가 내려앉아 떠다닌다. 갈매기들은 몸뚱이를 물속으로 곤두박질하여 물고기를 낚아채려 애쓴다.

　석양의 햇살이 물로 뛰어들듯 강물에 닿을 때다. 강물은 수백만 마리의 물고기 떼가 파드득거리듯 요동친다. 황금빛으로 가물대는 물빛이 세인들을 실명시키듯 눈부시게 반짝인다. 오례천에는 갈매기뿐만 아니라 백로와 왜가리들까지 오가며 날개를 펄럭댄다. 마치 다른 종족에 대해 시위하는 듯 활력이 이만저만이 아니다.

녹아서 떠밀리는 얼음 조각처럼 빠르게 흐르는 세월이다. 1537년 11월 하순의 한낮이다. 겨울철이라곤 하지만 바람이 세게 불지는 않는 날이다. 햇살마저 따사로워서 마치 봄철 같은 느낌이 드는 날이다.

관직 생활의 수익(收益)으로 거미줄을 치는 거미처럼 농토는 착실히 마련했다. 가축을 관리하듯 농토를 마을의 농민들에게 소작을 주었다. 경작지에서 곡물을 수확하듯 해마다 가을철에는 소작료를 거두어들인다. 소작료만으로도 생계가 해결된다.

송순은 낚싯대를 들고 면앙정 앞의 오례천으로 걸어간다. 오례천 천변에서 물속으로 수면에 나부대는 수양버들처럼 낚싯대를 드리운다. 겨울철에는 낮은 수온으로 물고기들은 개흙과 친해지려는 듯 강바닥으로 내려간다. 그물을 던져도 실효가 없는 계절이다. 강물과 교감하는 듯 지렁이를 낚시에 꽂은 대낚시를 강물에 드리운다. 투망질과는 달빛과 반딧불의 차이처럼 비교되지 못할 정도로 따분하다. 민물고기는 미끼에는 무관심한 듯 강바닥에서 노닥거리는 모양이다.

낚싯대를 드리우고 있어도 미끼임을 알아차리는 것처럼 물고기가 건드리지 않는다. 탄식을 하며 낚싯대를 바라보고 있을 때다.

산안개가 흘러들듯 면앙정에서부터 누군가 송순에게로 다가들고 있다. 처음에는 심드렁하게 여겼다가 점차 누구인지 궁금해진다. 송순의 머리가 돌연히 파도에 맞은 듯 멍해지는 느낌이다.

묘하게도 이때 낚싯줄을 간질이는 느낌이 파동처럼 밀려든다. 물고기가 미끼를 물었다는 느낌이 섬광처럼 밀려든다. 낚시를 물고기에 꽂듯 낚싯줄을 왈칵 채었다가 천천히 들어올린다. 물고기가 물렸음이 확실하다. 낚싯줄에는 손바닥 크기만 한 붕어가 세상을 흔들듯 파드득거리며 올라온다. 붕어 한 마리이지만 기다리던 결과물이기에 송순은 무척 기쁘다. 잡은 물고기를 살림망에 담아 물에 담근 뒤다.

송순이 궁금증에 휩싸인 듯 다가오는 사람을 눈여겨본다. 묘하게도 다가드는 사람의 체형이 대단히 눈에 익다. 안개가 걷히듯 얼굴을 식별할 거리에 이르렀을 때다. 다가온 사람은 정만종이다. 송순이 반가운 듯 쾌활한 목소리로 말한다.

"만종이 아냐? 조정에 있어야 할 사람이 어찌 담양까지 내려왔니?"

귀공자 풍도의 만종이 꽃이 피듯 활짝 웃으며 응답한다.

"시골에 내려와서 정자를 짓고 제자들을 기른다는 얘기를 들었어. 나도 네 제자나 될까 하고 와 봤어."

송순이 농담인 줄 알면서도 기쁘게 달려갈 때다. 서로 만나 반가운 마음에 얼굴이 불길처럼 상기될 지경이다. 이때 정만종이 세상을 가늠하듯 살림망을 들어 올려 살펴본다. 그러더니 살림망의 붕어를 향해 말한다.

"5년간 갇혀 있던 너를 석방해 주마. 잘 가거라."

말을 마치자마자 놀란 눈빛의 송순을 모르는 척하고 물고기를 놓아준다. 물고기가 반가운 듯 강물 속으로 헤엄쳐 달아난다. 이때 송순이 뭔가를 깨달은 듯 만종의 눈을 들여다본다.

빛살이 퍼지듯 만종이 요점을 추려 신속히 송순에게 들려준다. 만종이 정3품인 참찬관임을 먼저 밝힌다. 송순이 5년간 쉴 때에 계단을 오르듯 꾸준히 승진했던 모양이다. 만종이 보물 같은 인재를 활용하게 송순을 서용하도록 상소했음을 밝힌다. 11월 9일에 송순을 서용하라는 왕명이 천명처럼 내려졌다고 전한다.

여기까지 들었을 때다. 송순이 만종에게 감동의 불길이 전해지듯 말한다.

"아까 물고기를 놓아줄 때에 직감적으로 느꼈어. 정말 자네가 고마워. 장성의 평림호에서 처음 만났던 연분으로 이렇게 도와주어서 정말 고마워."

낚시 도구를 거두어들인 뒤다. 송순이 흥겨움을 추스르는 듯 만종에게 말한다.

"여기서 남쪽으로 2.3리 떨어진 곳에 내 집이 있어. 지금 함께 집으로 가서 술잔을 나누도록 하세."

"그래, 좋아. 이제 자네한테도 영예로운 나날이 펼쳐질 걸세. 미리부터 축하하네."

둘은 어깨를 나란히 하고 송순의 집을 향해 걸어간다.

이윽고 둘은 제국의 군왕들처럼 송순의 사랑방의 술상에 마주 앉는다. 갓 삶긴 문어가 발그레 취한 듯 안주로 놓여 있다. 문어는 둘 다 즐기는 안주다. 둘이 예를 표하듯 가볍게 고개를 숙였다가 술잔을 동시에 들이킨다. 송순은 만종의 우정에 감격하듯 고마워하는 기분이다. 참으로 인연은 묘하다는 느낌에 새삼 휩싸인다.

휘감기는 먹구름

5년간 흙에 묻히듯 파직된 상태에 있다가 겨우 복직된 송순이다. 1538년 1월 10일에 잠에서 깨어나듯 송순이 정4품인 응교(弘文館應敎)로 복귀했다. 1533년 7월 2일의 파직될 당시에는 정6품인 사간원 정언이었다. 초야에서 머물 동안에 벼랑을 오르듯 직위가 2품이나 오른 터다.

바람결에 떠밀리는 안개처럼 세월이 흘러 1539년 10월 하순에 이르렀다. 퇴청한 후에 3사내들이 새로운 둥지로 날아들듯 청계천의 음식점에서 만난다. 사내들이 찾은 곳은 성채처럼 우뚝 솟은 풍학정(風鶴亭)이란 2층짜리 음식점이다. 풍학정은 조정의 관리들이나 거상(巨商)들이 박쥐처럼 은밀히 출입하는 음식점이다. 퇴직한 거상(巨商)이 운영하는 집이어서 산채처럼 규모가 크다. 서울에서도 잘 알려진 대표적인 음식점이다. 음식점의 주된 종목은 민물고기 매운탕이다.

2층의 우측 귀퉁이에는 은밀한 벌집 같은 3곳의 밀실(密室)이 있다.

밀실은 주로 관리나 거상들이 밀회하듯 은밀히 이용한다. 밀실들 중의 하나를 송순이 자신의 방처럼 곧잘 이용한다. 송순만 나타나면 구름이 밀려들듯 56살의 주인인 허천수(許泉洙)가 밀실로 안내한다. 송순이 주로 이용하는 밀실은 '운중실(雲中室)'이다. 이곳 창밖으로는 청계천의 물줄기가 펼쳐진 손바닥처럼 훤히 보인다. 전망이 빼어나게 좋아 창밖만 내다봐도 마음이 안정되는 곳이다.

운중실의 원형 식탁에 3사내들이 마차의 바퀴살처럼 빙 둘러앉는다. 이들은 죽마지우처럼 절친한 송순과 나세찬과 정만종이다. 정만종은 종2품인 동지중추부사이고, 송순은 정3품인 승지이며, 나세찬은 종6품인 부수찬이다. 만종은 중국에 사신으로 다녀온 뒤에 벼슬이 하늘로 치솟듯 높아졌다.

밀실의 수용 인원은 6명가량이다. 셋이 원탁에 회의를 하듯 앉아 있을 때다. 점원들이 이어지는 물결처럼 음식을 나른다. 술과 음식이 배달된 뒤에는 점원들이 썰물처럼 물러간다. 밀실의 문을 꽉 닫고는 일행이 술을 따라 함께 마신다. 식사를 하면서 관심거리를 풀어 놓듯 이야기를 나누기 시작한다. 이들은 예전부터 친하게 지내었기에 사석(私席)에서는 말을 놓고 지낸다. 만종이 먼저 입을 연다.

"근래에 우리들 사이에도 꽤 커다란 변화가 생겼어. 송순이 5년간 파직되었다가 작년 1월에 복귀했어. 파직 당시의 정언에서 지금은 승지가 되었잖아? 세찬은 봉교로 재직하면서도 작년 9월의 대과에서 장원급제를 했어. 그래서 지금은 부수찬이 되었잖아? 나는 황후가 죽었기에 올해 진위사(陳慰使)란 사신으로 중국에 다녀왔어. 그 덕으로 지금은 동지중추부사가 되었어."

세찬이 조금 쑥스러운 듯 송순과 만종을 향해 말한다.

"두 사람은 이미 고관이잖아? 나 같은 종6품 관리와 어울리기에는 억울하지 않겠니?"

사전에 약속이나 한 듯 송순과 만종이 한 마디씩 내뱉는다.

"잘 나가다가 엉뚱한 소리를 하고 있어."

"억울하다면 우리를 업어 주겠니?"

만종이 술잔을 기울이면서 잿불을 들쑤시듯 일행에게 얘기한다. 1527년 2월에 발생된 '작서(炸鼠)의 변(變)'의 주범이 김안로(金安老)임이 드러났다. 불로 지진 쥐를 교수형의 죄인처럼 동궁 뜰의 나무에 매달았다. 쥐 곁에는 글이 적힌 생나무 판자가 벌판의 허수아비처럼 내걸렸다. 세자를 위협하려는 악의적인 행위로 여겨졌다. 조정이 발칵 뒤집혀져 강바닥의 바늘을 찾듯 범인을 찾으려고 애썼다. 범인이 밝혀지지 않자 엉뚱한 사람들이 오물로 둘러씌워지듯 혐의를 뒤집어썼다.

후궁인 경빈 박씨(敬嬪朴氏)가 의문의 진원인 듯 범인으로 지목되었다. 그리하여 이듬해에 아들인 복성군(福城君) 이미(李嵋)와 함께 사사(賜死)되었다. 1533년에는 정청에서 송순과 박홍린의 견해 차이가 흑백처럼 엄청나게 생겼다. 송순이 확인하듯 홍린에게 경빈 박씨의 행위를 직접 보았느냐며 물었다. 홍린이 불쾌한 표정으로 사방에서 쥐를 깨물려는 고양이처럼 송순을 헐뜯었다. 송순이 확인하려는 듯 물었는데도 언성을 높여서 자신에게 따졌다고 말했다.

홍린의 행위는 김안로에 의해 개처럼 조종된 처사였다. 대간들마저

얼간이들처럼 동조하여 1533년 7월에 송순이 파직되었다. 언쟁의 상대였던 홍린은 처벌되지 않았다. 언쟁이 생기면 분란의 근원을 차단하듯 둘 다 처벌해야 마땅했다. 그랬는데도 홍린만 무사했다는 것은 김안로의 조종을 받고 있었던 탓이다.

김안로는 아들인 부마의 권력을 미치광이처럼 남용하다가 대간들에게 논핵을 받았다. 1524년 11월에는 허공으로 튕기듯 경기도 풍덕으로 유배를 갔다. 먹이를 쪼듯 김안로를 논핵했던 사람들은 남곤(南袞), 심정(沈貞), 이항 등이었다. 1527년에 기둥이 내려앉듯 영의정인 남곤이 병으로 죽었다. 유배 중이면서도 먹잇감을 노리는 뱀처럼 김안로는 심정을 탄핵하려고 애썼다. 1530년에 김근사와 권예를 조종하여 심정을 논핵했다. 1531년에 심정은 사사되었고 김안로는 조정에 복귀했다.

복귀한 뒤로 충견처럼 허항과 채무택을 심복으로 두고 권력을 휘둘렀다. 1537년에는 개가 주인을 물듯 문정왕후(文定王后)의 폐위를 꾀하다가 발각되어 사사되었다. 이틀 뒤인 10월 29일에는 허항과 채무택도 사사되어 이슬처럼 스러졌다. 김안로의 추종자들도 발가벗겨지듯 차례차례 처벌되었다. 김근사는 1537년 10월 29일에 파직되어 도성에서 개처럼 내쫓겼다. 박홍린은 1538년 2월 20일에 흥양으로 유배를 갔다. 권예는 그 이튿날에 파직되어 고향으로 내쫓겼다.

밀실에서 세상의 맛을 음미하듯 식사를 마친 뒤다. 점원이 꽃냄새처럼 향긋한 국화차를 일행에게 갖다 준다. 국화차를 마시면서 만종이 말을 잇는다.

"송순은 지방에 머물러서 조정의 소식을 몰랐을 것이기에 얘기하는 거야. 복귀한 지 1년이 지났기에 지금은 내막을 잘 알았겠지만 말이야."

폭우처럼 거침없이 쏟아지는 만종의 얘기에 송순과 세찬은 귀를 기울인다. 언변뿐만 아니라 어감에서도 불길처럼 열정이 느껴지는 만종이다. 그랬기에 중국에 사신으로까지 파견되었던 모양이다.

유배지에서도 조정의 권신들을 조종한 김안로는 마귀처럼 집요한 인물이다. 박홍린을 수족처럼 꼬드겨 송순을 파직시켰다. 김근사와 권예를 동원하여 좌의정인 심정을 파직시켜 종적을 지우듯 죽였다. 아들인 김희(金禧)를 시켜 1527년에 작서의 변을 일으켰다. 중종의 후궁인 경빈 박 씨가 심정과 친하다는 것을 이용했다.

심정이 남곤과 홍경주와 함께 기묘사화를 일으킨 물귀신 같은 원흉이다. 남곤과 홍경주는 진상이 밝혀지기 전에 타고난 복처럼 수명대로 죽었다. 심정이 조정의 수목에 윤기를 부여하듯 후궁에게 꿀물을 적시게 했다. 꿀을 좋아하는 벌레를 개미 떼처럼 풀어서 나뭇잎을 갉도록 만들었다. '走肖爲王(주초위왕)'이란 글자가 새겨진 나뭇잎을 후궁인 박 씨가 중종에게 보여주었다. 조광조가 하늘을 바꾸려는 듯 사심을 품은 모양이라고 말하도록 시켰다.

친하다고 광기를 부리듯 설치는 통에 조광조를 경계하게 된 중종이다. 전국에 향약을 보급하는 일도 논에 물을 대듯 자유로이 허용했다. 천신의 영역처럼 신성한 왕의 관리 범위인 소격서도 혁파했다. 새로운 과거제인 현량과도 조정에서 수용했다. 그랬는데도 등극 기반이었던 공신들을 토담을 허물듯 공격하려고 하잖은가? 위훈이라는 명목으로 76명의 공신의 이름을 비늘을 훑듯 명부에서 삭제했다.

왕이 무한에 가까운 듯 양보했건만 조광조는 계속 요구할 움직임이었다. 통상적인 거래 관계가 아닌 일방적이고도 위압적인 요청에 가까웠다.

중종도 급기야 신진 사류에 대한 짜증이 구역질처럼 치밀어 올랐다. 세상 어디에서건 일방적인 거래란 없는 터였다. 왕이 연속적으로 바다처럼 엄청나게 양보하는데도 당연하게 여기지 않는가? 왕의 내면으로 두려움의 그늘마저 물그림자처럼 은은히 드리워졌다. 왕의 섬세한 기류 변화를 귀신의 후각처럼 파악한 훈구파들이었다. 심정은 당장 공훈이 삭제되어 피해를 입었다. 그는 남곤과 홍경주와 연합하여 조광조를 제거하려고 했다. 무고로 불길처럼 흉맹한 기묘사화가 일어났다.

많은 선비들이 유배를 갔거나 사사되어 가을의 낙엽처럼 목숨을 잃었다. 신진 사류들이 당한 커다란 피해였다.

조광조의 신진 사류가 기묘사화로 토담처럼 붕괴된 직후다. 남정과 심정과 홍경주가 진을 치듯 손을 잡고 실권을 휘둘렀다. 1527년에 남곤이 병사했다. 기다렸다는 듯 심정이 이항과 김극핍을 심복으로 삼고는 권력을 휘둘렀다.

유배지에서 조정의 상황을 그릇의 파편처럼 분석하던 김안로였다. 해안 조수의 방향처럼 2가지의 계책을 쓰기로 했다. 하나는 김근사와 권예를 동원하여 심정을 쥐를 잡듯 탄핵하는 일이었다. 다른 하나는 아들인 김희(金禧)를 시켜 작서의 변을 유발하는 거였다. 김안로가 의도했던 대로 심정은 절벽에서 추락하듯 유배지로 내몰려 사사되었다. 이항과 김극핍마저도 사사되어 이슬이 증발하듯 사라졌다.

김안로가 복귀하는 것은 태양이 떠오르듯 시간문제라 여겨졌다. 1531년에 김안로는 귀가하듯 조정으로 복귀했다. 이때부터 그는 허항과 채무택을 심복으로 삼고 권력을 휘둘렀다. 게다가 부마의 아버지였기에 배경이 돌다리처럼 든든했다.

국화차까지 마친 뒤다. 일행이 풍학정에서 흩어지는 새들처럼 빠져나와 청계천의 천변을 걷는다. 잠에서 깨어나듯 일행은 대화를 나누면서 술에서 깨어나려고 한다. 다들 취기가 올라 얼굴이 저녁놀처럼 불쾌한 상태다. 만종이 일행을 향해 말한다.

"여기는 밀실이 아니기에 각별히 말을 조심해야 해. 혹시 누가 엿들을지도 모르잖아?"

만종의 말에 송순과 세찬이 새처럼 고개를 끄떡여 동의한다. 바다처럼 탁 튄 천변 길을 걸으며 만종이 말한다. 송순과 세찬이 귀를 기울여 듣는다.

"기묘사화를 일으켰던 심정은 김안로 일파에게 죽었어. 김안로 일파는 왕과 현재의 관료들에게 논핵을 받아 제거되었어."

귀를 기울이던 세찬이 뭔가를 떠올리듯 입을 열어 말한다.

"5년 전인 1534년 10월 29일의 일이었어. 궁궐에서 자주 대책(對策)을 발표시키곤 했어. 있는 그대로의 생각을 대책에 썼는데도 논핵을 받아 난리가 났어. 주위로부터 그런 일을 겪으니까 만정이 다 떨어졌어."

송순이 안타깝다는 듯 곧바로 응답한다.

"그때라면 내가 담양으로 내쫓겨 가 있을 시기로군. 있는 그대로를 얘기했는데도 곤욕을 당하는 사회라면 문제가 있지 않을까?"

세찬이 그때의 일을 가슴 아픈 듯 얘기한다. 송순과 만종이 귀를 기울인다. 임금이 그물을 던지듯 신하들에게 2개의 책 제목(策題目)을 제시했다. 제목에 맞추어 쓴 글을 제출하는 거였다. 문제가 된다고 지적받은 글의 부분은 다음과 같다.

오늘날 조신들은 '도를 같이하는 자끼리 벗을 삼는다.'고 하면서 뭉친다. 당파에 치우친 소견을 품고 서로 배척하기에 겨를이 없다. 한직(閑職)에서 원한을 품은 자들은 뒷날 분란의 불씨가 될지도 모른다. 전하께서 바르지 못한 자들의 마수에 떨어지지 않기를 바란다. 그런 일이 벌어지면 조정은 불화(不和)하는 데만 그치지 않을 것이다.

책문이 궁궐에 들어가자마자 의미를 분석하듯 관료들이 세찬의 글을 읽었다. 글의 내용이 칼로 겨누듯 공격적이라고 느낀 사람들이 사방에서 수군대었다. 위기감을 느낀 듯 그 날의 정청(勤政殿)에서 사헌부가 임금에게 말했다.

"이 말은 갑자기 나온 것이 아니라고 생각되옵니다. 가슴속에 품고 있은 지가 하루 이틀이 아닐 것이라 여겨지옵니다. 전하를 가깝게 모시는 처지에서 책문(策問)을 이용하여 속내를 토설했다고 사료되옵니다. 사특한 말을 함부로 내뱉어서 주변의 신료들에게 겁을 주었사옵니다. 상하의 신분에 무관하게 겁을 주어서 불안스런 분위기를 조성했사옵니다. 전지(傳旨)를 내려 추고하여 죄를 정하게 하소서."

11월 5일에는 삼사의 대간들이 중종에게 까치 떼처럼 몰려들어 상소했다. 세찬을 파직시키는 데 그치지 말고 중벌을 내려야 한다고 외쳤다. 하지만 왕은 말했다.

"임금이 문제를 내고 거기의 응답자를 처벌한다면 이상하지 않겠는가? 파직시킨 것만으로도 징벌이 가해졌기에 더 이상 거론하지 말도록 하라."

대책을 제출한 지 엿새 만에 세찬이 끈이 잘리듯 파직당했다. 김안로 일파의 권세가 조정을 독무처럼 짙게 뒤덮던 시기였다. 세찬에게도 김안로의 입김이 작용했는데 중종이 애써 조절했다. 김안로 세력은 역류하는 물줄기처럼 왕에게 부담을 주려고 계속해서 상소했다. 격류에 휘말린 물줄기처럼 12월 7일에는 세찬에게 유배의 형벌이 부여되었다. 1537년 10월 27일에는 운명이 바뀌듯 왕명이 승정원으로 내려졌다. 김안로가 사약을 받아 숨진 날이었다. 나세찬을 방면하라는 교지였다.

대책의 문구로 세찬이 3년간 유배지에서 헌 신짝처럼 내팽개쳐졌다. 유배지로 떠나기 전까지 6번이나 자존심을 박탈당하듯 형신(刑訊)을 받았다. 형신이란 종아리를 때리면서 황태를 까발리듯 범죄 사실을 추궁하는 행위였다. 선비의 자존심을 짓뭉개듯 6차례나 혹독한 형신을 가한 사유가 있었다. 신생아 같은 초임 관리인 세찬이 조정의 분위기를 모르리라고 판단했다. 그래서 누구인가 세찬에게 조정의 분위기를 말한 배후자가 있으리라고 여겼다.

송순을 배후자라고 여긴 듯 혹독한 형신이 가해진 모양이다. 세찬에게서는 배후자가 있다는 말이 끝내 없었다. 죽음마저도 각오한 듯 결연한 의지가 드러났기에 형신을 중지했다. 중종에겐 대나무처럼 올곧은 성품의 세찬이 예사롭게 보이지 않았다. 그러다가 김안로가 사사되던 날에 세찬을 방면하라는 왕명을 내렸다.

청계천 천변에는 어스름이 광막하게 펼쳐진 안개처럼 자욱이 내려 깔렸다. 송순과 만종이 세찬을 향해 한 마디씩 격려해 준다. 만종이 먼저 세찬에게 말한다.

"왕의 질문에 대답한 글로 3년간 고초를 겪었다니 가슴이 아프네. 하지만 자네는 탁영시의 장원급제로 재차 두각을 나타내었잖아? 앞으로 승승장구하리라 믿네."

송순도 세찬을 향해 격려하듯 말한다.

"모든 것이 죽은 김안로 탓이었어. 자네는 나보다도 12일이나 먼저 서용하라는 왕명이 내려졌잖아? 게다가 재차 과거에 도전하여 장원급제까지 하지 않았는가? 자네야말로 인재이기에 두고두고 왕이 소중하게 쓸 걸세."

청계천 가에는 미루나무와 수양버들이 갈대숲처럼 많이 우거진 터다. 노란색과 갈색의 단풍으로 물든 나뭇잎이 바람결에 그리움을 속살대듯 흐느적거린다. 직위를 초월하여 셋이 천변을 거닐지만 마음이 흩날린 물거품처럼 공허하다. 이들의 가슴으로 심정의 패거리와 김안로의 무리가 스러진 허망감이 밀려든다.

오늘의 친구가 내일은 어떻게 변할지 모르는 세상이다. 셋의 우정을 끝까지 소중히 하자고 천신에게 맹세하듯 다짐한다. 주변이 진한 먹물을 푼 듯 캄캄해졌다. 각자 헤어져 귀가할 시점이다. 셋은 곧장 어두움 속으로 각각 뿔뿔이 흩어진다.

세월은 쏟아지는 폭포의 물줄기처럼 흘러 1542년 5월 하순이다. 쉬는 날이라 송순이 매가 하늘을 날듯 담양의 상덕마을로 향한다. 아침에 전주에서 마차로 바람을 가르듯 출발했다. 송순은 지난 5월 15일에 전라도 관찰사로 부임했다. 담양은 전주에서 남쪽으로 180리만큼 떨어져 있다. 상덕마을에서는 아내가 환자를 간호하는 의녀(醫女)처럼 송순의 어머니를 돌보고 있다. 송순이 전주로 내려오면서부터 아내가 송순의 어머니를 보호하듯 담양에 머물렀다.

담양에서 몸이 불편한 어머니를 햇살처럼 포근하게 돌보려는 취지였다. 송순이 마차에서 창밖을 내다보며 과거의 시간을 써레질하듯 떠올린다. 1539년과 1540년까지는 왕명을 빛살처럼 신속히 전하는 승지로 일했다. 1540년 8월 7일에는 경상도 관찰사로 부임했다. 송순이 벼랑을 거슬러 오르듯 최초로 2품 벼슬에 올랐다. 1541년 10월 28일에는 사간원 대사간에 임명되었다. 지혜를 거울처럼 맑히는 사간원 최고의 직위였다. 같은 해의 12월 19일에는 사헌부의 대사헌이 되었다.

1542년 4월에는 노모의 병간호를 위해 사직하겠다고 애절함을 쏟듯 상소했다. 그랬더니 1542년 5월 15일에는 전라도 관찰사에 임명되었다.

점심나절의 햇살이 송곳날처럼 예리하게 박힐 때다. 2시진이 걸려서 담양에 도착했다. 송순이 안방의 어머니를 찾아 그리움을 내풀듯 문안 인사를 한다.

"어머니, 해관이 애비예요. 몸이 좀 어떻습니까?"

송순이 진맥하듯 어머니의 이마에 손바닥을 갖다 댄다. 별로 열은 느껴지지 않는다. 하지만 기력이 많이 쇠진해 보인다. 송순의 어머니가 송순을 향해 말한다.

"바쁠 텐데 먼 걸음을 했구나. 그간 너도 잘 지냈니? 몸이 아프니까 네가 많이 보고 싶더구나."

송순이 어머니의 등을 흐르는 물결처럼 부드럽게 주무른다. 그의 어머니가 만족한 듯 미소를 머금으며 말한다. 송순의 아내한테 점심상을 차리라고 지시한다. 송순의 아내가 반가운 정감을 드러내듯 점심상을 차리려고 준비할 때다. 마부가 말을 마구간으로 데려가 끓인 여물을 듬뿍 먹인다. 송순 가족과 살가운 듯 어울려 마부도 식사를 끝낸다. 마부와 말은 감영에 소속된 터이기에 송순이 감영으로 돌려보낸다. 금세 마차와 마부가 스러지는 안개처럼 시야에서 사라진다.

50살의 송순이 안채에서 73살의 어머니와 대화를 나눈다. 송순의 어머니가 송순에게 마음을 비운 듯 허허롭게 말한다.

"나이가 드니 천리(天理)를 거스를 수가 없더구나. 어디가 특히 아프거나 결리지는 않지만 전신에 기력이 자꾸만 떨어지구나. 그래도 이 정도면 나이에 비해 괜찮은 상태가 아니니?"

송순이 그의 어머니를 향해 소담스러운 그리움을 풀어 놓듯 말한다.

"어머니, 벼슬도 그만두고 어머니를 보살펴 드려야 마땅한데 쉽지가 않사외다. 대사헌이었을 때에 관직에서 물러나겠다고 상소했어요. 그랬더니 제게 관찰사 직함을 맡겨 주었사외다. 보다 어머니를 자주 뵙게 되어서 다행이라 여깁니다."

송순의 어머니가 고맙다는 듯 송순의 손을 소중히 감싸 쥔다.

송순이 미시(未時) 무렵에 둥지로 날아드는 새처럼 저잣거리의 한의원으로 찾아든다. 공든 탑을 쌓듯 한 달치의 어머니의 한약을 짓는다. 귀가해서는 약탕기에 한약을 넣고 정성을 쏟듯 직접 끓인다. 아내는 며느리로서 시어머니의 시중을 들고 있다. 약 탕기에서 배출되는 향내가 실내를 실연기처럼 뒤덮는다. 며칠 전에는 모자(母子)가 한의원을 찾아서 어머니의 진찰을 받았다. 기력이 좀 약해졌을 뿐 다른 질환은 없다는 진단을 받았다. 송순이 액운을 피한 듯 무척 다행이라 여겼다.

당시에는 약재가 갈라진 논바닥의 습기처럼 부족해서 약을 짓지 못했다. 그랬기에 급한 마음을 추스르듯 며칠을 기다려 오늘에야 한의원을 찾았다. 향긋한 한약의 냄새가 정신까지 정화시키는 듯 안채를 뒤덮는다. 한약을 사발에 따라 송순이 어머니에게 건넨다. 어머니가 마음이 흡족한 듯 미소를 머금으며 한약을 마신다. 그 나이에도 수줍은 듯 미소를 살짝 띠며 송순에게 말한다.

"네가 의원이 되었다면 많은 사람들의 수명이 연장되었을 것 같구나. 네 정성이 깃든 약이라 정말 흡수도 잘 되는 느낌이야. 너무 마음이 편안하고 기분이 좋아."

송순이 어머니의 말에 가슴에 구멍이 펑 뚫리는 듯 감격스럽다. 나라의 일을 하느라고 조정을 들락거리는 동안 어머니의 기력이 약해졌다니? 아들이 달여 준 약에 가슴이 젖어들듯 감동하는 어머니라니?

'어머니, 제가 정말 죄인이옵니다. 곁에서 따뜻이 보살펴 드리지도 못하고 외곽에서만 빙빙 돌아서 말입니다.'

담양에 머문 지 이틀째의 점심나절에는 송순이 소쇄원으로 찾아간다. 급제하고서도 조정에서 배척당한 듯 관직에 오르지 못했던 양산보다. 급제한 해에 조광조가 사망하여 꿈이 상실된 듯 벼슬살이를 포기했다. 양산보는 조광조를 태양 같은 스승으로 섬기고 지도를 받았다. 기묘사화로 스승이 죽자 세상에 크게 충격받은 듯 염증을 느꼈다. 연못의 물처럼 풍성한 선대의 재산으로 벼슬하지 않아도 어려움이 없다.

송순이 외종동생인 양산보를 대할 때다. 송순보다 10살 연하임에도 세상에 초연한 듯 품격이 단아하게 느껴진다. 소쇄원은 예전보다 치밀하게 조성된 듯 단아하게 가꾸어진 상태. 원림 내부를 벌집처럼 치밀하게 가꾼 점이 눈에 확연히 드러난다. 두 군데의 연못에 물을 저장했다가 물을 내뿜듯 방출하는 장치가 돋보인다. 기다란 나무 홈통을 따라 물이 물뱀처럼 빠져 나가게 만든다. 연못에 저장되었다가 빠져 나가는 물이 물레방아에도 연결되어 있다.

물레방아가 돌 때마다 곡물이 빻기는 소리가 연막처럼 터진다. 물레방아를 거친 물은 하부에서 폭포수가 되어 썰물처럼 빠져 나간다. 길손을 맞는 광풍각(光風閣)이란 정자에 양산보와 송순이 나그네처럼 마주 앉는다. 둘 사이에 술상이 친밀한 공간을 제공하듯 놓여 있다. 술

안주로는 인근의 하천에서 잡힌 물고기들로 만들어진 매운탕이다. 송순이 술잔을 기울이며 산보에게 말한다.

"자네는 정말 대단하네. 이 넓은 공간을 오밀조밀하게 가꾸어 놓았으니 말일세. 출입하는 문객들의 시도 받아서 누각에 진열하면 운치가 있으리라 여겨지네."

산보도 미풍에 너울대는 작약처럼 미소를 머금으며 응답한다.

"우선 형님의 시부터 한 수 읊어 주시죠. 다음에 오실 때에는 광풍각에 걸어 놓겠소이다."

송순이 고공을 선회하는 매처럼 한동안 담양에서 어머니를 보살폈다. 그러다가 녹은 얼음 조각이 떠밀리듯 세월이 성큼 흘렀다. 1547년의 초여름인 5월 보름에 들어섰다. 햇살에는 새싹처럼 부드럽고 따스한 기류가 실려 있다. 사흘 전에 송순은 판결사에서 첨지중추부사로 징검다리를 건너듯 제수되었다. 판결사와 첨지중추부사는 같은 직위인 정3품이다.

조정에서 임금과 마을의 이웃처럼 가까이에서 일하게 된 터다. 언행을 산짐승이 벼랑을 타듯 조심해야만 하는 입장에 처해졌다. 새로운 직책을 맡았기에 퇴청하고는 기쁨을 나누듯 친구들과 모이기로 약속했다. 청계천의 풍학정에서 몰려드는 학처럼 모이기로 한 터다. 낮시간이 갯벌에서 벗어나는 썰물처럼 흘러간 뒤다.

송순이 풍학정으로 발걸음을 옮기며 물결처럼 밀려드는 생각에 잠긴다.

'쓸데없이 권력을 휘두르려고 애쓰는 인물이 없는 요즘이 평화로운 시기야. 다시는 심정이나 김안로 같은 무리가 생겨서는 안 돼. 내가 모르는 사이에 유사한 세력이 만들어지는지는 모르겠지만.'

청계천 일대에 석양의 잔영이 해당화의 색채처럼 곱게 드리워진 시점이다. 청계천 풍학정의 밀실로 3사내들이 해변의 밀물처럼 들어선다. 그들은 송순과 정만종과 나세찬이다. 궁궐에서는 따로 나왔다가 천변에서 만나 음식점으로 흘러드는 안개처럼 이동했다. 점원이 음식과 술을 탁자에 배열하고 문을 닫고 나간 뒤다.

송순이 술병을 들어 술병에 의미를 부여하듯 일행에게 따르면서 말한다.

"청계천에서의 우리의 모임도 참으로 뜻이 깊다고 생각되네."

종2품의 예조참판인 정만종이 자신도 동의한다는 듯 응답한다.

"뜻이 깊지 않을 수가 없지. 지방으로 부임하거나 유배를 가면 만나기가 어렵잖아?"

종2품의 한성부 좌윤인 나세찬도 모란이 피어나듯 활짝 웃으면서 말한다.

"언제 지방으로 내려가거나 유배당할지 아무도 모르잖아? 그래서 청계천에서의 모임이 정말 소중하게 여겨져."

오랜만에 셋이 만나서 세상의 얘기를 새의 활갯짓처럼 툴툴 털어놓는다. 셋은 알고 지낸 지가 오래되어 어떤 소재로도 대화가 자유롭다.

만종이 한없이 즐거운 듯 쾌활하게 입을 연다.

"풍학정에서 처음 만날 때만 해도 세찬이가 제일 직위가 낮았지? 그랬는데도 지금은 같은 종2품이고 송순 자네가 제일 말단이 되었군."

송순이 샘물처럼 맑은 미소를 짓더니 일행에게 말한다.

"전라도 관찰사였을 때의 직위는 나도 종2품이었어. 다른 사람 같 았으면 조정에 들어오면서 승진했을 텐데 나는 강등되었어. 원래 나 의 품격이 이 정도밖엔 안 되나 봐."

송순의 말에 일행이 자지러질 듯 깔깔거리며 웃는다. 지붕에 앉은 새처럼 세인들의 관심이 되었던 이야기를 만종이 풀어낸다. 9년 전인 1538년 10월의 1일에 벌어진 일이었다. 임금이 의정부 관원들과 정 승과 판서들을 정청으로 위급한 듯 불러들였다. 그러고는 그들에게 똥물을 끼얹듯 돌연한 얘기를 꺼냈다. 왕위를 세자한테 물려주고 싶 다고. 24살인 세자의 품격이 빼어났기에 양위하고 싶다고 들려주었 다. 대신들이 들끓는 솥의 미꾸라지처럼 펄쩍펄쩍 뛰면서 반대했다.

왕이 건강하기에 양위할 만한 요인은 무시할 듯 없다는 견해였 다. 왕의 얘기는 물거품이 터지듯 슬그머니 스러졌다. 신하들은 괜한 트집을 안 잡히려는 듯 언행을 조심했다. 그때부터 6년이 지난 뒤인 1544년 11월 15일에 중종이 사망했다. 30살에 왕위를 물려받은 인 종은 저승의 호출을 받듯 31살에 병사했다. 1538년에 왕위에 올랐더 라면 7년간은 왕이 되었을 뻔했다.

일행이 개미의 동작처럼 부지런히 술잔을 나누면서 이야기를 주고 받는다. 송순이 일행을 향해 말한다.

"전체적인 삶으로 보면 중종은 덕을 지닌 인물이었어. 6년을 앞당 겨 전위할 것을 내비친 점만 봐도 대단한 사람이야. 단점이 없는 사람이 없듯 중종의 판단력은 둔했던 것 같아. 그 바람에 죄 없는 사람들이 기묘사화로 억울하게 피해를 당했잖아?"

만종도 둥지를 잃은 새처럼 허탈한 표정으로 쓴웃음을 지으며 응답한다.

"누구든 합리적으로 판단하기란 어려울 거야. 거짓말이 참말 이상으로 여겨질 때가 누구에게든 생길 수도 있잖아? 작정을 하고 거짓말을 하는 사람들은 얼마나 자료를 충실히 준비했겠어? 누가 들어도 솔깃할 정도였기에 왕까지도 속아 넘어갔겠지?"

세찬이 이해하기가 버겁다는 듯 괴로운 표정을 지으며 말한다.

"판단력도 판단력이지만 중요한 것은 심리적인 변화가 문제라 여겨져. 초기에는 신진 사류들의 말에 귀를 기울이다가 훈구파로 마음이 기울어졌잖아? 다들 잘 알고 있을 텐데도 신변상의 문제로 말하지 않잖아? 우리 셋이 다 파직당했던 씁쓸한 기억을 안고 있잖아? 업무에만 전념해도 피곤할 지경인데 예상치 못하게 파직되어 내쫓기잖아? 벼슬아치가 뭔지 유배형까지 고려하면서 일한다는 게 한심할 때가 많아."

송순의 머릿속으로 강한 소용돌이처럼 상념의 물결이 휩쓸려든다.

'오늘 풍학정에 들렀어도 내일이면 어떻게 될지 모를 일이야. 어쨌든 주변에 원성을 사는 일이 없도록 처신을 조심해야겠어. 이런 마음을 지녔을지라도 대간으로 임명되면 남들의 잘못을 들추어내어야 하잖아? 잘못이 들추어진 사람들은 누구든 악감을 품지 않을 수가 없잖아? 하여간 세상은 복잡하여 갈피를 잡을 수가 없을 지경이야.'

늪에 잠기듯 이야기에 심취해 있다가 주변이 캄캄해져서야 셋이 헤어진다.

급류에 휩쓸려 내려가는 나뭇잎처럼 빠른 세월이다. 1548년 4월의 중순이다. 개성 유수인 송순이 육방관속에게 대나무를 자르듯 업무를 지시한 뒤다. 아전들이 허리를 굽실거리면서 해당 관서로 썰물처럼 빠져 나간다. 마음을 어루더듬듯 관비가 대추차를 들고 온다. 관비가 빠져 나가자 등받이에 등을 기대고 천천히 차를 마신다. 조금 전까지 애를 먹였던 호방 김필채(金弼採)의 말이 슬그머니 밀려든다.

"사또 어른, 한강에 인접한 개풍 평야에 가뭄이 엄청나게 심하외다. 논바닥이 거북 등처럼 쩍쩍 갈라져서 벼가 다 시들어 버렸사옵니다. 최소한 논이란 논에는 물을 공급해야 할 처지이외다."

먹잇감을 노리는 매처럼 송순이 지하수 탐지꾼들을 기다리는 중이다. 40대 중반의 세 명의 사내들이 이방과 함께 해변의 밀물처럼 집무실로 들어선다. 송순이 그들을 배려하듯 맞은편 탁자 주변에 앉힌다. 50대 초반의 이방인 허태준(許泰俊)이 먼저 말을 꺼낸다.

"사또 어른, 이들이 개성에서는 지하수를 제일 잘 찾는 사람들이옵니다."

송순이 만족스럽다는 듯 미소를 띠며 이방을 향해 말한다.

"제 때에 사람들을 데려와 주어서 고맙소이다. 이제 나가서 볼일을 보셔도 좋소이다."

키가 큰 사내가 조건을 제시하듯 신중히 말한다.

"논가에는 지하수가 분출되는 곳이 많사옵니다. 넉넉잡고 열흘만 기간을 주면 충분히 찾을 수 있나이다."

송순이 권위의 불길이 날름대듯 근엄한 목소리로 사내에게 말한다.

"백성들이 굶느냐 사느냐가 달린 일이오. 말에 책임을 질 수가 있소이까? 허튼말을 하면 형옥에 갇힐 수가 있소이다."

나머지 2명의 사내들도 위기감을 느낀 듯 경황없이 소리를 내지른다.

"저희들이 왜 거짓말을 하겠사옵니까? 그 정도면 충분하옵니다."

"그 기간이면 몇 군데라도 더 찾을 수 있사옵니다."

지하수 탐지꾼들을 만난 지 보름이 빛살처럼 훌쩍 지났을 때다. 개풍 평야의 논가의 다섯 군데에 농민들이 연못을 조성하듯 구덩이를 판다. 송순과 육방관속들이 현장에 나가 지켜본다. 이윽고 5군데의 구덩이를 통해 지하수가 돌출하는 맹수처럼 맹렬하게 분출한다. 송순이 호방을 불러 지시한다.

"웅덩이를 훨씬 깊게 파고 웅덩이마다 용두레를 설치하도록 하시오."

송순이 이번에는 이방에게 관권을 부여하듯 불러서 지시한다.

"지하수 탐지꾼들에게 삯을 지불하시오. 또한 웅덩이 공사에 동원된 모든 백성들에게 품삯을 지불하시오."

징검다리를 건너뛰듯 며칠이 성큼 지난 뒤다. 개풍 평야의 논이란 논엔 물이 실려 벼가 알차게 자란다. 백성들이 저마다 송순을 떠받들 듯 치하하기 바쁘다.

폭풍에 떠밀리는 구름 조각처럼 세월이 성큼 흘렀다. 1550년 1월에 송순은 의정부의 상징 같은 종2품인 동지중추부사에 제수되었다. 개성 유수로 활약한 공로를 공들인 탑처럼 인정받은 터다. 소매가 닿을 듯 가까운 거리에서 임금과 접촉하게 된 송순이다. 한편으로는 좋으면서도 다른 한편으로는 불안해진 송순이다. 조정 신하들의 시선이 밀정의 눈빛처럼 두려워지는 터다. 마음에 안 맞아 상대를 공격하려고 논핵하려는 무리들이 많은 탓이다.

같은 해 3월에는 비슷한 배로 갈아타듯 종2품인 이조참판으로 제수되었다. 여전히 송순은 빙판에서 몸을 사리듯 언행에 조심하는 터다. 송순의 마음과 무관하게 세월은 바람결에 나부끼는 깃털처럼 잘도 흐른다. 바람결에 자신의 마음을 내쏟듯 송순이 과거의 일을 더듬어 본다.

1549년에 매가 날듯 송순이 개성으로부터 조정으로 복귀하면서 대사헌이 되었다. 사헌부 최고의 직위였다. 숱한 사람들이 권력의 상징처럼 여기는 대사헌이 된 송순이었다. 이 무렵에 이기(李芑)는 영의정의 직위에 있었다. 이기와 진복창(陳復昌)과 이무강(李無疆)이 들개들처럼 똘똘 뭉쳐서 정권을 휘두르고 있었다.

당시에 송순이 물에 빠진 사슴처럼 머리를 갸웃대며 생각에 잠겼다.

'기묘사화를 일으켰던 원흉이 남곤, 홍경주, 심정이었잖아? 남곤과 홍경주가 죽은 뒤엔 심정이 권력의 괴수가 되었어. 이항과 김극핍을 심복으로 삼아 마구 권력을 휘둘렀잖아? 이들 다음 순번으로 나타난 세력이 김안로, 허항, 채무택이었어. 그 다음 차례가 이기, 진복창, 이무강인 모양이야.'

정권을 휘두르던 무리들은 후속 세력에 의해 죽음을 당하기 마련이었다. 이런 상황을 회전하는 물레방아를 바라보듯 지켜봐 온 송순이었다.

1550년 3월 중순에 송순이 이조참판으로서 역량을 발휘하듯 일할 때다. 이기와 진복창과 이무강과의 관계가 이해하기가 버거울 듯 떨떠름하게 여겨진다. 작년에 송순이 대사헌으로 일할 때였다. 그의 의지를 사헌부 간원들에게 밝혔다.

"요즘 누군가 예전의 김안로처럼 심복을 거느리고 권력을 휘두르려는 모양이야. 나쁜 궤적을 다시 밟지 않도록 해당자들을 강력하게 논핵할 거야."

이 말이 이기한테 은밀한 파동처럼 전해졌으리라 여겨진다. 진복창은 이기의 권력을 통하여 초옥을 짓듯 대사헌을 꿈꾸었다. 송순이 먼저 대사헌을 차지하자 마음속으로 이를 간 모양이다. 공격해 들어오는 미세한 파동에 송순이 떨떠름해진다.

1550년 5월 15일의 일이었다. 구수담, 송순, 허자, 이준경, 이윤경이 함께 대간들로부터 논핵을 받았다. 불안스럽게 여기던 일이 알몸을 노출하듯 구체적으로 드러난 거였다. 논핵받은 사유를 송순이 마음을 까발리듯 세밀하게 분석한다. 사간원과 사헌부 내에는 친한 사람들도 구름처럼 깔려 있다. 그들을 통하여 맨손으로 독사를 움켜쥐듯 조심스럽게 알아낸 내용이다. 우려했던 세력에게 공격당했다는 느낌이 먹구름처럼 확연히 밀려든다. 그 세력이 힘을 썼다면 막을 길이 없으리라 여겨진다.

논핵을 받던 날에 기다렸다는 듯 처벌 명령이 내려졌다. 구수담과 허자는 집에서 내쫓기듯 관작이 삭탈되고 문외 출송(門外黜送)당했다. 평민으로 내몰리듯 이준경, 송순, 이윤경의 관작이 삭탈당했다. 이 처벌 결과를 들은 순간이다. 황태를 까발려 들여다보듯 원인을 분석하고 싶었다. 생각과는 달리 미칠 듯 격분이 솟구쳤다. 다만 남들이 눈치채지 않게 하느라고 애를 썼다.

장검을 들고 화살처럼 날아가 이기의 목부터 자르고 싶었다. 후환을 차단하듯 진복창과 이무강의 숨통도 끊어 버리고 싶었다. 글을 태양처럼 숭상하는 선비라서 장검은 비밀리에 체력 단련용으로만 지녔다. 하여간 이기 일파는 처치하고 싶었다.

처벌을 받자 지하로 떨어지듯 고신부터 이조에 반납해야 했다. 의금부에 구수담, 송순, 허자, 이준경, 이윤경이 물고기처럼 갇힌 터다. 조만간 유배 명령이 떨어지리라 예견된다.

마음을 날려 보내듯 아내한테 서한을 전해 달라고 의금부에 부탁한다. 자신이 투옥되었으니 아내한테 담양으로 내려가라는 내용이 핏물처럼 배어든 서신이다. 자신이 투옥되었다면 아내가 폭죽이 터지듯 울음을 터뜨리리라 예견된다. 조심한다고 노력했는데도 시궁창에 처박히듯 관직에서 내쫓기다니? 정만종과 나세찬이 면회 오는 것도 두려워진다. 의금부에서 그물을 씌우듯 그들마저 송순과 연루시킬지 겁이 나는 탓이다.

'그런데 나는 왜 이 모양인가? 왜 나를 그냥 내버려 두지 못하는 걸까? 왜? 왜 나냐고? 벌써 두 번째의 파직이 아닌가? 상대한테 아무런 보복도 하지 못한 채 관직에서 물러나야 하다니?'

알곡에서 돌을 골라내듯 원인을 분석해 본다. 변고를 전하듯 집의 아내한테 연락을 취해야 한다. 논핵 받아 파직된 생쥐처럼 초라한 죄인이 아닌가? 하옥된 처지여서 의금부의 관원에게 아쉬운 부탁을 한다. 집으로 보내는 서간을 전해달라고.

　의금부 내의 관원들이 물결처럼 밀려들어 의논한다. 하옥된 모든 사람들의 서간을 집으로 전해주겠다고 알려 준다. 자꾸만 송순의 눈시울이 불에 덴 듯 뜨거워진다. 왕의 판단 능력까지 마비시킨 이기 일파가 증오스럽기 때문이다.

가야금을 벗하여

1550년 5월에 논핵을 받아 낙엽이 지듯 파직된 송순이다. 아내에게 보내는 서간을 의금부의 관원이 전서구처럼 전해 주었다. 서간문의 내용은 간결하게 적혔다.

부인, 예상치 못했던 일로 의금부에 하옥되었소이다.
곧장 담양으로 내려가 고향의 땅을 잘 보살펴 주시오.
모든 것은 천운에 달려 있으리라 여겨지외다.
상봉할 때까지의 기간이 오래 걸릴지도 모르겠소이다.
모쪼록 건강하게 잘 지내기를 바라외다.

파직되고는 벼랑으로 내몰리듯 송순이 충청도 서산의 유배지로 떠났다. 7월 20일에는 죄질이 높다는 듯 함경도의 순천으로 유배지가 옮겨졌다. 경계를 긋듯 현령이 지정한 배소에서 생활해야만 한다. 식량과 연료는 물줄기를 흘려보내듯 현령이 관노를 통해 공급한다. 배소에 든 죄인의 생활은 나비가 춤추듯 자유로운 편이다. 배소 내에서 독서를 하거나 학문을 연구해도 좋다. 게다가 지역의 영재를 제자로 맞아서 가르쳐도 된다.

취중에 옷을 마구 벗듯 무단으로 배소를 벗어나서는 안 된다. 배소의 지형을 마차를 타고 둘러보듯 지도로 살펴본다. 순천은 강풍에 구름이 떠밀리듯 평양의 북서쪽으로 120리만큼 떨어져 있다. 순천의 북쪽에는 개천군이, 남쪽에는 평성군이, 동쪽에는 은산군이 펼쳐져 있다. 순천의 서쪽으로는 숙천군이 있고 숙천을 지나면 서해에 이르게 된다. 순천의 남북을 물길로 연결하듯 가로지르는 하천은 대동강이다. 대동강은 평양을 거쳐 남포에서 서해와 긴 여정을 자축하듯 마주친다.

순천의 동쪽과 서쪽으로는 기다란 산맥이 병풍처럼 나란히 내뻗어 있다. 두 줄기의 산맥 사이로 대동강이 활보하듯 흐르는 지형이다. 강변 서쪽에 남북으로 기다란 융단처럼 내뻗은 평야 지대가 순천이다. 산자락에 자리 잡은 배소의 앞으로는 대동강이 흘러간다. 기다란 산야를 통과하는 강이기에 유량도 홍수의 유량처럼 풍부한 편이다. 순천은 북서쪽으로 300리 떨어진 선천과 쌍벽을 이루듯 유명한 배소이다. 중죄인들이 주로 유배형으로 들락거리는 곳이기도 하다.

생필품과 땔감과 양식은 새가 먹이를 나르듯 관노들이 정기적으로 공급한다. 밥을 짓고 군불을 때는 일은 자신의 본업처럼 송순이 행한다. 강이 마당만큼의 거리처럼 가까워 빨래를 하기에도 불편하지 않다. 귀양살이이지만 성실하게 생활하려고 애쓰는 송순이다. 송순이 저녁밥을 먹고는 배소를 나그네처럼 천천히 둘러본다. 배소는 3칸 초가(草家)와 창고 건물로 이루어졌다. 배소 둘레에는 토담이 성곽처럼 둘러쳐져 있다. 창고에는 땔감과 농기구가 들어 있다.

초가의 중앙에는 세상의 중심처럼 침실이 놓여 있다. 방의 동쪽에는 부엌간이 위치한다. 침실 서쪽에는 내방객을 접견하는 방이 민가의 사랑방처럼 마련되어 있다. 침실에는 깨끗이 빨린 이불과 요가 갖춰져 있다. 등잔과 등잔대까지 말끔히 준비되어 있다. 현령이 배소 관리를 꼼꼼히 하는 듯 관노들이 열성적이다.

세월이 강물의 물살처럼 빠르게 흘렀다. 천지가 온통 백설로 뒤덮인 1551년의 1월 초순이다. 배소에서 잠을 자듯 머문 지 9개월째의 시점이다. 종5품 현령인 43살의 오현준(吳賢俊)은 유학의 성현처럼 유덕한 선비다. 매달 두어 번씩은 친구를 만나듯 탁주를 들고 배소를 찾는다. 작은방에서 반 시진가량 송순과 술잔을 나누며 세상사를 의논하듯 얘기한다. 조정의 소식을 규칙적으로 알려 주곤 한다. 유배지의 죄인들은 곧잘 서용이 되기에 현령들이 각별히 신경을 쓴다.

서운한 감정을 품었던 죄인이 서용되면 후유증이 치솟는 불길처럼 심하다. 압력을 가해 현령들을 허방으로 내몰듯 곤경에 빠뜨리기 일쑤이다. 현령들은 양달의 햇살처럼 따스하게 죄인들을 배려하도록 신경을 쓴다. 삭직된 죄인이어도 약속해 둔 듯 곧잘 조정의 고관으로 서용된다. 배소의 현령은 배소에 죄인이 들어설 때마다 긴장하곤 한다. 말이 죄인이지 염라대왕처럼 무서운 귀빈이기도 한 셈이다.

작은방에는 현령의 거실처럼 현준의 수묵화도 여러 장이 있다. 둘이 술에 취하면 곧잘 미래의 세상을 들여다보듯 그림을 그린다. 송순에겐 현준의 그림 솜씨도 탁월하다고 여겨진다. 현준도 송순의 그림을 취한 듯 들여다보며 곧잘 탄성을 내지른다. 불콰한 얼굴로 현준이 사립문에서 노을이 서산으로 스러지듯 빠져 나간다.

얼마의 시간이 기다란 강을 배회하듯 흐른 뒤다. 말을 탄 청년이 배소의 사립문에 멈춰 선다. 말을 감나무에 매고는 자신의 집으로 들어서듯 당당하게 마당으로 들어온다. 그러면서 산울림처럼 낭랑한 목소리로 말한다.

"이번에는 어떤 선비님께서 오셨소이까? 과객이 궁금하여 들렀소이다."

송순이 마당에서 인상을 헤아리듯 청년을 바라볼 때다. 청년의 얼굴은 먹구름에서 갓 빠져 나온 보름달처럼 눈부시게 아름답다. 첫눈에 남장여인임이 섬광처럼 느껴질 지경이다. 두루마기 차림의 청년의 손에는 위압감을 풍기듯 장검이 들려 있다. 송순이 의아심을 품고 중키의 청년에게 말한다.

"저는 보다시피 귀양을 온 죄수이외다. 장검을 들고 저를 찾으신 사유가 뭔지 궁금하외다."

송순이 예상했듯 청년이 머리끈을 풀자 묘령의 여인으로 변한다. 여인이 나부대는 모란꽃처럼 화사한 표정으로 송순에게 말한다.

"혹시 서수련 선생님을 아시는지요? 올해 65살의 노파이신 사부님의 심부름으로 잠시 들렀어요."

송순이 느닷없이 어둠 속을 더듬듯 잠시 머릿속으로 중얼댄다.

'서수련이라? 혹시 옥수동에서 만났던 가야금의 명인이었던가?'

머리에 섬광이 일듯 기억이 떠올라 송순이 반가이 맞이한다.

"아, 기억이 났소이다. 한강에서 가야금을 켰던 명인이셨소이다. 그런데 내가 여기에 있다는 건 어떻게 알았는지 궁금하외다."

여인이 정감이 실린 듯 은밀한 미소를 깨물며 말한다. 수련은 가야금의 명인이면서 변경의 무장(武將)처럼 이름난 검객이라고 들려준다. 적장들의 목을 단숨에 날릴 듯 검술이 빼어나다고 한다. 왜구들이 노략질할 때면 서수련이 무관처럼 제압했다고 했다. 검집에서 칼이 뽑히자마자 왜구들이 가을철의 낙엽처럼 땅바닥으로 나뒹굴었다. 서수련도 유년기에 왜구들한테 부모를 잃었다고 한다. 옆집 사람이 수련을 자식처럼 키웠다고 한다. 시집 갈 나이가 되었을 때에 집을 나왔다고 한다.

물살에 떠밀리는 부평초처럼 찾아든 곳이 기방이었다고 한다. 기방에서 가야금의 신화 같은 명인인 이청을 만나서 제자가 되었다. 이청은 타고난 기인처럼 가야금뿐만 아니라 검술의 달인이었다. 이청은 한때 무관(武官)이었으며 한이 많은 사람이었다. 수련 곁에는 검객들이 갈대처럼 많아서 그들을 통해 소식을 알아내었다. 검객들은 대다수가 말을 잘 탄다고 했다.

여인은 21살의 문혜옥(文惠玉)이라고 자신을 밝힌다. 평양 교방(教坊) 소속의 혜성처럼 명성이 알려진 기녀라고 들려준다. 송순이 혜옥에게 말한다.

"문 낭자, 반갑소이다. 특히 스승의 소식을 듣게 되어 너무나 기쁘외다. 지금 사부님은 어디에 머무시는지 궁금하외다."

혜옥이 부엌에서 모과차를 끓여 작은방으로 가져온다. 둘이 세월의 흐름을 더듬듯 차를 마시며 대화를 나눈다. 혜옥이 송순에게 말한다.

"조금 전에 침실을 둘러봤거든요. 거기에도 이 방처럼 깨끗한 침구가 놓여 있더군요. 제가 여기에서 열흘 정도 머물러도 되겠죠? 선비님이 침실을 쓰시고 제가 작은방에 기거하는 거예요. 근래에 기력이 떨어져서 기력을 대자연에서 흡수하려고 여기에 들렀어요. 저는 남장 차림새가 생활화되었기에 계속 남장 차림으로 머물겠어요."

송순이 중요한 대목을 놓치지 않으려는 듯 혜옥에게 묻는다. 그녀의 스승이 혜옥에게 심부름으로 부탁한 내용이 무엇인지를. 혜옥이 차분하게 들려준다.

"선비님께 검술을 가르치고 오라는 거였어요. 유배지의 대다수가 산중에 있기에 야수들의 공격을 받기가 쉽다더군요. 죄수들이 유배지에서 사망하는 이유들 중의 하나가 야수들로부터의 피습이라더군요. 선비님도 최소한 야수들한테 물려서 죽지는 않아야 되겠죠? 검술만 익히면 야수 정도야 단숨에 처치하게 됩니다."

하루에 한 시진씩 병영의 병졸처럼 송순이 검술을 지도받는다. 송순도 예전부터 자택에서는 비밀리에 장검을 지녔었다. 하지만 병영의 무관처럼 체계적인 검술을 익히기는 처음이었다. 바람에 휩쓸리는 깃털처럼 열흘이 지났을 때다. 그녀가 배소를 떠날 때에 송순이 면앙정의 지도를 건네준다. 내년쯤 스승과 함께 담양을 찾아달라고 부탁한다. 혜옥이 신뢰심이 물결처럼 남실대는 눈빛으로 대답한다.

현령인 현준이 근래에 검술 수련을 격려하듯 송순에게 장검을 선물했다. 송순이 틈날 때마다 목검으로 검술 수련하는 것을 봤기 때문이다.

성실함이 반영되듯 송순의 배소가 1551년 6월에는 순천에서 수원으로 옮겨졌다. 새싹이 움트듯 방면(放免)의 조짐이 송순에게로 드리워진 터다. 그 해의 11월 11일에는 기나긴 악몽에서 깨어나듯 송순이 방면되었다. 조정으로부터 통보를 받자마자 송순은 폭포수가 떨어지듯 곧바로 낙향했다.

송순은 11월 26일에 그리움의 골짜기로 들어서듯 담양의 상덕마을에 도착했다. 서울에서 담양까지는 차도로 710리 길이다. 안개 지대를 통과하듯 보름 동안 송순이 걸어서 담양에 도착했다. 송순이 귀가하여 망자(亡者)를 만난 듯 아내를 끌어안고는 기쁨을 나누었다. 아내가 송순을 향해 말한다.

"생각보다는 일찍 귀가하셨군요. 19개월간을 유배지에서 힘들게 보내셨네요. 이렇게 무사하게 만나게 되어 정말 기뻐요."

송순도 금세 눈물을 흘릴 듯 감격한 목소리로 응답한다.

"부인, 정말 당신을 사랑하외다. 당신이 정말 고마우면서도 감사하외다. 노후에 못난 모습을 보여서 미안하외다. 앞으로는 더욱 견실하게 삶을 살겠소이다."

집에서 며칠간을 방바닥에 녹아든 듯 푹 쉰 뒤다. 아내와 떨어져 있었던 살얼음처럼 시린 기간을 떠올린다. 아내의 나이가 54살이다. 아내 또래의 여자들보다는 몸이 쇠약하다는 느낌이 물결처럼 밀려든다. 몸에 탈이 나지는 않았지만 솜이 물에 젖어들듯 피로감을 느낀다. 그리하여 아내를 천상의 선녀처럼 배려해 주어야겠다는 생각이 든다. 그래서 마차를 타고 아내와 남도를 유람하려는 계획을 세운다. 대략 열흘의 기간을 아내한테 배려할 작정이다.

　연말인 12월 초순이 되었다. 아침밥을 먹고는 꿈의 공간을 불러들이듯 마차를 부른다. 아내와 함께 바람결에 휩쓸리듯 나주로 갈 작정이다. 차도로 나주까지는 꿈꾸듯 달릴 거리인 115리만큼 떨어져 있다. 한 시진을 꼬박 달려 사시(巳時) 중반에 나주에 도착한다. 나주의 영산강에는 유람용 돛배들이 강을 장악하듯 떠 있다. 40대 중반의 뱃사공이 모는 배에 송순 부부가 학처럼 올라탄다. 나주에서 영산강을 따라 목포까지의 뱃길은 180리다. 180리의 뱃길을 달리며 풍광을 감상하려 한다.
　뱃사공이 송순 부부에게 배려의 상징처럼 밀짚모자를 건네며 말한다.
　"겨울이지만 햇살은 따가우니까 모자를 꼭 써야 하외다. 그렇지 않으면 얼굴의 피부가 빨갛게 벗겨지게 되외다."
　각자 밀짚모자를 쓴 송순 부부가 뱃바닥에 수행하듯 웅크리고 앉는다. 뱃사공이 돛을 펼치려고 하지 않으면서 송순 부부를 향해 말한다.
　"돛은 강을 거슬러 오를 때에 주로 이용하외다. 180리나 되지만 물이 흘러가는 방향이라 배는 쉽게 흘러갈 거외다. 강물의 속도가 느린 듯해도 일정한 속도를 갖고 있소이다."

송순이 만족하다는 듯 너털웃음을 웃으며 사공을 향해 말한다.

"풍부한 견식을 가진 사공 어른을 믿소이다. 영산강은 옛날부터 빼어난 명승이라 많은 유람객들이 찾는 곳이죠. 나의 내외는 일이 바빠서 오늘에야 배를 타게 되었소이다."

뱃사공이 알았다는 듯 활짝 웃으면서 배를 출발시킨다. 영산강 강안의 곳곳마다 정자가 세워져 있다. 정자가 세워진 곳마다 뱃사공이 친절하게 설명해 준다.

"저기 북쪽 강안의 정자가 보이죠? 저 정자의 편액에는 이름이 없사외다. 왜 그런지 아시겠소이까?"

송순이 별 일도 아니라는 듯 간단히 응답한다.

"그야 뻔하지 않겠소이까? 잘난 체 우쭐대는 사람들이 많은 세상이잖소이까? 그들에게 직접 이름을 지어 보라는 의미이겠죠."

눈을 휘둥그레 뜨며 감탄한 듯 사공이 말한다.

"선비님 내외분이시라 정말 다르군요. 여태껏 배를 몰았지만 정답을 맞춘 사람은 처음이었소이다. 정말 놀랐소이다."

이들은 강물을 따라 흘러가며 세상에 초연한 듯 대화를 나눈다. 겨울임에도 선상의 햇살은 피부가 따끔거릴 듯 강렬하다. 강가 갈대숲의 덜 녹은 눈이 햇살에 창날처럼 반짝인다. 곳곳마다 쌓인 눈이 시야를 섬광처럼 환히 밝혀 주는 느낌이다. 강가에는 이따금씩 백로와 왜가리 떼가 눈에 띈다.

두 시진이 걸려서야 영산강의 하구인 목포항에 도착한다. 뱃삯으로 엽전을 건넨 뒤다. 식사까지 대접하겠다고 제안하니 뱃사공이 사양한다. 뱃사공이 돛을 펼치자 배는 상류로 나는 화살처럼 빠르게 거스른다. 내려올 때는 돛을 감추듯 접은 상태였다. 강을 거스를 때는 돛의 역할이 폭풍을 몰듯 큰 모양이다. 굳이 배에 돛대를 설치한 이유를 알 것 같다.

둘은 목포항의 음식점에서 갈치 매운탕을 사서 먹는다. 식사하면서 편안한 마음을 전하듯 송순의 아내가 말한다.

"지금 보이는 창밖의 저 너른 곳은 바다이잖아요? 갯내가 제법 강하게 밀려드네요. 갈매기들이 꽤 귀엽게 보이네요."

식사를 마치고는 항구에 광막한 평야처럼 펼쳐진 백사장으로 발걸음을 옮긴다. 썰물이 진 갯벌에는 작은 게들이 사방으로 튕기는 물거품처럼 몰려다닌다. 송순의 아내가 작은 게 한 마리를 잡아들고는 말한다.

"이 게들은 새끼는 아닌 것 같은데 원래부터 작은가 봐요."

송순이 아내를 바라보며 신비한 내용을 전하듯 말한다.

"갯벌에 많이 뚫린 구멍들 중에서는 조개 구멍도 있소이다. 나도 사실은 조개 구멍을 모르외다. 나주 출생의 나세찬이란 친구는 조개 구멍을 잘 알고 있었소이다."

송순의 아내가 피어나는 꽃송이처럼 생긋 웃으면서 송순에게 말한다.

"바닷물이 들락거리는 여기도 구멍이 많네요. 내가 살짝 구멍 몇 개를 파 볼까요?"

송순이 아내를 거들듯 나무 막대기를 주워 아내에게 건넨다. 아내
가 구멍을 찌르듯 새끼손가락 굵기만 한 구멍에 막대기를 꽂는다. 신
음을 토하듯 끙끙거리며 막대기로 구멍을 한동안 판다. 결과는 지금
까지의 행위를 비웃듯 허탕이다. 아무런 것도 획득되지 않는다. 송순
의 아내가 송순을 향해 미소를 머금으며 말한다.

"여기 구멍들은 저절로 팬 것은 없을 거잖아요? 분명히 무엇인가가
팠을 텐데 왜 결과물이 없는 거죠?"

송순이 대답하려고 할 때다. 갈매기 한 마리가 거위처럼 몸을 뒤뚱
거리며 송순의 아내한테로 걸어온다. 송순의 아내와 서너 자쯤의 거
리에서 얼어붙듯 멈춰 선다. 그러고는 송순의 아내를 망연히 바라본
다. 송순의 아내가 송순에게 말한다.

"저 갈매기는 왜 우뚝 서서 저를 바라보는 거죠? 전생에 무슨 인연
이라도 있었던 걸까요? 사람이 저승에 가서 갈매기처럼 이승의 인연
을 몰라보면 어떻게 하죠?"

송순의 눈길도 갈매기를 향하지만 무관심한 듯 갈매기는 날아가
버린다.

대둔산과 월출산을 보름에 걸쳐서 부부가 보물을 찾듯 유람했다.
추억을 소담스러운 선물처럼 안고서 담양의 상덕마을로 돌아왔다. 유
람할 때에 송순에게는 어머니에 대한 기억이 치솟는 기포처럼 떠올랐
다. 새로운 세상을 안내하듯 어머니를 명승지에 유람시키지 못했다는
자책감이 들었다. 마음만 먹었다면 가능했을 텐데도 실행하지 못하여

마음이 불편했다.

1542년 5월부터 어머니의 병간호로 고향에 다가서듯 관찰사를 맡았다. 1543년 2월 12일의 새벽이었다. 휘몰리는 안개처럼 새벽에 어머니가 변소에 다녀와서는 이내 잠들었다고 했다. 아내가 당시에 송순에게 들려준 내용이었다. 잠자듯 평온하게 어머니가 운명했다. 1545년 2월 12일까지 송순은 어머니와 추억을 나누듯 삼년상을 치렀다. 산사태로 허물어진 산비탈처럼 세상과는 완전히 단절되었던 기간이기도 했다. 월출산을 아내와 오르다가 어머니의 생각에 송순이 눈물을 글썽였다.

송순이 아내와 함께 보름 동안의 남도 유람을 다녀온 뒤다. 부부가 사랑방에서 차를 마시며 미풍이 나부끼듯 다정하게 대화를 나눈다. 아내가 송순에게 말한다.

"영감이 곧잘 탄주하는 가야금을 나한테도 가르쳐 주면 안 될까요? 선율이 너무 아름다워서 들을 때마다 발걸음이 저절로 멈춰지곤 해요. 현에서 터져 나오는 선율이 그처럼 고운 소리를 내어 감미로웠어요."

송순이 아내를 향해 빛살이 휘몰리듯 활짝 웃으며 응답한다.

"혹시 지금부터 배울 수 있소이까? 당신은 수묵화도 잘 그리기에 가야금도 잘 타리라고 믿소이다. 부부만 한 평생의 지기가 세상에 어디 있겠소이까? 내 당장 가르쳐 주겠소이다."

송순의 아내가 장난기가 가득 실린 듯 미소를 머금으며 말한다.

"선율이 아름답고 가야금을 켜는 영감이 부러워서 해 본 소리예요. 내가 이 나이에 어떻게 어려운 가야금을 배우겠어요? 영감이 타면 열심히 감상이나 할게요. 게다가 가르쳐 주겠다고 나한테 희망까지 안겨 주어서 고마워요."

석간수처럼 맑은 아내의 표정에 송순이 아내를 껴안는다. 송순의 아내도 뺨을 송순의 얼굴에 밀착시키며 송순을 끌어안는다. 둘이 포옹을 하니 선경(仙境)에 들어선 듯 편안하고 아늑하기 그지없다.

산등성이에서 밀려 내려가는 산안개처럼 세월이 슬그머니 흘렀다. 1552년 4월 중순의 쾌청한 한낮이다. 송순이 단아한 전각처럼 단장된 면앙정을 둘러보며 상념의 물결에 휩쓸린다. 지난 2개월간 목수들이 씨름을 하듯 증축 공사를 했다. 일부의 초옥(草屋)은 허물고 기와를 얹어 전각처럼 반듯한 정자를 세웠다. 단청을 비롯한 도색 작업도 품격을 높이듯 꼼꼼하게 했다. 건물의 전후가 3칸이고 좌우가 2칸으로 지어졌다. 중앙에는 가로와 세로가 1칸인 방이 갖추어져 사방을 굽어본다.

팔작지붕은 새가 날아오르듯 당당하다. 정자는 멀리서도 품격과 운치가 향기처럼 발산될 정도다. 송순은 아내한테도 면앙정의 아름다움을 보여주었다. 송순에게 면앙정은 담양의 숨결 같은 명승지가 되리라 여겨진다.

이때 송순의 머릿속으로 과거의 일들이 휘몰리는 먹구름처럼 밀려든다. 1550년 5월 15일 당시의 일이 치솟는 기포처럼 떠오른다. 내쫓기듯 유배를 떠나기 이틀 전에 논핵을 받았다. 대역 죄인이라고 운명을 엮듯 분류된 5명이 논핵을 받았다. 이들은 구수담, 송순, 허자, 이준경, 이윤경이었다. 송순도 대역의 행렬 같은 5명 속에 포함된 터였다. 그랬기에 관직에서 내쫓겨 유배까지 간 거였다.

역적을 비호하고 사악(邪惡)한 의견을 퍼뜨렸다는, 질식할 듯 끔찍한 죄목이었다. 제시된 내역은 벼랑으로 떠밀리듯 가혹한 형신(刑訊)을 받는 과정에서 알았다. 하옥자들이 범죄를 부인해도 조정에서는 저승의 악마들처럼 비웃기만 했다. 기가 막혔지만 홍수에 내몰리듯 대응할 방책이 없었다. 떠밀리는 계류처럼 속수무책으로 유배지로 내몰릴 수밖에는 없었다.

송순은 당시의 정황을 사실을 확인하듯 분석하려고 했다. 구수담은 을사사화에서 선비들이 경우를 벗어난 듯 억울하게 참수되었다고 주장했다. 귀양 간 사람들을 재기용하려고 했다고 허방으로 내몰리듯 탄핵되었다. 이준경은 대역의 의미를 무시하듯 윤임이 역모를 꾀했다는 사실을 부인했다. 윤임 자신을 보호하려는 계책을 썼을 따름이라면서 변명까지 해 주었다. 이홍남(李洪男)이 고변한 것 자체를 무시하듯 온당치 못하다고 여겼다. 이런 점들이 죄목이었다.

허자는 자신이 훈적에 오른 사실이 부끄럽다고 죽이 끓듯 떠들었다. 자신이 소인으로 알려질 거라고 가는 곳마다 나발을 불듯 말했다. 이런 언행으로 세인들의 판단을 탁류처럼 흐리게 했다. 또한 권력을 이용하여 죄인들의 자제를 서용하여 주위의 분위기를 살폈다. 제시된 이런 점들이 허자의 죄목이었다.

송순은 조정으로 복귀하여 구렁이들이 얽히듯 구수담과 허자와 결탁했다. 을사사화에 문제가 많다고 사리를 무시하듯 엉뚱한 의견을 퍼뜨렸다. 주변 사람들의 판단력을 시궁창으로 내몰듯 흐리게 만들었다. 이러한 점들이 송순의 죄목이었다. 역적의 아비인 이윤경은 수습하기 어려울 듯 난감한 과실을 저질렀다. 김영의 흉측한 상소를 발로 걷어차듯 무단으로 차단했다. 상소의 내용이 미열(迷劣)해서 위로 보고할 필요가 없다고 젖혀 놓았다. 이러한 점들이 이윤경의 죄목이었다.

이준경(李浚慶)은 역적의 가문임에도 왕의 배려로 독무에서 빠져 나오듯 생존했다. 그랬음에도 난역의 무리를 합당한 단체처럼 비호했다. 역적을 추앙하듯 용납하기 어려운 일이라는 점이 죄목이었다. 김영의 상소는 문정왕후(文定王后)의 수렴청정이 불합리하다는 내용이었다. 명종을 위협하는 움직임으로 내몰렸다.

1551년 10월경부터 조정의 기류가 폭풍에 휩싸이듯 변했다. 이기일파가 송순 일행을 무고했다고 안개가 걷히듯 밝혀졌다. 11월 2일에는 진상을 규명하듯 조사수(趙士秀)가 상소했다. 무강이 이기와 복창의 사주를 받아 송순의 죄를 날조했다고 밝혔다. 개성유수였던 송순에게 물건을 빌리듯 복창이 사반(私伴)을 요청했다. 사반은 귀빈을 대하듯 활을 쏘면서 놀아 주는 벗이다. 준비된 사반이 없었기에 송순이 일반 군인을 복창에게 보내었다.

어떤 선비가 이 일을 알아차리고는 복창을 경멸하듯 비난했다. 복창은 송순이 소인처럼 야비하게 발설했다고 믿고 송순을 미워했다. 송순의 아들이 이기와 전민(田民)을 상대로 소송한 적이 있었다. 송순이 문권(文券)을 사람들에게 병풍을 펼치듯 보이면서 대신을 비난했다. 이 말을 전해 듣고서 이기가 발광하듯 노여워했다. 진복창과 함께 이무강에게 새가 이마를 쪼듯 송순을 무함하게 했다. 조사수가 경위를 상세히 밝히자 조정의 분위기가 소용돌이에 휘말리듯 급변했다.

　송순이 과거의 쓸쓸한 추억에 짓눌리듯 면앙정에 서 있을 때다. 사방은 신록의 물결로 뒤덮여 선경(仙境)의 공간처럼 아늑한 분위기를 자아낸다. 신록의 계절마다 꾀꼬리와 뻐꾸기가 그리움을 터뜨리듯 울음을 내쏟는다. 송순이 면앙정 주변 산야의 풍광을 바라보며 매료되어 있을 때다. 오례천을 건너 중년의 선비가 면앙정으로 떠밀리는 안개처럼 걸어온다. 오례천 천변에는 미루나무와 갯버들과 수양버들이 갈대숲처럼 뒤덮인 상태다. 생생한 날숨을 토하듯 윤기가 흐르는 신록이다.

　50대 초반의 선비가 면앙정을 향해 구름송이가 나붓거리며 밀려들듯 걸어온다. 얼굴이 식별되듯 사람이 가까이 접근했을 때다. 그는 다른 사람이 아닌 50살의 고종 동생인 양산보다.

　송순이 먼저 어둠에서 빛을 대하듯 반가운 목소리로 말한다.

　"소쇄옹(瀟灑翁) 아우가 아닌가? 어서 오게. 먼 길을 이렇게 찾아와 주어서 고맙네."

　양산보도 반가움이 물그릇의 물처럼 그득 실린 목소리로 말한다.

　"기촌 형님, 면앙정을 증축했다는 얘기를 듣고 찾아왔소이다. 옛날의 초옥보다는 훨씬 품격이 높고 장중하게 느껴지외다."

　때를 맞추듯 점심나절에 접어들었기에 송순이 양산보를 집으로 데려간다. 사랑방에서 양산보와 식사하면서 술잔을 나눈다. 양산보가 먼저 입을 연다.

"형님, 벼슬아치는 아무나 하는 게 아닌 듯하외다. 조 사부님의 경우에는 사화로 별세하셨잖아요? 형님은 벼슬을 하다가 내쫓긴 게 벌써 두 번째이잖소이까? 저번처럼 이번에도 무혐의로 방면되었다면서요? 선비들이란 사람들이 걸핏하면 사람들을 논핵하는 게 안타깝게 여겨져요."

송순이 뭉게구름이 밀려들듯 너털웃음을 웃으면서 응답한다.

"허허허헛! 자네 말이 딱 맞네. 나라에서 대간을 배치한 자체부터가 문제라고 여겨져. 물론 대간들의 간언으로 올바른 정책을 수행하겠다는 뜻은 좋아. 하지만 간언이란 제도가 멀쩡한 사람을 무함하는 도구로 쓰이니까 문제야. 마음에 들지 않는 사람들은 무함하여 제거하려는 권신 무리들이 걱정스러워."

식사한 후에 매화차까지 마시고 잠시 졸듯 휴식을 취한 뒤다. 둘은 집을 나서서 면앙정을 향해 발걸음을 옮긴다.

송순이 양산보와 풍광에 빠져들듯 면앙정 마루에 올라선다. 건물 중앙에 방을 지닌 성곽의 요새처럼 독특한 정자이다. 면앙정의 천장에는 면앙정을 읊은 한시(漢詩)들이 주렴처럼 걸려 있다. 송순의 '면앙정제영(俛仰亭題詠)'이란 시도 걸려 주인의 시적 아취를 물결처럼 드러낸다. 서너 명의 선비들의 작품도 흥취를 드러내듯 편액으로 걸려 있다. 양산보도 증축된 면앙정의 천장을 황홀한 듯 올려다본다. 새로 지어져서 색채도 깔끔하고 나무의 재질도 아주 좋은 편이다.

양산보의 시선이 낚싯줄에 휘감기는 어신(魚信)처럼 송순의 면앙정제영으로 이끌린다. 이에 따라 송순도 자신의 시를 차분히 들여다본다.

俛仰亭題詠(면앙정제영)

超然羽化孰云難(초연우화숙운난)
得臥蓬萊第一巒(득와봉래제일만)
脚下山川紛渺渺(각하산천분묘묘)
眼前天地闊漫漫(안전천지활만만)
鵬搏九萬猶嫌窄(붕박구만유혐착)
水擊三千直待乾(수격삼천직대건)
欲御泠風雲外去(욕어령풍운외거)
腰間星斗帶欄干(요간성두대난간)

면앙정이란 제목으로 읊으며

홀연히 신선이 되는 걸 누가 어렵다고 했는가?
봉래산의 최고봉을 찾아 누워서 바라보니
다리 아래의 산천이 아득하게 가물거리누나.
눈앞의 세상이 넓게 펼쳐졌어도
구만 리를 나는 붕새가 오히려 좁다고 여기고
삼천리를 훑은 물이 곧장 마를 지경이네.
바람을 쐬려고 구름 밖으로 나갔더니
난간을 두른 별들이 허리에 닿아 있네.

丹葉辭林下碧川(단엽사림하벽천)

晚風吹雨過階前(만풍취우과계전)

遠山細入眉間沒(원산세입미간몰)

大野平後掌上連(대야평후장상련)

眼豁何方無好月(안활하방무호월)

河明慈夕絶穢煙(하명자석절예연)

蒼茫光景誰堪畫(창망광경수감화)

陶謝詩中始得傳(도사시중시득전)

떨어진 단풍잎이 푸른 냇물로 떠내려가는데

저녁 바람이 비를 휘몰아 섬돌 앞으로 지나가누나.

먼 산이 눈썹 사이로 밀려들다가 사라지고

평평한 넓은 들이 손바닥 위로 이어지네.

어떤 방향에서든 눈에 띄는 좋은 달이 있고

맑은 강이 밤에도 더러운 연기를 없애 버리네.

넓고 아득한 이 정경을 누가 그려 내겠는가?

도연명과 사영운의 시 속에서 비로소 전해지네.

黎杖松陰步步幽(여장송음보보유)

岸中從倚玉溪頭(안중종의옥계두)

巡簷白日行天遠(순첨백일행천원)

對揚靑山護野稠(대양청산호야조)

風引店烟遙度樹(풍인점연요도수)

雲將浦雨細隨秋(운장포우세수추)

登臨自取武邊與(등림자취무변여)

肯着人間段段愁(긍착인간단단수)

솔 그늘 아래로 지팡이 짚고 한가로이 거니는데

언덕은 시내머리에 기대어 서 있구나.

처마에서 서성대던 해가 하늘까지 가기에는 멀고

푸른빛이 감도는 산들이 들을 빽빽하게 에워쌌네.

바람은 연기를 빨아들여 나무 사이로 빠져나가고

구름은 포구에 비를 뿌리며 가을을 부추기네.

나 혼자 흥에 겨워 기분이 오르락내리락하다가

세상의 온갖 수심에도 즐거이 잠겨드누나.

양산보도 송순의 시를 한참 들여다보다가 감탄한 듯 탄성을 터뜨린다. 그러면서 송순을 향해 말한다.

"형님의 시를 보니 막혔던 가슴이 틔는 느낌이 들어요. 정자도 담양부에서는 눈에 띌 만큼의 빼어난 명승이외다. 세상이 야박하지 않았다면 조 사부님도 초청하고 싶을 정도예요. 지금은 하늘나라에서 잘 계시리라 믿고 싶을 따름이외다."

말의 서두를 장막을 두르듯 펼쳐 놓은 뒤. 호흡을 가다듬고는 적막(寂寞)을 다림질하듯 산보가 말을 잇는다. 오늘은 대화하다가 내일 면앙정을 화폭에 담듯 헌시(獻詩)를 짓겠다고 한다. 내일 송순에게 시의 아취를 살리듯 가야금을 탄주해 달라고 부탁한다. 그때 선율과 화합하듯 산보가 자신의 시를 낭송하겠다고 들려준다. 산보의 제안을 송순이 크게 반긴다.

송순의 사랑방에서 다정한 식구처럼 저녁 식사를 마친 뒤다. 산보
가 송순과 술잔을 나누며 비를 맞듯 겪은 이야기를 주고받는다. 그러
면서 자신의 소쇄원 이야기도 송순에게 들려준다.

"형님, 제가 군이 소쇄원을 세운 이유를 아시겠소이까? '나'라는 개
념에 대한 해답을 못 구했기 때문이외다. 개미 한 마리의 머릿속에도
'나'라는 관점이 들어 있거든요. 그래서 개미도 수시로 먹이를 구하고
위급할 때에는 달아나잖소이까?"

송순도 오래 생각해 둔 듯 곧바로 응답한다.

"어떻게 자네의 관점이 나와 유사한지 감탄할 정도일세. 나도 이번
에 유배지에서 세월을 보내면서 많은 생각을 하게 되었네. 세상이란
게 너무 심오하다고 여겨져. 기분에 취해 날뛰다가는 반드시 보복을
받는다는 것을 체감했어. 정말 필설로는 나타낼 수 없는 게 세상이라
여겨져."

귀를 기울이던 산보가 자신의 견해를 실타래를 드리우듯 천천히
털어놓는다. 송순도 지남철에 이끌리는 쇳가루처럼 산보의 얘기에 귀
를 기울인다. 산보에겐 조광조가 산악처럼 위대한 스승으로 여겨졌다
고 털어놓는다. 심정이 사사된 뒤에 스승의 억울함이 죄다 밝혀져 기
뻤다고 털어놓는다. 차분하게 말하던 산보의 목소리에 서슬 퍼런 칼
날처럼 정한이 스며든다.

"하늘도 때로는 공평하지 못한 듯하여 울화가 치밀곤 하외다. 심정
이나 김안로 같은 경우에는 사사되어 목숨이 끊겼잖소이까? 기묘사화

를 일으켰던 남곤과 홍경주는 수명대로 살다가 죽었소이다. 이치상으로 따지면 이들도 처벌받아야 마땅하지 않겠소이까? 그들 생전에는 진상이 밝혀지지 않아서 운이 좋았던 게 아니오?"

신진 사림의 영수였던 조광조는 송순도 하늘의 태양처럼 추앙하는 인물이다. 직접적인 지도는 받지 못했어도 숭고한 느낌이 전해졌다.

밤이 깊도록 대화를 나누다가 소용돌이에 휘몰리듯 둘이 잠든다.

보름달이 먹구름의 장막에서 벗어나듯 훌쩍 날이 밝았다. 아침밥을 먹고는 승려가 수행하듯 수묵화를 송순과 산보가 그렸다. 시와 그림은 선비들의 숨결 같은 기본 교양이다. 어디서건 교류를 위해서 기꺼이 붓을 들곤 한다.

점심나절에는 송순과 산보가 산악의 정기를 흡입하듯 면앙정으로 올라간다. 정자에서 사방의 산신을 영접하듯 4개의 방문을 활짝 연다. 사방의 빼어난 풍광이 시야로 물 흐르듯 밀려든다. 산보가 송순에게 거문고를 탄주할 준비를 하라고 말한다. 산보가 산울림이 퍼지듯 우렁찬 목소리로 시가를 읊기 시작한다. 쌍룡이 뒤엉키듯 송순이 산보의 목소리와 선율이 어우러지도록 가야금을 튕긴다.

次俛仰亭韻(차면앙정운)

崱崱群山混混川(즉즉군산혼혼천)
悠然瞻後忽瞻前(유연첨후홀첨전)
田墟曠蕩亭欄斷(전허광탕정난단)

松逕透迤屋砌連(송경위이옥체련)

大野燈張皆我月(대야등장개아월)

長天雲起摠人煙(장천운기총인연)

淸平勝界堪收享(청평승계감수향)

綠野東山笑漫傳(녹야동산소만전)

면앙정제영에서 차운하다

연이어 무리 지은 산과 뒤섞이는 시내를

한가롭게 뒤돌려 보다가 문득 앞으로도 바라보니

탁 틘 정자 난간으로 넓은 벌판이 밀려드네.

섬돌은 구불구불한 솔숲 길로 이어졌구나.

들판에 내걸린 등불이 내게는 달처럼 보이고

하늘로 치솟은 구름이 인가의 연기를 거느리네.

태평스런 명승에 관심이 쏠릴 만한데도

푸른 벌판의 동쪽 산이 우습게도 널리 알려져 있네.

청아한 목소리와 신비로운 가야금의 선율이 오례천으로 굽이치듯 휘감긴다. 황홀한 선율이 이승과 저승의 경계까지 허무는 듯 파동처럼 흘러내린다. 시가의 낭송과 악곡의 탄주가 끝났을 때다. 송순과 산보가 감격스러운 듯 손을 맞잡는다.

순리의 흐름

강풍에 떨어지는 꽃잎들처럼 빠르게 흐르는 세월이다. 1553년 6월 중순의 호수의 물결처럼 쾌청한 아침나절이다. 송순이 6명의 아전들과 함께 관아를 나선다. 선산부 독동리의 수해 현장을 눈으로 확인하려는 듯 둘러보러 간다. 선산은 경상도의 중앙이며 낙동강의 서안에 위치한다. 선산을 남북으로 드러눕듯 통과하는 낙동강의 상류는 문경과 상주이다. 문경과 상주에서는 숱한 낙동강 지류들이 뒤엉키는 포말처럼 합류한다. 선산을 지날 무렵에는 강줄기가 엄청나게 굵어진다.

선산부의 남쪽에서는 감천이 서쪽에서 동쪽으로 관통하여 동쪽에서 낙동강에 합류된다. 합류점에서 상류로 7.5리의 지점에 독동리가 세월을 잊듯 드러누워 있다. 독동리에서는 남북으로 기다랗게 발달된 평야가 주렴처럼 드리워져 있다. 평야의 대다수는 바다처럼 광활한 논으로 이루어져 있다. 독동리는 낙동강의 서안에 사막처럼 광막하게 펼쳐져 있다. 독동리에서의 낙동강의 폭은 1.2리에 달한다. 강물이 불어 독동리의 농작물이 늪지대의 수초처럼 수시로 위기에 처한다.

　폭우가 내리면 독동리의 거주민들은 서쪽 산록으로 줄달음치듯 대피한다.

　송순 일행이 황룡이 나타나듯 당당하게 독동리의 공사 현장에 도착한다. 독동리는 선산의 동쪽으로 8.3리만큼 떨어져 강물과 맞겨루듯 드러누워 있다. 사흘 전의 폭우로 상류의 산비탈이 강물로 토담처럼 허물어져 내렸다. 엄청난 토사물이 떠내려 오다가 독동리의 평야를 거대한 죽처럼 덮쳤다. 논이란 논에는 토사물이 뒤덮여 사막처럼 경계가 사라져 버렸다. 자라던 벼는 죄다 호박죽 같은 토사물에 뒤덮여 버렸다. 서쪽 산기슭으로 대피한 마을 사람들의 주거지 마련이 당장 문제였다.

　선산부사인 송순이 단시일에 복구시키려는 듯 선산의 농민들을 독동리로 불러들였다. 눈을 치우듯 토사물의 제거 작업에 200여 명의 농민들을 동원했다. 상황을 확인하려고 송순이 아전들을 데리고 장수(將帥)처럼 당당하게 관아를 나섰다.

　파견된 관졸들이 선발대처럼 이리저리 몰려다니며 백성들의 작업을 감독한다. 튕긴 개흙을 묻힌 채 농민들이 땀을 분수처럼 흘리며 일한다. 송순이 40대 중반의 이방인 조훈(趙薫)에게 말한다.

　"이방, 현장을 복구하는 데 얼마나 걸리겠소이까?"

　대답을 대기하고 있었던 듯 이방이 곧바로 응답한다.

　"사또 어른, 적어도 사흘은 걸리리라 여겨지옵니다. 농민들의 식사 비용과 품삯이 제법 들 것이라 예견되나이다."

독동리 서쪽의 산기슭에 식사를 제공하려고 가건물이 군막처럼 세워졌다. 시장의 음식점 장수들이 공사장의 인부들처럼 동원되어 음식을 마련한다. 동원된 농민들이 죄다 밀물처럼 몰려들어 식사해도 수용될 규모다. 공사의 비용에 대해서는 송순이 경상도 관찰사에게 조언을 구하듯 문의했다. 관찰사는 곧바로 상소문을 올렸다. 조정에서는 긴급 사태로 받아들인 듯 호조에게 지원하라고 교지를 내렸다.

매가 둥지로 귀환하듯 송순이 현장에서 관아로 돌아가려고 할 때다. 독동리의 강에 밀착하듯 달라붙은 둔덕 근처에서다. 반죽처럼 짓이겨진 개흙 더미 속에서 목제(木製) 상자가 눈에 띈다. 상자는 보물 상자 같은 정사각형 꼴의 육면체 형태이다. 한 변의 길이는 2뼘가량이고 높이는 반 뼘의 길이다. 송순의 시선이 목제 상자로 섬광처럼 밀려들 때다. 송순 곁의 공방이 즉시 상자의 개흙을 평야의 도랑물에 씻는다. 그러고는 수건으로 물기를 닦아 송순에게 건넨다.

상자를 열어 보니 한지 뭉치가 솜처럼 채워져 있다. 한지 뭉치를 펴니 부적처럼 낯선 도형과 한문이 적혀 있다. 무슨 내용인지를 식별하기가 뒤섞인 설탕과 소금을 분리하듯 어렵다고 여겨진다. 송순이 공방에게 말한다.

"아마 강의 상류에서 떠내려 온 물건으로 여겨지외다. 무엇인지를 파악해야 하니 관아로 들고 갑시다."

공방이 상자를 보물처럼 옆구리에 끼고는 발걸음을 조심스럽게 옮긴다.

송순이 귀소(歸巢)하는 새처럼 관아로 되돌아온 뒤다. 공방이 내려 놓고 간 상자를 관을 열듯 조심스레 연다. 기다란 한지 5장이 해저의 퇴적층처럼 접혀져 들어 있다. 몰두하여 2시간가량 한지를 분석한 뒤 다. 기록된 것은 현장에서 절명시킬 듯 표범을 칼로 제압하는 검술이 었다. 좌의정으로서 1504년에 사사(賜死)되었던 이극균(李克鈞)이 남긴 신화 같은 기록물이었다. 과거에 경상도 병마절도사로서 야산에 기거 할 때에 창안했다고 적혀 있다.

68세에 사사된 이극균은 세상을 흔들듯 문무를 겸한 달인으로 알 려졌다. 당시에는 시골의 개처럼 조선에 표범이 많이 살던 때였다. 산 자락의 인가에서는 흔히 표범으로부터 피해를 입곤 했다.

송순은 유사시를 대비하여 무인처럼 검술을 수련하는 중이다. 함경 도 순천에서 기녀를 스승으로 받들듯 혜옥한테서 검술을 전수받은 송 순이다. 부단한 수련자로서의 관점에서 풀뿌리를 들여다보듯 극균의 검술을 헤아려본다. 칼만 뽑아도 위세가 노도처럼 밀려들 검술이라는 느낌이 왈칵 든다.

송순이 스승의 원류를 탐색하듯 극균에 관한 기록을 찾아본다. 1471년의 3월에 상주에서 도적 떼가 민가를 미친 들개들처럼 공격 했다. 도적 떼는 백여 명이었다고 손금처럼 자세히 밝혀져 있다. 선산 과 인접한 상주는 경상도 땅이며 낙동강의 상류 지역이다. 선산에서 75리인 낙동강의 상류에 상주가 평야를 장악하듯 위치해 있다. 상주 의 동쪽이면서 낙동강의 서안에는 120장 높이의 병풍산이 있다. 이 런 사실을 알아차리자 송순이 소용돌이에 휘감기듯 상념의 물결에 휩쓸린다.

'의외로 놀라운 보물을 얻었어. 극균이 병풍산에 군진을 설치하고 도적들을 무찌를 때에 창안한 모양이야. 군진을 설치했던 곳에 아마도 동굴이 있었을 거야. 폭우가 쏟아져 산사태가 일어나면서 토사물이 여기에까지 밀려든 모양이군. 어쨌든 내겐 커다란 행운이야. 관아에서 업무를 처리하려면 체력 관리를 해야 되잖아? 체력을 다스리는 운동으로는 검술만 한 것이 드물어. 검술을 연마할 때까지는 한동안 심심하지는 않겠네.'

선산부사로 부임하여 9개월째였던 12월 17일의, 산골의 폐가처럼 고요한 새벽이었다. 54살인 송순의 아내가 선경으로 돌아가듯 침실에서 숨을 거두었다. 몸이 좀 무겁고 머리에 통증이 인다고 때때로 하소연하던 아내였다. 새벽달이 파르스름하게 창을 밝힐 무렵에 잠을 자듯 세상을 떠났다. 혼인하여 35년간을 쌍룡이 뒤엉키듯 함께 산 아내였다. 새벽에 변소에 갔다가 방으로 들어서니 아내가 숨져 있었다. 아내의 죽은 얼굴을 바라보니 잠자듯 평온하기 그지없어 보인다.

언제나 선녀처럼 곱게 미소를 지으며 내조하던 아내였다. 집안일이 아무리 버거워도 불평하지 않던 비단결처럼 고운 마음의 여인이었다. 다시는 생존한 아내를 못 본다는 생각에 울음이 불길처럼 치솟았다. 우선 아내를 침상에 거울 면처럼 반듯이 눕힌다. 그리고는 행랑채의 종인 15살의 은호와 14살의 수찬을 부른다. 그들이 눈앞으로 와서 허리를 숙이자 송순이 말한다.

"새벽에 마님이 돌아가셨다. 은호는 즉시 이웃집 부인들한테 부고를 전하거라. 수찬은 마을의 의원과 포졸을 모시고 오너라.”

송순의 말에 2명의 종이 갈대처럼 허리를 굽혀 대답한다.

“알겠사옵니다, 대감마님.”

아침 햇살이 핏빛 슬픔을 토하듯 불그스름하게 마당으로 날아들
무렵이다. 두 아들 내외가 병영의 선발대처럼 식구들을 데리고 집으
로 찾아든다. 송순의 주변 친척들이 휘몰리는 안개처럼 차례차례 몰
려든다. 검시의와 포졸들도 다녀갔다. 그리움을 부여안듯 사랑채에 빈
소가 차려진다. 송순이 아내의 사망 소식을 상소로 전한다.

5일간의 장례를 거쳐 기곡리에 눈물로 조성하듯 아내의 무덤을 짓
는다. 빈소였던 방에는 아내의 영혼이 안개처럼 머무는 상청(喪廳)이
들어선다. 생시처럼 망인과 상면하는 삼년상 체제로 들어선다. 송순의
아들과 며느리들이 상청을 지킨다.

송순이 아내와 그리웠던 과거의 순간들을 수묵화로 그리듯 떠올린
다. 선경의 선녀처럼 항시 미소를 머금고 송순을 대하던 아내였다. 수
묵화에 화공처럼 빼어난 재주를 보였기에 수시로 송순이 놀랐다. 가
야금을 배우고 싶다면서 송순에게 취한 사슴처럼 교태를 부리기도 했
다. 송순이 가르치려고 하면 두렵다는 듯 몸을 사렸다. 새벽에 군불을
때다가 마당에서 마주치면 아내가 송순에게로 다가왔다.

그러고는 송순을 향해 비밀스런 얘기를 털어놓듯 말했다.

“사랑방에 군불을 때는 중이었어요. 영감은 새벽 일찍 왜 일어나셨
어요? 변소의 귀신한테는 새벽에 간다고 신고해 놓은 모양이죠? 그렇
지 않사옵니까?”

아내가 귀엽고 사랑스러워서 분위기에 취하듯 마당에서 안아 주곤 했다. 어느새 홍수에 떠밀리듯 상념의 거센 물결에 휩쓸려 송순이 허청댄다.

'아, 정말 이제는 아내를 안아 줄 수도 없구나. 아침마다 햇살처럼 밀려들던 그 미소를 다시는 보지 못하다니? 아, 정말 보고 싶소이다. 단 한 번만 얼굴을 더 보여줄 수는 없소이까? 이럴 줄 알았더라면 당신한테 더 잘해 주었을 텐데. 작별의 기회도 주지 않고 새벽에 그처럼 떠나다니요? 훗날 내가 저승으로 가더라도 반드시 당신한테로 달려가겠소이다. 평소에 더 잘해 주었어야만 했는데 진실로 미안하외다. 이승과 저승이 너무 먼 탓인지 꿈에서도 그대를 만나기가 어렵소이다.'

아내를 묻던 날에 저승으로 추억을 보내듯 유품도 태웠다. 장롱과 반닫이와 의복과 패물과 책들까지 태웠다. 대다수의 수묵화는 그리움의 잔영처럼 남기고 싶었는데도 아들들이 불태웠다. 일부의 수묵화만 남기고는 아들들이 차례로 말했다.

"아버지, 너무 어머니의 유품에 집착하지 마세요. 그러면 돌아가신 어머니마저 마음이 편치 못하리라 믿깁니다."

"떠난 어머니의 유품은 아버지한테 도움이 못 됩니다. 가슴 아프겠지만 미련을 두지 마세요."

유품을 태우는 불빛이 저승의 징검다리처럼 마당 구석에서 보였을 때다. 아내가 송순을 향해 미소를 짓는 듯 불빛이 몽환적으로 흔들렸다. 진짜 아내가 나타난 듯 송순이 반가워하며 달려가려다가 한숨을 내쉬었다.

'세상에 태어난다는 것은 소중한 인연과 만나는 데 의미가 있어. 소중한 인연을 잃으면 아무런 세상을 사는 의미가 사라질 거야.'

벼슬과 명예도 연막처럼 떨쳐 버리고 한동안 쉬고 싶었다. 조정에 가슴 저미는 듯 절절한 상소문을 조정에 올렸다. 그러고는 송순도 세상에서 잊히듯 휴식의 공간으로 날아올랐다.

한동안 세속에서 벗어나 호수에 가라앉듯 편안히 휴식을 취하던 송순이다. 1553년 12월 17일에 자식들이 추억을 아로새기듯 삼년상을 치른 뒤다. 송순은 매가 둥지로 돌아가듯 선산의 관아로 나가서 일하기 시작했다. 1555년 4월까지의 16개월간은 선산부사로서 착실하게 업무를 집행했다.

아내인 설 씨가 세상을 떠난 뒤에 집안일을 관리하려는 차원에서였다. 가정이란 둥지를 지키려는 듯 후실(後室)과 첩을 들였다. 후실로부터는 이후에 아들 한 명을 튼실한 후예인 듯 출산시켰다. 첩으로부터는 이후에 아들 3명과 딸 2명을 소중한 보배처럼 얻었다. 이후에 세상을 떠날 때의 송순에게는 6남 2녀의 자식이 생겼다.

폭포수에서 휩쓸리는 포말들처럼 빠른 세월이다. 국화의 향기가 빛살처럼 나부끼는 1561년의 9월 중순의 아침나절이다. 나주 관아에서 국화차를 마시면서 상념의 물결에 빠져들듯 휘감기는 송순이다. 8월에 가파른 수직의 절벽을 타오르듯 나주목사에 제수된 송순이다. 종3품에서 정3품으로 도약하듯 승진했다. 송순은 3명의 관졸들과 공사를 확인하듯 현장으로 나갈 작정이다.

나주는 고향인 담양과는 이웃 마을처럼 가까운 곳이다. 나주에 부임할 때에 나주 출생의 나세찬이 치솟는 기포처럼 떠올랐다. 동료 관리뿐만 아니라 친구로서 의미가 비문의 각자(刻字)처럼 각별했다. 그랬는데 10년 전에 세찬이 전주부윤으로 일하다가 병으로 숨졌다. 벗이 세상을 떠나자 가슴에 구멍이 뚫리는 듯 공허했다. 5살 연하임에도 나이 차이를 못 느끼게 해 주던 친구였다.

송순이 관졸들과 함께 독수리 떼가 이동하듯 공사 현장으로 향한다. 날씨가 쾌청하여 공사 진행이 한결 잘 되리라 여겨진다.

나주의 금성산성(錦城山城)이 산사태로 허리가 잘리듯 많이 훼손되어 있었다. 금성산성은 나주의 심장 같은 금성산(錦城山)을 에워싸는 산성이다. 왕건이 왕조를 구축하듯 견훤과 대결했던 곳으로도 유명하다. 삼별초가 전라도를 확보하려고 휘몰리는 홍수처럼 공격했던 곳이기도 하다. 고려 현종이 거란족의 침입으로 나주까지 몽진했다. 그때 10일간 국운을 내맡기듯 금성산성에서 머물렀다고 기록되어 있다.

송순이 산성을 관졸들과 함께 축성하듯 둘러보며 점검한다. 둘레가 2.3리에 달하는 황룡처럼 위엄이 서린 석성(石城)이다. 나주의 농산물이 부족해 기근으로 농민들의 목숨이 물결에 부침(浮沈)하듯 시달렸다. 이들을 축성에 동원하여 그들을 연명시키듯 노임을 지불하기로 한다. 이런 안건으로 아전들을 모아 사다리를 세우듯 의견을 수합했다. 그리하여 무너진 금성산성을 국경의 성곽처럼 보수하기로 했다.

어느새 나흘이 물결에 부평초가 떠내려가듯 훌쩍 지났다. 500여

명의 농민들이 병사처럼 동원되어 공사가 시작된다. 송순이 아전들과 함께 백성들의 가난을 보살피듯 공사 현장을 둘러본다. 관졸들이 감독자로 선발되어 불길처럼 치솟는 열기로 백성들을 감독한다. 20여 명의 관졸들의 감독으로 공사가 톱니바퀴가 회전하듯 일사불란하게 진행된다. 송순이 40대 중반의 병방을 향해 말한다.

"고려의 현종이 과거에 거란족에 내쫓겨 이곳 산성에 머물렀다고 들었소이다. 거란족이 나주에까지 몰려왔다면 이곳 시설로 방어할 수 있었겠소이까?"

병방이 불합리하다는 듯 대번에 고개를 내저으며 말한다.

"불가능하다고 여겨지외다. 적이 몰려온다는 소식을 들었다면 다른 데로 옮겼으리라 여겨지외다. 무엇보다도 공간이 좁아서 장기전에는 견디기가 어려우리라 여겨지외다."

송순이 궁금증을 해소하겠다는 듯 호방에게 묻는다. 현종이 산성에서만 10일간을 머물렀겠는지에 관해 묻는다. 호방이 굽이치는 시냇물처럼 걸걸한 목소리로 말한다.

"아무래도 탈출구가 많다는 장점이라고 여겨지외다. 이곳 주봉 둘레로 사방에 4개의 봉우리가 보이잖사옵니까? 각 봉우리마다 긴급 탈출구가 마련되어 있기 때문이외다."

송순이 호방의 말이 맞는지를 병방에게 확인하듯 묻는다.

"아무래도 병졸들을 동원할 수 있는 병방은 전문가이잖소이까? 전문가의 눈으로도 그렇게 해석되외까?"

병방도 당연하다는 듯 고개를 끄떡이며 호방의 얘기를 지지한다. 송순이 산성의 중앙에서 고공의 매처럼 주변을 둘러본다. 동쪽에 하늘을 찌를 듯 솟구친 봉우리가 노적봉이다. 150장의 높이의 금성산의 주봉인 정녕봉은 중앙 지점의 북쪽에 위치한다. 중앙 지점의 서쪽에는 오도봉이 병풍을 펼친 듯 서 있다. 중앙의 남쪽에는 다복봉이 거드름을 부리는 듯 당당하게 서 있다. 적이 어느 방향에서 공격해 오든지 탈출하기가 쉬운 곳이라니?

송순의 가슴에 서글픈 생각이 골짜기의 물결처럼 밀려든다.

'왜 적을 물리칠 생각을 못하고 탈출구부터 먼저 찾았을까? 나라의 무관들이 무엇을 하고 있었기에 왕을 몽진하게 만들었을까?'

축성 공사는 불길이 치솟듯 열심히 진행되고 있다. 송순이 상황을 파악하듯 호방에게 묻는다. 동원된 농민들을 위한 식당의 위치도 송순이 그림을 그리듯 확인한다. 송순이 아전들과 함께 식당으로 들어간다. 그리고는 관비들에게 당부한다. 농민들이 식사할 때에 불편함을 해소하듯 편의를 제공하라고 지시한다.

송순이 아전들을 데리고 지형을 분석하듯 동쪽의 노적봉으로 걸어간다. 백성들이 썰물처럼 빠져 나갈 봉우리의 탈출로가 있는지를 확인하려는 터다. 이런 시설이 없었다면 왕이 10일간이나 머물렀을 리가 없었으리라 여겨진다.

한 식경쯤의 시간이 계곡의 물처럼 흐른 뒤다. 송순 일행이 날아드는 안개처럼 노적봉 기슭에 도착한다. 봉우리의 허리를 파고드는 길이 2갈래로 갈라져 있다. 송순 일행이 2갈래의 분기점에 도착해서 지형을 살핀다.

우측 분기점 언저리에는 커다란 바위가 방패처럼 막아 서 있다. 바위 뒤쪽으로는 골짜기로 내닫는 절벽 같은 급경사의 길이 보인다. 좌측 분기점의 언저리에도 천연의 바위가 수문장처럼 버티고 있다. 그쪽 바위 뒤쪽으로도 벼랑 같은 급경사의 길이 눈에 띈다. 송순이 감탄하듯 급경사의 길을 바라보며 상념에 잠겨든다.

'일부러 길을 만들지는 않았을 텐데도 지형의 특징을 이용한 거로군. 바위 뒤에 급경사의 비상 통로가 있으리라곤 생각지 못했어. 급한 경우에는 굴러내려도 내려갈 거잖아? 참으로 비상 탈출로란 이름이 아깝지 않은 지형이야.'

송순이 하산하여 바쁜 듯 관아로 들어간다. 집무실에서 먹을 갈아서 화살을 날리듯 상소문을 쓴다. 상소문은 떠밀리는 물결처럼 감영으로 전해지게 된다. 감영에서 냄새를 맡듯 상소문을 훑어보고는 조정으로 올릴지 말지를 결정한다. 이것을 판단하는 관찰사의 역량이 전장의 장수처럼 중요한 터다.

성곽이 붕괴된 사실과 농민들이 굶주린다는 내용이 그림으로 그려지듯 적힌다. 동원된 농민들에게 품삯을 주어 기근을 졸아드는 물처럼 해소시키려 한다. 이런 취지의 상소문을 화살을 날리듯 감영으로 보낸다. 상소문을 보내고 나니 점심나절이다. 아전들과 함께 관아의 식당으로 가서 식사를 한다. 식탁에 동그라미를 이루듯 빙 둘러앉아 식사하면서 공사에 관해 이야기한다.

예방이 송순을 격려하듯 말한다.

"사또 어른, 노역에 동원되었어도 마을 사람들의 표정은 밝았사옵니다. 기근에 시달릴 때에 관아가 제 때에 도와 주잖소이까? 농민들도 다들 사또 어른께 감사할 거라 믿사옵니다."

송순이 통쾌하다는 듯 너털웃음을 웃으며 곧바로 응답한다.

"어허허헛! 다들 우리 6방의 여러분이 나를 도와주는 덕이 아니겠소이까? 여러분의 도움에 정말로 고마움을 느끼외다."

아전들이 썰물처럼 다 퇴청한 저녁 시간이다. 관아를 둘러보며 건물을 점검하듯 송순이 이상 유무를 살핀다. 그러고는 둥지를 찾는 새처럼 집무실 뒤편의 관사로 들어선다. 관아의 수령이 활기를 얻듯 거주하게 만들어진 집이다. 일반 가옥보다는 시설이 눈부실 듯 탁월하다. 후원에는 숨겨진 별천지처럼 우물과 작은 연못이 있다. 연못에서 샘솟는 물은 도랑으로 수줍게 비칠대듯 흐르다가 영산강으로 흘러든다. 관사 둘레로는 돌담이 견실하게 세워져 있다.

규율을 쫓듯 순번대로 관아를 지키는 관졸들의 모습이 눈에 띈다. 관사의 뒤란 울타리에 대숲이 들어서 춤추듯 흔들거린다. 대숲에서 들리는 바람 소리가 원시의 고요를 일깨우듯 청량하기 그지없다. 바람 소리만 들으면 심신이 석간수에 잠긴 듯 청정해진다. 이럴 때엔 검술을 수련하는 것이 좋겠다는 생각이 든다.

마음을 닦으려는 듯 송순이 장검을 들고 후원으로 걸어간다. 하늘을 가를 듯 자세를 취하고는 혜옥으로부터 익힌 검식(劍式)을 휘두른다. 숨을 쉬듯 숱하게 연습했기에 시연되자마자 칼이 자유자재로 허공을 가른다. 동에서 서로 남에서 북으로의 이동하는 동작에 전혀 어색함이 없다. 물줄기가 장애물 없이 흐르는 듯 쾌속하게 움직이는 느낌이다. 혜옥의 검식을 수련하고는 이극균의 검술을 빛을 내뿜듯 수련하기 시작한다.

당시의 조선에는 검술을 손바닥의 손금처럼 상세하게 다룬 서책이 없었다. 하늘의 배려인 듯 송순이 이극균의 검법을 발견한 것은 축복이었다. 영기(靈氣)가 통한 듯 토사물에 묻혔던 목함(木函)으로부터 발견한 터였다. 검술의 창안 경위는 섬광처럼 날쌘 표범을 잡으려는 거였다. 병사들의 훈련용이라면 병법서(兵法書)처럼 병조(兵曹)에 넘겨야 할 물품이었다. 하지만 표범을 잡을 용도라고 명시되지 않았던가? 그래서 송순 혼자서만 체력 단련용으로 검술을 수련하기로 한다.

수련을 하니 전신에 땀이 물 흐르듯 흥건히 흐른다. 수련을 마치고는 가마솥에 물을 채워 물을 끓인다. 끓인 물을 찬물과 섞어서 우물가에서 심신을 닦듯 목욕한다. 목욕을 마치고 전신을 거울처럼 말끔히 닦은 뒤다. 옷을 갈아입고는 침실로 들어간다. 가야금을 꺼내 시가(詩歌) 세 곡을 탄주한다. 날마다 숨을 쉬듯 반복하여 수련하는 것이 송순의 한결같은 습성이다. 가야금 탄주를 마치니 피로감이 전신으로 물결처럼 밀려든다. 송순이 침상에 드러눕자마자 잠의 수렁으로 휘말려든다.

어느새 보름이 내몰리는 썰물처럼 훌쩍 지난 시점이다. 아침나절에 송순이 아전들을 데리고 장수처럼 당당하게 금성산성으로 간다. 보름 동안 농민들을 동원하여 군진을 정비하듯 석축을 쌓았다. 석축으로 이루어진 성곽의 길이는 2.3리에 달한다. 산성의 규모로는 마을의 담장처럼 작은 크기라 여겨진다. 천험의 지세를 이용한 산성의 위엄은 굽이치는 용처럼 당당하다. 백만 명의 병사들이 포진하여 내려다보는 듯한 위세가 느껴질 지경이다.

일행이 2.3리 길이의 성곽을 어루더듬듯 꼼꼼하게 점검한다. 성곽 위에 올라서서 무너뜨릴 듯 밟기도 한다. 밟아도 바위처럼 꿈적하지 않아야 정상인 탓이다. 일부의 인원은 석축을 측면에서 바라보며 기형을 찾아내듯 점검한다. 돌이 돌출하여 적이 기어오르는 데 도움을 주지는 않겠는지를 살핀다. 송순은 성곽의 상태를 총괄적으로 어루더듬듯 점검한다. 산사태를 만나더라도 무너지지는 않겠는지를 점검한다. 일행이 성곽을 점검하고 나니 어느새 점심나절이다.

식사 때라 일행이 골짜기의 물살처럼 빠른 걸음으로 관아로 돌아간다. 식사는 관아의 식당에서 하기로 되어 있기 때문이다.

세월이 홍수의 물살처럼 빠르게 흘러 1563년의 9월 중순에 접어들었다. 여전히 송순은 나주 목사이다. 관졸 2명을 호위병처럼 데리고 송순이 나주평야의 들녘을 둘러본다. 벼의 결실 상태가 충해(蟲害)에서 벗어난 듯 정상적인지를 살펴보려는 측면이다. 결실의 상태가 빈 껍질처럼 불량하면 조세를 경감시켜야 하기 때문이다. 농민들이 제대로 살아야 목민관들도 마음이 편안하기 때문이다.

동행한 관졸은 둘 다 범처럼 건장한 31살의 사내들이다. 관졸들은 표범처럼 날랜 종9품의 무관인 부사용(副司勇)이다. 키가 큰 관졸은 서용태(徐勇態)이다. 우람한 체격의 관졸은 남조훈(南造勳)이다. 송순은 산을 오르기를 숲의 다람쥐처럼 즐기는 편이다. 남도의 산야에까지 맹수들이 제 세상을 만난 듯 설쳐댄다. 금성산은 숲이 참빗의 날처럼 울창한 명산 중의 하나다. 금성산성을 품고 있어서 군사적으로도 대단히 중요한 산이다. 송순이 등산을 하되 안전을 꾀하고 싶었다.

등산할 때에는 호위병처럼 검술이 탁월한 2명의 관졸을 데리고 다닌다. 무관들 중에서는 검술에 통달한 사람들은 백사장의 바위처럼 드물었다. 무관들이 중심 교본처럼 익히는 것은 궁술과 마술이었다. 말을 타고 달리다가 추격자를 응징하듯 활을 쏘는 정도였다. 목책처럼 내깔린 수목으로 산에서는 말이 빠져 나가기에도 힘들다. 화살로 쏘아 잡기에는 맹수들의 가죽이 너무나 두꺼웠다. 설혹 화살에 맞았더라도 사람을 공격할 여지가 많았다.

송순은 관졸들 중에서 무술이 태양처럼 눈부시게 빼어난 2명을 골랐다. 군계일학처럼 선발된 그들이 용태와 조훈이다. 용태와 조훈은 발군의 궁술 실력자들이었다. 말을 타고 달리면서도 표적을 활로 쏘아 쪼개듯 적중시켰다. 이 정도의 실력이면 오랑캐를 제압할 듯 빼어난 무관이라 여겨진다. 지방 관아에서 일하기에 중앙의 병영에는 먼지처럼 알려지지 않은 인물들이다. 송순의 관점으로는 이들에게는 장차 병마절도사의 기량이 있다고 여겨졌다.

용태와 조훈의 타고난 듯 빼어난 기량을 확인하고서부터다. 송순은 이들을 호위병으로 삼고 싶었다. 두 달 전에 이들에게 호위병의 상징 같은 장검을 사 주었다. 제자로 삼듯 이들에게 이극균의 검술을 전수했다. 산에서 표범을 만났을 때에 번갯불처럼 신속히 제압하기 위해서였다. 용태와 조훈은 확실히 빼어난 무관들이었다. 이극균의 검술을 수련하면서부터 몸의 동작이 섬광처럼 빨라졌다.

문외한이 체조하듯 검식을 펼치는 것과는 차원이 달랐다. 이들의 칼에 표범은 퇴로가 차단된 듯 살해당하리라 확신될 지경이었다. 둘이 동작을 취하면 표적의 궤적이 빙벽처럼 얼어붙어 살해되리라 여겨진다. 둘의 칼날에는 강한 기운이 서렸고 검신(劍身)에는 힘이 실렸다.

벼의 결실을 점검할 때에는 농민들처럼 간편한 차림새였다. 농민들에게 의아심을 일으키지 않으려는 듯 장검은 보자기에 감추었다. 나주평야의 넓은 논밭을 송순이 관졸을 데리고 둘러보면서 생각에 잠긴다.

'이 일은 아전들한테 시켜도 될 일이야. 하지만 목민관으로서 현장을 직접 확인하고 싶기 때문에 나섰어. 선산부사에 이어서 나주목사까지 했으니까 조만간 조정에서 나를 부를 거야. 조정에 불려 가면 또 신하들의 눈치를 살피느라 피곤해지겠군. 내겐 차라리 지방의 목민관이 훨씬 편한데 말이야.'

벼의 상태를 확인하니 산더미처럼 대단한 풍작이 예견된다. 메뚜기나 참새들로부터의 피해도 미풍의 흔적처럼 경미하다고 여겨진다. 메뚜기가 집단으로 몰려들면 논은 방치된 쑥밭처럼 황폐화되곤 했다. 메뚜기 집단을 제압하는 것은 들판을 안개처럼 누비는 제비들이었다. 메뚜기는 제비들이 좋아하는 대표적인 먹이였다. 제비들이 하늘을 날면 메뚜기들이 연기처럼 자취를 감추곤 했다. 제비들의 왕성한 식욕에 메뚜기들이 견뎌내지 못하는 터다.

참새는 벼에 그림자처럼 달라붙어 벼를 잘 까먹는다. 수확의 계절에는 참새 떼를 내쫓는 일은 수확하듯 중요한 일거리였다. 일꾼들처럼 보이라고 논에 허수아비를 세웠다. 농군들이 일하는 듯 줄에 묶인 허수아비가 수시로 흔들린다. 참새들도 바보가 아닌 듯 사람과 허수 아비는 금세 구별한다. 허수아비의 머리에 올라앉아 휴식을 취하는 참새들도 많이 눈에 띈다.

어떤 변화가 생긴 듯 들녘에는 참새들이 보이지 않는다. 제비들은 활발하게 지저귀면서 논의 상공을 헤엄치듯 몰려서 날아다닌다. 제비 탓에 메뚜기들도 연기처럼 자취를 감춘 모양이다. 아동들은 메뚜기를 볶아 먹기를 즐긴다. 이런저런 영향 때문인지 평야의 논마다 광막한 황금물결로 출렁댄다.

개구리가 도랑을 건너뛰듯 성큼 세월이 흘렀다. 1568년의 8월 초 순이다. 송순이 종2품인 한성부 우윤으로 단절의 연막을 걷어내듯 조 정으로 복귀했다. 송순을 여태껏 지방의 목민관으로서 흩날리는 바람 결처럼 자유롭게 해 주었다. 상당수의 농민들과 친해진 송순이다. 송 순이 조정으로 복귀하려니까 백성들이 밀물처럼 관아로 몰려들어 고 마웠다면서 치사했다.

어느새 송순의 나이가 76살이다. 예로부터 70세를 넘기기가 벼랑 을 오르듯 어렵다고 알려진 터다. 송순이 76세에 한성을 돌보려는 듯 한성우윤이 되었다. 서울을 햇살처럼 포근히 다스리려는 목민관이 되 려고 한다. 고령의 나이임을 스스로도 인정하는 터다. 검술 수련이 한 약처럼 체력을 보완한 덕이라 여겨진다. 기녀인 수련과 혜옥에게는 스승을 떠받들듯 감사하는 마음으로 산다. 그녀들이 아니었으면 검술 을 익히지 못했으리라 여겨진다.

검술을 수련하느라 혈액 순환이 물길이 내뻗듯 잘 되었으리라 여겨진다. 송순에겐 신체에서 피만 잘 돌면 건강은 저절로 보장되리라 생각된다.

둥지로 찾아드는 새처럼 서울로 복귀하면서 청계천의 집으로 돌아온 송순이다. 세상 떠난 전처가 날아드는 새 소리처럼 때때로 그리워진다. 세상의 길을 헤치듯 23살에 송순에게 시집온 아내였다. 당시의 송순은 27살이었으니 진한 풍란의 향기처럼 젊음이 무르익었던 나이였다. 송순을 대할 때면 언제나 미소를 물결처럼 내보내던 아내였다. 양반가에서 다져진 품격으로 천상의 선녀처럼 기품이 높던 아내였다. 35년간의 세월을 함께 보냈던 그리운 아내였다.

송순이 퇴청하여 아련한 추억을 되살리듯 과거의 그리움을 떠올린다. 세상 떠난 전처의 그리움이 폭포를 거슬러 오르듯 가슴으로 밀려든다. 눈만 뜨면 마음을 흔들듯 더 잘 대할까를 생각했다. 잘 대해 주려고 애쓰는 과정에서 정감의 색채가 향기처럼 짙어졌다. 신혼 때에는 사랑스러운 여인이었고 중년 이후로는 존경스러운 선경(仙境)의 선녀였다.

저녁식사를 하고는 하늘로 흩날리듯 그리움을 달래려고 가야금을 탄주한다. 그리움을 선율에 담듯 풀어 내리는 탄주 기법이 펼쳐진다. 한 소절만 들어도 그리움이 가슴을 저밀 듯 절절하게 느껴진다. 섧고도 안타까운 정한이 사람의 마음을 애끓듯 사무치게 뒤흔든다. 악곡에 서러움이 얼마나 짙게 배었던지 후처인 아내가 송순에게 말한다.

"영감, 너무 슬픈 선율이라 가슴이 저려서 들어와 봤어요. 혹시 슬픈 일이라도 생겼사온지요?"

후실인 아내도 사찰에서 숭상하는 보살처럼 심성이 곱다. 송순이 쑥스러운 표정으로 말을 얼버무리듯 토해 낸다.

"아니외다. 세상을 사는 일이 다소 서글퍼서 악기를 켰을 따름이외다. 그렇지만 이처럼 사랑방까지 찾아 주셔서 고맙소이다."

송순이 아내가 사랑스럽다는 듯 가만히 껴안는다. 아내도 팔을 둘러 송순의 목을 껴안는다. 둘 사이에 심장의 박동소리가 철썩이는 파도처럼 높아진다.

아내가 빠져드는 바람결처럼 안채로 올라간 뒤다. 송순은 전처가 그리워 그녀를 대하듯 그녀의 그림 뭉치를 펼친다. 유품으로 몇 장만 감추듯 간직한 터다. 먹 냄새가 그리움을 자극하듯 발산되면서 아내의 빼어난 그림이 펼쳐진다. 화공의 솜씨를 능가하듯 빼어난 그림들이 펼쳐진다. 송순이 천천히 그림들을 넘겨 가며 감상한다. 부부가 범선으로 영산강을 유람하던 그림도 추억을 일깨우듯 시야에 펼쳐진다.

그 그림을 대하는 순간에 비명을 지를 듯 놀라서 중얼댄다.

"아, 언제 아내가 이 그림을 그려서 함께 넣어 놓았을까? 부부가 유람한 그림을 아내가 그렸다는 사실마저 내가 몰랐을까? 혹시 안방에서 그림을 그려서 여기에 함께 끼워 놓았을까?"

영산강과 대륜산을 부부가 유람한 정경들이 추억을 반추하듯 그려져 있다. 부부의 모습이 남이 그린 듯 담겨 있다. 남도를 유람한 그림들이 얼마나 되는지 숫자를 헤아리듯 송순이 들여다본다. 겨우 다섯 장에 불과하다. 나머지는 그리움의 사슬을 칼로 자르듯 차단시킨다면서 아들들이 불태웠다. 부부가 유람했던 장면들을 머릿속에 담듯 기억했다가 그림으로 되살린 거였다. 지난 시간들을 고이 붙잡아 그림으로 남기고 숨진 아내였다. 전처가 그리워 눈시울이 이슬에 젖듯 그렁그렁해진다.

늪지대에서 치솟는 기포들처럼 그리움이 솟구칠 수도 있는 터다. 아련한 그리움을 가슴에 실은 채 송순이 잠자리에 든다. 송순의 고른 숨 쉬는 소리가 밤의 공간으로 연막처럼 퍼진다.

낭떠러지로 떠밀린 격류처럼 빠른 세월이다. 어느새 해가 바뀌어 1569년의 11월 하순이다. 송순의 나이가 잔솔가지의 솔방울처럼 많은 77세의 고령을 맞은 때다. 송순은 지난 11월 1일에 나이가 많다는 사유로 퇴직하겠다고 상소했다. 다행스럽게도 송순의 의견이 수정(水晶)처럼 순수하게 받아들여져 송순이 퇴직했다.

조정에서는 연로자를 대우하듯 송순을 올해에 각별히 배려해 주었다. 고공으로 띄우듯 종2품인 형조참판에서 정2품인 한성판윤으로 승진시켰다. 그러다가 정2품인 의정부 우참찬을 제수했다. 의정부에서는 정승 다음으로 높은 직위를 안긴 듯 예우했다. 조정에서는 과(過)할 수준인 듯 송순을 배려했다고 여겨진다. 송순이 감사한 마음으로 조정을 떠나려고 했다. 연로하여 몸이 불편하다는 듯 간곡한 사유를 내세워 물러나겠다고 상소했다.

송순의 간곡한 마음이 맹금(猛禽)처럼 매서운 조정에서도 순수하게 읽힌 모양이다. 송순에게 무사한 퇴직을 보장하듯 교지가 내려졌다. 기나긴 세월을 반추하듯 51년간을 관직에 몸을 담갔다. 기나긴 관직 생활이었기에 정신을 추스를 듯 평온한 휴식이 필요했다. 송순은 조정에 감사하는 마음으로 왕과 조신들에게 하직 인사를 했다. 그러고는 짐을 챙겨 먹구름을 꿰뚫는 달처럼 줄기차게 담양으로 향했다. 이제 담양에서 만년을 즐겁고도 평온하게 보낼 작정이다.

어둠 속으로 스러지는 별똥처럼 세월이 어느새 성큼 흘렀다. 1569년의 12월 초순이다. 서울에서 모든 짐을 꾸려서 마차에 싣고 낙향한터다. 보름이란 기간이 물 흐르듯 경과되어서야 담양에 도착했다.

집에 도착하고는 생활을 정리하듯 그간 마련했던 농토와 노비들을 점검한다. 기나긴 봉직 기간으로 재산도 불길처럼 많이 늘어났다. 소작한 농토와 토지의 이용에 대해서도 빗질하듯 총체적으로 점검한다. 이런 일련의 총 점검이 여정을 마무리하듯 끝난 뒤다. 여태껏 비교적 양호하게 관리되었다는 느낌이 든다. 나름대로 송순이 만족하면서 이후부터는 취미 생활에 몰두하겠다고 작정한다.

송순이 고향에 돌아와서 느낀 점이 들끓는 기포들처럼 많다. 자신또래 얼굴들의 상당수가 스러진 듯 안 보인다는 점이다. 70세를 넘기기가 어렵다는 것이 거울을 들여다보듯 명확히 밝혀진 셈이다. 생사의 현상을 살펴보자 송순은 검술을 전수받았던 기녀들에게 고마움을 느낀다. 무관처럼 검술이 빼어났던 수련과 혜옥을 떠올리자 송순이 숙연해진다. 물결처럼 꾸준한 수련이 체력 조절의 원동력이었다.

사랑방의 서안에 종이를 펴고는 미래의 형세를 가늠하듯 계획표를 작성한다. 검술 수련은 새벽에 대숲의 숨결을 읽듯 뒤란에서 하기로

264

한다. 수묵화는 아침 식사를 한 뒤에 물결을 헤치듯 그리기로 한다. 가야금은 면앙정에서 강물의 오리들에게 말을 걸듯 수시로 탄주할 작정이다. 저녁나절에는 사랑방에서 시가를 짓기로 한다.

퇴직한 관리들과의 교류에도 신경을 쓰기로 한다. 여유로운 시간들이 휘몰리는 바람결처럼 수시로 생기기에 시간을 활용하리라 작정한다.

송순이 적진을 살피는 장수처럼 3명의 목수들을 데리고 면앙정으로 간다. 환자의 건강을 진단하듯 정자를 둘러보며 수리할 곳은 없는지 둘러본다. 기와들 중에서도 교체할 대상은 없는지 혀로 핥듯 꼼꼼히 살펴본다. 1552년에 증축 공사를 한 이후에 17년이 지난 터다. 총체적인 관점에서 치장을 새롭게 하듯 점검하려는 터다. 단청이 대머리처럼 벗겨진 부분은 없는지도 세밀히 점검한다. 도색이 약해진 부분은 사흘에 걸쳐서 보완 공사를 하기로 한다.

비를 맞아 썩은 목재 부분은 없는지도 나무를 두드리듯 점검한다. 면앙정 건물 전체를 꼼꼼히 점검한 목수들 중의 대표자가 말한다.

"정자의 기와가 깨진 것은 거의 없사옵니다. 17년이 지났기에 한 번 갈아 주면 좋겠사옵니다. 이번에 교체하면 앞으로 30년은 너끈히 견뎌 내리라 여겨지옵니다."

송순이 사흘 후에 공사를 시작하라고 군령을 내리듯 말한다. 퇴색한 단청의 도색 작업도 새롭게 하기로 한다. 17년의 세월을 뛰어넘듯 면앙정을 새롭게 단장하려고 한다. 이번의 공사만 진행하면 30년은 너끈히 견딜 것이라고 하지 않은가?

자연으로의 회귀

　세월이 흩날리는 빛살처럼 흘러 1570년의 3월 8일에 이르렀다. 이
날은 세상이 새로워진 듯 특별한 날이기도 했다. 송순과 안면이 있거
나 송순을 태양처럼 추앙하던 선비들이 면앙정으로 몰려들었다. 16
일은 관원들에게 부여된 휴일이기도 했다. 그래서 조정의 관료들까지
해변의 밀물처럼 담양에까지 내려왔다.

　송순이 정자의 방문 출입문을 우주로 연결하듯 활짝 열어 놓았다.
송순이 고마움을 되새기듯 방문자들을 일일이 눈으로 확인한다. 우의
정에 올랐다가 난기류를 만난 듯 파직된 67세의 홍섬(洪暹)이 참석했
다. 53세의 얼굴이 학처럼 단아한 부제학인 노진(盧禛)도 참석했다. 이
조판서인 48세의 박순(朴淳)도 참석했다. 신진 사류의 태양 같은 인물
인 44살의 대사성인 기대승(奇大升)도 참석했다. 울산군수에서 파직되
어 쉬고 있는 38살의 고경명(高敬命)도 참석했다.

　이조판서로 퇴직한, 은하수의 별빛처럼 고결한 70세의 이황(李滉)

도 참석했다. 미등과자이면서도 재능이 섬광처럼 눈부신 22살의 혈기 왕성한 임제(林悌)도 참석했다. 중국의 성현처럼 빼어난 학문으로 알려진 38살의 승지인 윤두수(尹斗壽)도 참가했다. 면앙정에 모여든 8명은 세상에서도 성단처럼 눈부신 명성으로 알려진 인물들이다. 이들의 이름만 들먹여도 그들의 위상이 치솟는 불길처럼 인정받을 정도다.

오례천으로부터 불어드는 바람결에 면앙정 북쪽 산록에 핀 진달래들이 물결친다. 꽃잎에 실바람이 휘감길 때마다 꽃잎들이 부끄러운 듯 몸을 떤다. 면앙정 남쪽의 언덕에서 산수유가 노란 불길을 피우듯 흐느적댄다. 산자락에선 목련꽃이 갈매기가 날개를 파드득거리듯 방긋거리며 향기를 내뿜는다. 치솟는 파도의 포말처럼 허공으로 소용돌이치듯 내닫는 개나리의 군영이 눈부시다. 솔숲을 가리듯 막아선 매화나무마다 흰나비들이 나부대듯 꽃잎들이 꿈결처럼 하늘댄다.

하늘을 향해 팔을 벌리고만 있어도 나비처럼 허공으로 치솟을 지경이다. 물 오른 나무줄기처럼 봄의 기류가 마구 선비들의 가슴으로 휩쓸려든다. 면앙정의 봄의 정취에 다들 넋을 잃은 듯 매료된 표정이다. 그냥 내버려 두면 다들 혼백이 빠진 허상처럼 나뒹굴 지경이다. 이때 송순이 참석자들을 향해 입을 연다. 참석자들이 귀를 기울여 송순의 얘기를 듣는다.

"어느새 제 나이가 78살에 접어들었소이다. 다들 귀한 시간을 할애하여 여기까지 왕림해 주셔서 정말 영광스럽소이다. 면앙정은 1533년에 세워졌고 1552년에 증축을 했소이다. 그러다가 근래에 새롭게 보수 공사까지 마쳤소이다. 마침 꽃들까지 흐드러지게 피어 마음이

들뜰 지경이외다."

송순의 청아한 목소리가 일행을 향해 파도처럼 밀려든다. 송순의
설명이 뜰을 빗질하듯 차분하게 이어진다. 시가 한시로부터 시조와
가사로 단장을 하듯 많이 바뀐다고 들려준다. 4음보의 초, 중, 종의 3
장으로 이루어진 언문의 정형시가 시조이다. 시가의 각 행도 부드러
운 선율에 휘감기듯 4음보로 이루어져 있다. 시가 행의 수는 연기가
퍼지듯 제한이 없어서 자유롭다. 3음절 내지 4음절이 수정처럼 명료
한 선율의 단위인 한 음보이다. 시조와 시가는 언문으로 이루어진 시
임을 드러낸다.

송순이 일행을 배려하듯 둘러보며 말을 잇는다.

"면앙정가란 제목으로 시가를 읊으며 가야금을 탄주할까 하외다.
남도 선율의 흐름을 일부라도 보여 드릴까 하외다."

송순의 말에 일행이 우레 같은 박수갈채를 보내며 격려한다.

"오, 기대가 됩니다."

"역시 멋이 있으십니다."

"처음 듣게 될 선율이라 가슴이 설레는 것 같소이다."

송순이 팔을 번쩍 들어 답례하며 살짝 미소를 짓는다. 막혔던 물줄
기가 터지듯 청정한 목소리와 단아한 음률이 주변으로 발산된다.

无等山(무등산) 한 활기 뫼히 동다히로 버더 이셔

멀리 뻬쳐 와 齊月峯(제월봉)이 되어거날

無邊大野(무변대야)의 므삼 짐쟉하노라

268

닐곱 구배 함데 움쳐 므득므득 버럿난 닷.

가온대 구배난 굼긔 든 늘근 뇽이

선잠을 갓 깨야 머리랄 언쳐시니

너라바회 우해 松竹(송죽)을 헤혀고

亭子(정자)랄 언쳐시니 구름 탄 靑鶴(청학)이

千里(천리)를 가리라 두 나래 버럿난 닷.

무등산 한 줄기 산이 동쪽으로 뻗어 내려

멀리 떨어져 나와 제월봉이 되었거늘

끝없이 넓은 들판에서 무슨 짐작하느라고

일곱 굽이가 함께 움츠려 무더기무더기 벌여 섰는가?

가운데 굽이는 구멍에 든 늙은 용이

풋잠에서 갓 깨어 머리를 얹은 듯하구나!

너럭바위 위의 송죽(松竹)을 헤치고

정자를 얹었으니 구름 탄 청학(靑鶴)이

천 리를 가려고 두 날개를 벌린 듯하구나!

玉泉山(옥천산) 龍泉山(용천산) 나린 믈이

亭子(정자) 압 너븐 들해 올올히 펴진 드시

넙꺼든 기노라 프르거든 희디마나

雙龍(쌍룡)이 뒤트난 닷 긴 깁을 채펏난 닷

어드러로 가노라 므삼 일 배얏바

닫난 닷 따로난 닷 밤낫즈로 흐르난 닷

므조친 沙汀(사정)은 눈갓치 펴졋거든
어즈러온 기러기난 므스거슬 어르노라
안즈락 나리락 모드락 훗트락
盧花(노화)를 사이 두고 우러곰 좃니난뇨.

옥천산과 용천산에서 흘러내린 물이
정자 앞 넓은 들에 올올이 펴진 듯이
넓거든 길지 말거나 푸르거든 희지 말거나
쌍룡이 뒤트는 듯 긴 깁을 펼친 듯
어디로 가느라고 무슨 일이 바빠서
닫는 듯 따르는 듯 밤낮으로 흐르는가?
물 따라 펼쳐진 백사장은 눈처럼 펼쳐졌는데
어지럽게 나는 기러기는 무엇을 사랑하느라
앉을락 내릴락 모일락 흩어질락
갈대꽃을 사이에 두고 울면서 쫓아다니는고?

너븐 길 밧기요 긴 하날 아래 두르고
꼬잔 거슨 뫼힌가 屛風(병풍)인가 그림가 아닌가.
노픈 닷 나즌 닷 근난 닷 닛난 닷
이츠러온 가온데 일홈 난 양하야
하날도 젓티 아녀 웃둑이 셧난 거시
秋月山(추월산) 머리 짓고 龍龜山(용구산) 夢仙山(몽선산)
佛臺山(불대산) 魚登山(어등산) 湧珍山(용진산) 錦城山(금성산)이

270

虛空(허공)에 버려거든 遠近(원근) 瘡崖(창애)의
머믄 것도 하도 할샤.

넓은 길 밖이요 긴 하늘 아래 두르고
꽂은 것은 산인가 병풍인가? 그림인가 아닌가?
높은 듯 낮은 듯 끊어진 듯 이어진 듯
어지러운 가운데 이름난 양하여
하늘도 두려워하지 않고 우뚝이 서 있는 것이
추월산이 머리가 되고 용구산, 몽선산
불대산, 어등산, 용진산, 금성산이
허공에 펼쳐져 있는데 원근의 높은 절벽에
머문 것도 굉장히 많구나!

흰구름 브흰 煙霞(연하) 프르니난 山嵐(산람)이라.
千庵(천암) 萬壑(만학)을 제 집을 삼아 두고
나명셩 들명셩 일해도 구난지고.
오르거니 나리거니 長空(장공)의 떠나거니
廣野(광야)로 거너거니 프르락불그락 여트락디트락
斜陽(사양)과 섯거디어 細雨(세우)조차 쁘리난다.
藍輿(남여)랄 배야 타고 솔 아래 구븐 길노
오며 가며 하난 적의 祿楊(녹양)의 우난
黃鶯(황앵) 嬌態(교태) 겨워 하난고야.
나모 새 자자지어 樹陰(녹음)이 얼린 적의

百尺(백척) 欄干(난간)의 긴 조으름 내여 펴니

水面(수면) 凉風(양풍)이야 긋칠 줄 모르난가.

흰 구름 뿌연 연하(煙霞) 푸른 것은 산 아지랑이로다.

숱한 바위와 골짜기를 제 집으로 삼아 두고

나면서 들면서 아양도 부리는구나.

오르거니 내리거니 장공(長空)으로 떠나거니

광야로 건너거니 푸르락붉으락 옅으락짙으락

석양과 뒤섞여 가랑비까지 뿌리는구나.

가마에 올라 솔 아래 굽은 길로

오며 가며 할 적에 푸른 버들에서 우는

꾀꼬리가 못 견딜 정도로 교태를 부리구나.

나무 사이가 우거져서 녹음이 어우러졌을 때에

높은 난간에서 긴 낮잠을 자니

수면의 서늘한 바람은 그칠 줄을 모르는구나.

즌 서리 빠딘 후의 산 빗치 錦繡(금수)로다.

黃雲(황운)은 또 엇디 萬頃(만경)의 펴겨 디오.

漁笛(어적)도 흥을 계워 달랄 따롸 브니난다.

草木(초목) 다 진 후의 江山(강산)이 매몰커날

造物(조물)리 헌사하야 氷雪(빙설)로 꾸며내니

瓊宮瑤臺(경궁요대)와 玉海銀山(옥해은산)이 眼底(안저)의 버러셰라.

乾坤(건곤)도 가암열사 간 대마다 경이로다.

人間(인간)을 떠나와도 내 몸이 겨를 업다.

이것도 보려 하고 져것도 드르려코

바람도 혀려 하고 달도 마즈려코

밤으란 언제 줍고 고기란 언제 낙고

柴扉(시비)란 뉘 다드며 딘 곳츠란 뉘 쓸려뇨.

된 서리 걷힌 후에 산 빛이 비단결 같구나.

황금물결은 또 어찌 넓은 평야에 퍼져 있는고?

피리 소리가 흥에 겨워 달을 좇아서 가는구나!

초목이 진 후에 강산이 눈에 묻혔거늘

조물주가 야단스러워서 빙설(氷雪)로 꾸며 내니

옥으로 만들어진 궁궐과 옥빛 바다와 은빛 산악이 시야에 펼쳐졌구나!

하늘과 땅도 풍성하여 가는 데마다 경이롭네.

인간 세상을 떠나왔어도 내 몸은 겨를이 없구나!

이것도 보려 하고 저것도 들으려고 하고

바람도 쐬려 하고 달도 맞으려 하네.

밤은 언제 줍고 고기는 언제 낚고

사립문은 누가 닫으며 떨어진 꽃은 누가 쓸려는가?

아참이 낫브거니 나조해라 슬흘소냐.

오날리 不足(부족)커니 來日(내일)리라 有餘(유여)하랴.

이 뫼해 안자 보고 뎌 뫼해 거러 보니

煩勞(번로)한 마암의 바릴 일이 아조 업다.

쉴 사이 업거든 길히나 젼하리야.

다만 한 靑藜杖(청려장)이 다 므듸여 가노매라.

술이 닉어거니 벗지라 업슬소냐.

블내며 타이며 혀이며 이아며

온가짓 소래로 醉興(취흥)을 배야거니

근심이라 이시며 시람이라 브트시랴.

아침 시간이 모자랐다고 저녁 시간은 풍족하겠는가?

오늘이 부족하다고 하여 내일은 여유가 있겠는가?

이 산에 앉아 보고 저 산을 걸어 보니

번거로운 마음일지라도 버릴 일이 전혀 없네.

쉴 사이가 없거든 길이라도 알려주겠는가?

단지 하나의 명아주 지팡이마저 무뎌져 가는구나!

술이 익어 가니 벗이라고 없겠는가?

노래를 부르게 하며 악기를 타거나 켜거나 흔들면서

온갖 소리로 취흥을 재촉하니

근심이 있거나 시름이라도 생겼겠는가?

누으락 안즈락 구브락 져츠락

을프락 파람하락 노혜로 놀거니

天地(천지)도 넙고넙고 日月(일월)도 한가하다.

羲皇(희황) 모랄러니 이적이야 긔로그야

神仙(신선)이 엇더턴지 이 몸이야 긔로고야.

江山風月(강산풍월) 거날리고 내 百年(백년)을 다 누리면

岳陽褸上(악양루상)의 李太白(이태백)이 사라오다.

浩蕩情懷(호탕정회)야 이에서 더할소냐.

이 몸이 이렁 굼도 亦君恩(역군은)이샷다.

누우락 앉으락 굽힐락 젖힐락

읊을락 휘파람 불락 마음대로 노는구나!

천지도 아주 넓고 세월도 한가롭구나.

복희 황제의 태평성대를 몰랐지만 이제 때를 만났네.

신선이 어떤지 몰랐더니 이 몸이 바로 신선이로구나.

강산의 세월을 다 보내고 내 백 년을 다 누리면

악양루의 이태백이 살아온들

호탕한 마음이 나보다 더하겠는가?

이 몸이 이렇게 지내는 것도 임금의 은혜 탓이로다.

송순이 가야금 탄주와 시가 낭송을 천계의 선율처럼 조화롭게 마친다. 그러자 둘러앉은 8명의 선비들이 아이들처럼 환호성을 터뜨린다. 우의정이었던 홍섬이 진정 감탄한 듯 송순을 향해 말한다.

"이야아, 태어나서 이처럼 신비로운 감흥은 처음 느끼는 바이외다. 언문이 이렇게 아름다울 줄은 미처 몰랐소이다."

미등과자이지만 햇살처럼 눈부신 재능을 지녔다고 알려진 22살의 임제가 말한다.

"송 선생님은 문무의 달인이라 들었사옵니다. 거기다가 시가와 악

기 탄주까지 능통하시니 정말 부럽사옵니다. 참으로 세상 밖의 세상이 있다는 걸 알았사옵니다."

신진 사류의 성현처럼 눈부신 명성의 대사성인 기대승도 감탄하며 말한다.

"정녕 이곳이 선계(仙界)로 느껴질 지경이외다. 저도 언문이 비단결보다 더 고울 줄은 미처 몰랐사옵니다."

송순의 집에서 여종들이 음식과 술을 줄지은 개미들처럼 정자로 나른다. 커다란 밥상 3개가 펼쳐진 벌판처럼 마루에 깔린다. 그 위에 술과 음식들이 빈틈을 찾기 힘들 지경으로 진열된다. 여러 항아리의 술이 배달되었고 안주도 형언키 어려울 듯 풍성하다. 민물고기 매운탕과 구운 장어들이 어시장의 음식물들처럼 풍성히 놓여 있다. 9명의 선비들이 밥상 주변으로 마차의 바퀴살처럼 빙 둘러앉는다. 주변 사람들의 술잔에 술을 따른다. 둘러앉은 사람들의 술잔에 술이 다 찼을 때다.

송순이 자리에서 일어서서 일행을 향해 정중히 목례를 한다. 좌중을 향해 송순이 풍경 소리처럼 단아한 목소리로 말한다.

"오늘 이처럼 저를 위해 귀한 행보를 해 주셔서 감사하외다. 확실히 세종 임금께선 성군이셨사외다. 백성들을 위해 언문을 창제하셔서 백성들의 의사소통에 커다란 기여를 하셨소이다. 한시가 선비들의 전유물이어서 백성들이 이해하기는 버거운 영역이외다. 언문이 창제되는 바람에 시조와 가사가 새롭게 태어나게 되었습니다. 소중한 언문을 문학에도 반영하여 백성들과도 정서를 나누고 싶소이다."

참석한 선비들은 나이와 직위를 초월하여 소탈하게 대화를 나눈다. 술잔이 오가고 덕담이 상승하는 기류처럼 좌중의 선비들에게로 넘나든다.

다들 배가 부풀어 오를 듯 어지간하게 술을 마신 시점에서다. 70살의 이황이 자리에서 일어서서 좌중을 향해 말한다.

"나도 앞으로는 시조와 가사에 관심을 많이 가지겠소이다. 하지만 지금껏 단련한 것이 한시이외다. 그래서 이 자리에서는 '차면앙정운(次俛仰亭韻)'이라는 제목으로 한시를 읊어 보겠소이다."

이황의 말에 좌중이 천둥처럼 격려의 박수를 친다. 박수 소리가 가라앉자 하늘을 뒤흔들 듯 우렁찬 목소리가 흩날린다. 이황이 한시를 낭송하기 시작했다. 송순이 가야금을 탄주하여 시와 음률이 서로를 품듯 조화를 이룬다.

七曲高低控二川(칠곡고저공이천)

翠鬟無數迥排前(취환무수형배전)

縈簷日月徘徊過(영첨일월배회과)

匝域瀛壺縹緲連(잡역영호표묘련)

村老夢徵虛宿昔(촌노몽징허숙석)

使君資築償風煙(사군자축상풍연)

傍人欲識亭中樂(방인욕식정중락)

光霽應須別有傳(광제응수별유전)

일곱 군데의 산굽이를 감돌면 두 강이 만나고

시야에는 무수한 청산이 펼쳐져 있네.

처마를 비추는 해와 달은 배회하듯 지나가고

정자를 둘러싼 영주산은 아득하게 주위로 이어졌네.

옛 지주인 늙은이의 꿈에는 옛 일이 연상되고

그대에게 기증된 재산으로 오늘의 풍광을 누리누나.

누정의 즐거움을 속인들에게도 알리려면

맑고 밝은 기풍이 특별히 전해지게 해야 하네.

이황의 한시 낭송이 끝나자 우레 같은 박수갈채가 터진다. 이황은 사막의 탑 같은 사림의 영수에 해당하기 때문이다. 이런 인물이 시를 낭송하는 자체가 대단한 일로 여겨진다. 이황이 갈대처럼 허리를 굽혀 감사하다는 답례를 한다.

섬광이 남실대듯 영민한 임제가 누각의 천장에 매달린 편액을 훑어본다. 그러다가 보배처럼 느껴지는 10년 전에 사망한 김인후의 한시를 발견한다. 한시의 제목은 이황과 같은 '차면앙정운(次俛仰亭韻)'이다. 일렁이는 불길처럼 혈기왕성한 임제가 당당하게 일어서서 좌중을 향해 말한다.

"안녕하십니까? 저는 말단 후학인 유생 임제이옵니다. 이황 선생님의 친한 벗인 김인후 선생님의 한시가 보이군요. 제가 김 선생님의 시를 낭송해 들려 드리겠사옵니다."

김인후는 양산보와 고운 인연의 상징 같은 사돈이다. 김인후는 송순한테 한때 진전을 물려받듯 지도받았던 제자다. 양산보는 13년 전에 선계로 들어서듯 사망했다. 김인후와 양산보는 둘 다 송순과 친하게 지냈던 사람들이다. 이윽고 임제가 산사의 풍경처럼 청아한 목소리로 김인후의 시를 낭송한다. 이때 송순의 가야금도 곧바로 청아한 음률을 토해 내기 시작한다.

蠶頭斗起壓平川(잠두두기압평천)
一望風雲几席前(일망풍운궤석전)
春半雜花紅亂映(춘반잡화홍난영)
秋深列岫翠相連(추심열수취상련)
寒松不廢千年色(한송불폐천년색)
芳草渾凝三月煙(방초혼응삼월연)
問却桑麻邀野老(문각상마요야노)
怡然時復數觴傳(이연시복수상전)

산꼭대기가 우뚝 솟아 냇물을 내리누르니
앉은 자리 앞의 풍광이 한눈에 드러나네.
숱한 봄꽃들엔 붉은빛이 감돌고
가을 깊어져도 산야엔 푸른빛이 이어졌으니
겨울철의 소나무는 천년의 빛깔을 버리지 않네.
향기로운 풀엔 삼월의 안개가 뒤엉키는데
농사일을 물어 보려고 시골 노인을 만나서
즐거울 때엔 술잔을 가끔 건네기도 하네.

임제의 낭송이 끝나자마자 또 폭풍 같은 환호성이 터진다. 좌중이 불길이 치솟듯 일제히 얘기한다. 시가와 가야금의 병창이 구름과 안개가 뒤엉키듯 조화롭다는 견해다. 정말 운치가 느껴지는 절묘한 조화라는 견해가 압도적이다.

저녁나절에 8명의 내방객들이 날아오르는 빨랫줄의 제비들처럼 일제히 길을 떠난다. 제한된 날짜에 귀소(歸巢)하는 새들처럼 관아에 들어가야 하기 때문이다. 송순이 떠나는 내방객들과 일일이 손을 맞잡고 고맙다는 얘기를 전한다.

소용돌이에 휘감기는 물살처럼 빠른 세월이다. 1575년 6월 초순이다. 마을의 미루나무마다 매미가 기포처럼 달라붙어 울음을 토해내는 여름이다. 면앙정에는 시가와 가야금을 배우려는 사람들이 부단히 몰려든다. 시가와 가야금의 선율에는 어느새 정해진 골격이 만들어졌다. 면앙정을 찾는 사람들은 거울을 닦듯 유학을 수련한 선비들이다. 노래만을 하는 소리꾼들과는 강 건너편의 세상처럼 계통이 다르다.

시가가 면앙정에서 언문의 위상을 높이려는 듯 체계적인 골격을 갖추었다. 언문의 아름다운 결을 탐구하듯 '면앙정가단(俛仰亭歌壇)'이란 조직체가 만들어졌다. 면앙정이 증축되던 1552년부터 조직체가 하늘로 날아오르듯 활성화되기 시작했다. 격식을 숭상하듯 절제된 운율을 좋아하는 사람들은 시조를 즐겨 노래했다. 파동에 휘감기듯 기다란 선율을 즐기는 사람들은 가사를 즐겨 익혔다.

면앙정가단에서 수련한 인물로는 가사를 신의 선율처럼 승화시킨

정철(鄭澈)이 있다. 쇠사슬의 연결처럼 송순의 제자로는 김인후(金麟厚)가 있었고 김인후의 제자가 정철이었다. 김인후는 면앙정가단의 위상을 불길처럼 드러낼 구성원이었다. 면앙정에는 김인후와 이황의 한시가 기상을 드러내듯 편액에 걸려 있다. 김인후는 양산보와 사돈이다. 덩굴과 뒤엉키는 찔레처럼 김인후는 이황과도 절친한 친구다.

1575년부터는 송순이 풍광에 취하듯 주변의 누정(樓亭)도 찾아다니면서 시가를 읊는다. 징검다리를 건너듯 자주 들르는 곳은 고종 동생이 세운 소쇄원이다. 소쇄원에만 들어서면 막혔던 정감이 흘러들듯 양산보의 체온이 느껴지는 듯하다. 소쇄원 광풍각의 천장에는 송순이 지은 시도 편액에 걸려 있다.

송순이 바람을 일으키듯 상덕마을에서 마차로 출발하여 점심나절에 소쇄원에 도착한다. 언제 들러도 소쇄원에는 단아한 숨결이 물결처럼 밀려든다. 소쇄원의 광풍각에 송순이 올라앉는다. 그의 손에는 선율의 상징 같은 가야금이 들려 있다. 자신의 발자취가 빚은 듯 송순은 담양의 유명한 인사가 되었다. 송순에게 시가와 가야금을 배우고 싶다는 유생들이 실연기처럼 몰려든다. 소쇄원에서 얼쩡거리면서 송순을 기다려 왔던 5명의 유생들이다. 20대 초반의 빛살처럼 반짝이는 생원들이다.

소과인 사마시에 용이 승천하듯 급제한 인재들이다. 이들은 성균관에 들어가 공부하여 대과에 응시할 자격을 갖춘 사람들이다. 언문의 아름다움과 선율에 심취하듯 매혹되어 시가와 가야금을 지도받으려는 터다.

송순이 마음을 추스르듯 광풍각 천정의 편액을 바라본다. 소쇄원을 찾은 길손들이 솜처럼 평온하게 머무는 공간이 광풍각(光風閣)이다. 광풍각이란 '시원스럽게 맑은 바람이 부는 누각'이라는 뜻이다. 양산보가 1557년에 기가 빠지듯 병들어 사망했다. 그때 망령을 위로하듯 송순이 양산보의 죽음을 애도한 시를 지었다. 그때의 시가 과거를 회상하듯 광풍각의 편액에 걸려 있다. 지금 봐도 슬픔의 감정이 물결처럼 일렁이고 있다. 송순이 자신의 시를 낭송하면서 가야금을 탄주하려고 한다.

5명의 유생들이 눈빛을 섬광처럼 빛내며 송순 곁에서 귀를 기울인다. 송순이 왼손가락으로 가야금의 좌현을 누르고 오른손가락으로 우현을 튕긴다.

투웅! 퉁! 투두퉁!

꿈에서 깨어나듯 가야금의 선율이 흐르면서 시가와 어우러진다. 시가와 가야금의 병창이 몸을 뒤채듯 탄력적으로 시작된다. '외제소쇄처사만(外弟瀟灑處士輓)'이라는 제목의 한시다. '고종 동생인 소쇄처사 양산보를 애도하는 시'라는 뜻이다.

珍重林泉鎖舊雲(진중임천쇄구운)

路迷何處覓微君(노미하처멱미군)

謝家庭畔蘭方郁(사가정반난방욱)

曾氏堂前日欲曛(증씨당전일욕훈)

穿石巖溪空自咽(천석암계공자인)

引墻花木爲誰芬(인장화목위수분)

故園永與新阡隔(고원영여신천격)

老樹啼禽不忍聞(노수제금불인문)

보배로운 정원은 옛 구름에 갇혀 있어서

길을 잃으면 어디에서 자네를 찾겠는가?

사가의 뜰에는 바야흐로 난초가 무성하고

증 씨의 집 앞에는 햇살이 어스름하네.

돌구멍의 물소리에 괜스레 목이 메고

담의 꽃나무가 누구를 위해 향기를 내뿜는가?

옛 동산은 새 밭둑길과 거리가 멀어

노목의 고운 새 소리는 차마 듣기가 힘들구나.

송순이 탄주를 마치고는 떠날 준비를 하듯 마차를 두 대 부른다. 5 유생들을 태워 가사의 발원지로 안내하듯 면앙정으로 데려 간다. 이윽고 안개가 밀려들듯 일행이 면앙정에 도착한 뒤다. 송순이 유생들을 향해 설명한다. 시조나 가사를 쓰려면 운율을 찾듯 한시를 알아야 한다고 강조한다. 면앙정의 풍광 30장면을 한시로 읊은 면앙정 30영을 유생들에게 들려준다. 다양한 조약돌의 색채처럼 저자가 각기 다른 사람들의 작품들임을 밝힌다. 작가의 개성에 따른 사물의 표현 방식을 설명한 뒤다.

임의의 견본을 고르듯 면앙정 30영 중의 두 가지만 골라낸다. 가야금 병창으로 한시를 운율과 선율이 불길처럼 휘감긴 시가로 노래한다. 출생지가 송순과 같은 담양 사람인 임억령(任億齡)에 대해 설명한다. 송순보다 3살 연하인데도 박상(朴祥)에게서 동문수학했던 혈육처럼 친한 벗이었다. 담양부사에서 퇴직하여 1568년에 사망한 내력까지를 들려준다. 30영 중의 한 장면은 '추월취벽(秋月翠壁)'이다. '추월산의 푸른 절벽'이라는 뜻을 풍경화처럼 드러낸다. 추월산(秋月山)은 담양의 명산이다.

유생들이 엎드린 갈대처럼 경건한 자세로 송순의 설명을 듣는다. 송순이 가야금에 정감을 물결처럼 실어 가야금 병창을 시작한다. 면앙정에서 바라보이는 추월산의 절벽이 푸른 안개에 휘감긴 듯 신비롭다. 유생들의 눈빛도 선율에 산세라도 변할세라 추월산의 모습을 탐색하듯 더듬는다. 비단 자락이 펼쳐졌다가 휘감기듯 가야금의 선율에 생동감이 굽이친다.

皎皎蓮初出(교교연초출)

蒼蒼墨未乾(창창묵미건)

淸光思遠贈(청광사원증)

飛鳥度應難(비조도응난)

연꽃이 갓 피어나듯 밝게 빛나면서

물기 머금은 먹물처럼 짙푸르구나.

맑은 달빛을 멀리까지 보내고 싶어도

새가 날아서 넘어 가기도 어려울 거네.

광주 출생으로서 울산군수를 지냈던 고경명(高敬命)의 청옥(靑玉)처럼 단아한 시풍을 설명한다. 면앙정 30영의 한 장면이 가슴을 저밀 듯 불타는 불대낙조(佛臺落照)이다. '불대산(佛臺山)의 낙조'를 의미하는 제목이다. 고경명의 불대낙조를 선율로 불타는 낙조를 그리듯 가야금으로 탄주하기 시작한다.

石屛銜落照(석병함낙조)
西望正悠悠(서망정유유)
鴉背金爭閃(아배금쟁섬)
波光永欲流(파광영욕류)

돌병풍 같은 절벽이 낙조를 머금으니
서쪽은 참으로 아득하게만 보이구나.
까마귀 뒤로는 햇살이 섬광처럼 반짝이는데
반짝이는 물결은 멀리까지 흐를 것 같네.

꽃잎들이 떨어지듯 가야금 병창이 끝났을 때다. 유생들이 파도가 치솟듯 일제히 박수를 치며 환호한다. 송순이 한시의 흐름을 유생들에게 운율로 휘감듯 들려준다. 유생들이 정신을 바싹 기울여 열심히 경청하면서 학습한다.

세월이 빛살처럼 숨 가쁘게 흘렀다. 1580년의 8월 중순이다. 야생 국화인 감국(甘菊)의 향기가 사방으로 물결처럼 퍼져 나가는 시점이다. 강원도 관찰사인 45살의 정철이 그리움에 취한 듯 송순을 찾아왔다.

정철은 임억령과 김인후에게 지도를 받은 문하생이었다. 그렇기에 정철은 송순의 전인이기도 한 터다. 정철이 1560년에 지은 '성산별곡(星山別曲)'을 노래하듯 낭송한다. 송순이 가야금을 들어 탄주한다.

어떤 디날 손이 성산(星山)에 머믈며셔
서하당(棲霞堂) 식영정(息影亭) 주인아 내 말 듣소.
인생 세간에 됴흔 일 하건마는
엇디흔 강산(江山)을 가디록 나이 녀겨
적막(寂寞) 산중의 들고 아니 나시는고.
송근(松根)을 다시 쓸고 죽상(竹床)에 자리 보아
져근 덧 올라 앉아 엇던고 다시 보니
천변(天邊)에 썻는 구름 서석(瑞石)을 집을 사마
나는 듯 드는 양이 주인과 엇더흔고.

어떤 지나가는 나그네가 성산에 머물면서 말하네.
식영정의 주인이여, 내 말을 들어 보소.
인간 세상에 좋은 일이 많겠지만,
어찌하여 산수풍경 갈수록 좋게 여겨,
적막 산중 들어가서는 아니 나오시오?
솔뿌리를 다시 쓸어 대 침상에 자리 정해,
잠시 올라앉아 어떤지를 다시 보니,
뜬 구름이 서석대(瑞石臺)를 집으로 삼아서
드나드는 모습이 김성원에 비해 어떠하오?

일부만 탄주되었는데도 성산의 아름다움이 비단결처럼 굽이치는 기분이다. 성산별곡을 끝까지 탄주하니 새로운 유생들이 구름처럼 몰려들어 붐빈다.

터진 둑으로 쏟아지는 물살처럼 빠른 세월이었다. 1582년의 2월 1일의 새벽이다. 송순이 물을 긷듯 건강을 조절하려고 뒤란에서 검술을 수련한 뒤다. 며칠 전부터 현기증이 떠밀리는 파도처럼 심하게 일었다. 머리가 어지러워 누워서 쉴 작정이다.

'조금 눈을 붙이면 괜찮아질 거야. 너무 피로했나 봐.'

송순이 손으로 허공을 헤집듯 가까스로 다가가 침상에 드러누운 직후다. 잠을 자듯 평온스레 들리던 호흡 소리가 딱 멎는다. 송순의 의식이 바람결처럼 내풀리며 사방으로 흩어진다.

아침나절이 되어서야 송순의 임종 소식이 골목의 바람결처럼 퍼졌다. 1493년 11월 14일에 담양의 상덕마을에서 새로운 하늘이 열리듯 태어났다. 1519년에 등과하여 51년을 일하다가 정2품인 우참찬으로 썰물이 빠지듯 퇴직했다. 담양에 면앙정을 세워 호남의 시가를 조선을 적시는 빛살처럼 발전시켰다. 정철을 배출하여 빛살처럼 눈부신 조선 가사 문학의 산맥을 형성했다.

가족을 그리움이 북받치듯 사랑한 사람이었다. 선배 유림과 후학들을 가족처럼 사랑한 선비였다. 불길처럼 열정적인 생애에서 빠뜨릴 수 없는 공로가 면앙정가단(俛仰亭歌壇)의 창시였다. 슬픔마저도 아름다운 정감인 듯 문학으로 승화시킨 눈물겹도록 숭고한 업적이었다.